KB057451

톨스토이와 그 친구들의

지혜·지식 원천

지은이 톨스토이
편 역 강인수

러시아의 세계적 사상가이며 문학가인 톨스토이와 당대의 석학들이
우리에게 이야기하는, 인생의 험로를 열어주는 올바른 지침이다.
이 책에 수록된 삶의 주제들은 무분별한 감성주의나 현실주의, 에고이즘으로
혼미한 현실을 살아가는 현대인들에게 좋은 양식이 될 것이다.

법문북스

머리말

사람들은 묻는다.

"바람은 어디서 왔다, 어디로 가는가?"

바로 인생에 대한 물음이다. 그러나 그 물음에 대한 확실한 대답은 어디에도 없는 것 같다. 수많은 현인과 철학자들이 던진 명제가 있지만 결국은 저마다 스스로 길을 찾아야 한다. 왜냐하면 인생은 다른 누구의 몫이 아니라 스스로의 것이기 때문이다.

이 책은 바로 그런 물음들에 대한 '人生讀本' 이다. 인생의 목적과 가치를 일깨우고 세상을 살아가는 지혜를 가르쳐주고 있다. 그래서 '세상의 지혜를 터득하는 황금률' 이라고 하였다.

'황금률' 은 황금처럼 고귀한 인생의 지침을 말한다. 곧 '뜻이 심오하고 인생에 유익한 잠언' 을 가리킨다. 그래서 옛날 서양에서는 그런 잠언을 황금으로 새겨 벽에 붙였다고 한다.

이 책을 황금률이라 한 것은 러시아의 대문호인 톨스토이의 삶과 명언들이 그대로 담겨 있기 때문이다. 명문귀족 출신이자 시인과 소설가로 또 사상가로 남부러울 것이 없던 톨스토이였지만 有閑사회를 부정하고, 만년에는 구도적인 삶과 빈민구제에 헌신했던 그의 내면세계와 인생을 엿볼 수 있다.

무엇보다 톨스토이가 숱하게 방황하고 고뇌했던, '인간이란 무엇이고, 인생을 어떻게 살아야 할 것이며, 무엇이 올바른 길이고, 인생이 끝났을 때 영혼은 어디로 가는가' 에 대한 물음과 현답이 들어 있다. 물론 사람마다 사는 모습이 다르고, 추구하는 바도 다르다. 그러나 변하지 않는 황금처럼 만고불변의 진리가 있음을 잊지 말아야 한다. 더욱이 요즘처럼 하루가 다르게 세상이 변하고, 미래가 불투명할수록 인생의 근본을 깨우치고 지침이 되는 황금률이 필요하다는 생각에서 1년 365일 명상록처럼 엮었다.

물론 이 책에 담긴 글들이 정답이라고 할 수는 없다. 다만 읽는 이들에게 향기가 있는 삶의 오솔길이 되었으면 하는 바람이다.

편저자 강인수

차 례

1月

독서 讀書 ■ 13
신앙 信仰 ■ 14
임무 任務 ■ 15
협동 協同 ■ 16
설화 舌禍 ■ 17
극기 克己 ■ 18
친절 親切 ■ 19
기독 基督 ■ 20
사색 思索 ■ 21
교화 敎化 ■ 22
인격 人格 ■ 23
법칙 法則 ■ 24
평화 平和 ■ 25
교제 交際 ■ 26
생사 生死 ■ 27
지혜 智慧 ■ 28
봉사 奉仕 ■ 29
천명 天命 ■ 30
선악 善惡 ■ 31
인간 人間 ■ 32
생활 生活 ■ 33
전쟁 戰爭 ■ 34
사악 邪惡 ■ 35
진리 眞理 ■ 36
지식 智識 ■ 37
박애 博愛 ■ 38
행복 幸福 ■ 39
자유 自由 ■ 40
경험 經驗 ■ 41
토지 土地 ■ 42
폭압 暴壓 ■ 43

2月

정신 精神 ■ 47
사관 死觀 ■ 48
선행 善行 ■ 49
이지 理智 ■ 50
사상 思想 ■ 51
욕망 慾望 ■ 52
아타 我他 ■ 53
비방 誹謗 ■ 54
죄악 罪惡 ■ 55
겸손 謙遜 ■ 56
본질 本質 ■ 57
영생 永生 ■ 58
종교 宗敎 ■ 59
영혼 靈魂 ■ 60
단순 單純 ■ 61
노력 努力 ■ 62
평등 平等 ■ 63
자아 自我 ■ 64
노동 勞動 ■ 65
진화 進化 ■ 66
육식 肉食 ■ 67
신의 神意 ■ 68
현세 現世 ■ 69
진실 眞實 ■ 70
자성 自省 ■ 71
침묵 沈默 ■ 72
자선 慈善 ■ 73
예술 藝術 ■ 74
이상 理想 ■ 75

3月

공포 恐怖 ■ 79
천의 天意 ■ 80
영원 永遠 ■ 81
식욕 食慾 ■ 82
현실 現實 ■ 83
애정 愛情 ■ 84
근로 勤勞 ■ 85
기도 祈禱 ■ 86
인위 人爲 ■ 87
만물 萬物 ■ 88
부부 夫婦 ■ 89
업보 業報 ■ 90
성자 聖者 ■ 91
채식 菜食 ■ 92
진정 眞情 ■ 93
과학 科學 ■ 94
희구 希求 ■ 95
판단 判斷 ■ 96
축재 蓄財 ■ 97
응보 應報 ■ 98
자찬 自讚 ■ 99
정의 正義 ■ 100
고뇌 苦惱 ■ 101
고집 固執 ■ 102
상조 相助 ■ 103
변화 變化 ■ 104
외구 畏懼 ■ 105
협화 協和 ■ 106
절제 節制 ■ 107
덕성 德性 ■ 108
후회 後悔 ■ 109

4月

감정 感情 ■ 113
인내 忍耐 ■ 114
합류 合流 ■ 115
희열 喜悅 ■ 116
태만 怠慢 ■ 117
세계 世界 ■ 118
선악 善惡 ■ 119
부정 不正 ■ 120
본성 本性 ■ 121
희망 希望 ■ 122
기만 欺瞞 ■ 123
존재 存在 ■ 124
지성 知性 ■ 125
빈부 貧富 ■ 126
재물 財物 ■ 127
인식 認識 ■ 128
완성 完成 ■ 129
학자 學者 ■ 130
고락 苦樂 ■ 131
사회 社會 ■ 132
애타 愛他 ■ 133
자각 自覺 ■ 134
소박 素朴 ■ 135
용기 勇氣 ■ 136
이원 二元 ■ 137
신임 信任 ■ 138
비판 批判 ■ 139
근면 勤勉 ■ 140
건강 健康 ■ 141
진의 眞意 ■ 142

5月

신념 信念 ■ 145
이론 理論 ■ 146
학예 學藝 ■ 147
언어 言語 ■ 148
교육 敎育 ■ 149
지각 知覺 ■ 150
자득 自得 ■ 151
공손 恭遜 ■ 152
개과 改過 ■ 153
실존 實存 ■ 154
탐구 探求 ■ 155
착오 錯誤 ■ 156
의문 疑問 ■ 157
자주 自主 ■ 158
진가 眞假 ■ 159
인류 人類 ■ 160
비난 非難 ■ 161
근원 根源 ■ 162
섭리 攝理 ■ 163
맹목 盲目 ■ 164
일선 日善 ■ 165
성장 成長 ■ 166
결핍 缺乏 ■ 167
규범 規範 ■ 168
언동 言動 ■ 169
파멸 破滅 ■ 170
재판 裁判 ■ 171
행위 行爲 ■ 172
존엄 尊嚴 ■ 173
매매 賣買 ■ 174
낙천 樂天 ■ 175

6月

불원 不遠 ■ 179
남녀 男女 ■ 180
오성 悟性 ■ 181
사교 邪敎 ■ 182
외계 外界 ■ 183
인과 因果 ■ 184
미덕 美德 ■ 185
보답 報答 ■ 186
제도 制度 ■ 187
동물 動物 ■ 188
심혼 心魂 ■ 189
대지 大地 ■ 190
이성 理性 ■ 191
과오 過誤 ■ 192
완전 完全 ■ 193
향상 向上 ■ 194
참화 慘禍 ■ 195
신성 神性 ■ 196
양심 良心 ■ 197
결합 結合 ■ 198
고난 苦難 ■ 199
차이 差異 ■ 200
신종 信從 ■ 201
휴식 休息 ■ 202
허영 虛榮 ■ 203
이해 理解 ■ 204
비밀 秘密 ■ 205
가정 家庭 ■ 206
우울 憂鬱 ■ 207
사건 事件 ■ 208

7月

비애 悲哀 ■ 211
창조 創造 ■ 212
칭찬 稱讚 ■ 213
죄벌 罪罰 ■ 214
불행 不幸 ■ 215
기억 記憶 ■ 216
부정 否定 ■ 217
몰아 沒我 ■ 218
박학 博學 ■ 219
속박 束縛 ■ 220
자비 慈悲 ■ 221
동포 同胞 ■ 222
교의 敎義 ■ 223
천국 天國 ■ 224
육체 肉體 ■ 225
다변 多辯 ■ 226
모멸 侮蔑 ■ 227
공존 共存 ■ 228
민중 民衆 ■ 229
소득 所得 ■ 230
현재 現在 ■ 231
교도 敎導 ■ 232
장애 障碍 ■ 233
사명 使命 ■ 234
원인 原因 ■ 235
시련 試鍊 ■ 236
목적 目的 ■ 237
참회 懺悔 ■ 238
악용 惡用 ■ 239
행동 行動 ■ 240
인인 隣人 ■ 241

8月

분별 分別 ■ 245
종말 終末 ■ 246
시간 時間 ■ 247
전환 轉換 ■ 248
허위 虛僞 ■ 249
유일 唯一 ■ 250
귀속 歸屬 ■ 251
작가 作家 ■ 252
의지 意志 ■ 253
실재 實在 ■ 254
고독 孤獨 ■ 255
운명 運命 ■ 256
속세 俗世 ■ 257
폭력 暴力 ■ 258
자력 自力 ■ 259
상반 相反 ■ 260
천성 天性 ■ 261
교훈 敎訓 ■ 262
고통 苦痛 ■ 263
자연 自然 ■ 264
악마 惡魔 ■ 265
학문 學問 ■ 266
광명 光明 ■ 267
진전 進展 ■ 268
행진 行進 ■ 269
경쟁 競爭 ■ 270
만족 滿足 ■ 271
정의 定義 ■ 272
형제 兄弟 ■ 273
조화 調和 ■ 274
가면 假面 ■ 275

9月

주색 酒色 ■ 279
실천 實踐 ■ 280
환희 歡喜 ■ 281
불식 不息 ■ 282
신행 信行 ■ 283
현대 現代 ■ 284
재생 再生 ■ 285
유아 幼兒 ■ 286
학술 學術 ■ 287
순응 順應 ■ 288
구원 救援 ■ 289
우정 友情 ■ 290
환경 環境 ■ 291
염오 厭惡 ■ 292
가장 假裝 ■ 293
회의 懷疑 ■ 294
소유 所有 ■ 295
감각 感覺 ■ 296
미신 迷信 ■ 297
협문 夾門 ■ 298
선택 選擇 ■ 299
본연 本然 ■ 300
궤변 詭辯 ■ 301
간소 簡素 ■ 302
살인 殺人 ■ 303
육욕 肉慾 ■ 304
욕설 辱說 ■ 305
모방 模倣 ■ 306
저주 咀呪 ■ 307
추방 追放 ■ 308

10月

현자 賢者 ■ 311
귀일 歸一 ■ 312
재산 財産 ■ 313
결점 缺點 ■ 314
시비 是非 ■ 315
병환 病患 ■ 316
망각 忘却 ■ 317
동정 同情 ■ 318
의식 意識 ■ 319
물질 物質 ■ 320
거만 倨慢 ■ 321
관습 慣習 ■ 322
정치 政治 ■ 323
예술 藝術 ■ 324
성찰 省察 ■ 325
각성 覺醒 ■ 326
신화 神話 ■ 327
총명 聰明 ■ 328
철학 哲學 ■ 329
재능 才能 ■ 330
폭풍 暴風 ■ 331
자존 自尊 ■ 332
가책 苛責 ■ 333
만약 萬若 ■ 334
가치 價値 ■ 335
문제 問題 ■ 336
신뢰 信賴 ■ 337
병고 病苦 ■ 338
반성 反省 ■ 339
과도 過度 ■ 340
전통 傳統 ■ 341

11月

자긍 自矜 ■ 345
순수 純粹 ■ 346
일치 一致 ■ 347
논쟁 論爭 ■ 348
심려 心慮 ■ 349
훼예 毁譽 ■ 350
생존 生存 ■ 351
영웅 英雄 ■ 352
생명 生命 ■ 353
포말 泡沫 ■ 354
의무 義務 ■ 355
공순 恭順 ■ 356
불만 不滿 ■ 357
평가 評價 ■ 358
화사 華奢 ■ 359
자신 自信 ■ 360
번뇌 煩惱 ■ 361
수혜 受惠 ■ 362
복수 復讐 ■ 363
승리 勝利 ■ 364
문답 問答 ■ 365
건설 建設 ■ 366
신비 神秘 ■ 367
자애 慈愛 ■ 368
증오 憎惡 ■ 369
영향 影響 ■ 370
정욕 情慾 ■ 371
부자 富者 ■ 372
언행 言行 ■ 373
결백 潔白 ■ 374

12月

여성 女性 ■ 377
식사 食事 ■ 378
악담 惡談 ■ 379
능력 能力 ■ 380
고민 苦悶 ■ 381
성공 成功 ■ 382
수단 手段 ■ 383
이기 利己 ■ 384
도덕 道德 ■ 385
유혹 誘惑 ■ 386
뇌물 賂物 ■ 387
극복 克復 ■ 388
분노 憤怒 ■ 389
자애 自愛 ■ 390
충고 忠告 ■ 391
청년 靑年 ■ 392
체념 諦念 ■ 393
편견 偏見 ■ 394
선량 善良 ■ 395
부채 負債 ■ 396
피로 疲勞 ■ 397
향락 享樂 ■ 398
예언 豫言 ■ 399
성숙 成熟 ■ 400
최고 最高 ■ 401
감화 感化 ■ 402
학교 學校 ■ 403
희생 犧牲 ■ 404
관용 寬容 ■ 405
결혼 結婚 ■ 406
인생 人生 ■ 407

자신에게 걸맞지 않은 높은 자리보다 조금쯤 낮은 곳을 선택하라. 남에게서 '내려가시오' 라는 말을 듣는 것보다 '올라오시오' 라는 말을 듣는 편이 훨씬 이롭다.

독서 讀書

1日

좋은 책은 만사를 제쳐놓고 우선 읽어라.
그렇지 못하면 영영 나를 찾을 기회를 잃게 된다.

그대의 서재에 무슨 책들이 있는가를 살펴보라. 서재에 책이 없다면 그야말로 황량할 것이다. 책으로 가득한 서재라면 그대가 선택할 수 있는 세계와 수천 년 동안 전해져온 슬기로운 지혜와 인격, 그리고 훌륭한 인물들을 만날 수 있을 것이다.

그들은 간혹 보이지 않는 곳에 있기 때문에 우리가 가까이할 수가 없다. 그래서 그대와는 아주 다를지도 모른다.

그러나 그들은 친한 벗에게도 털어놓지 않았던 자신들의 생각을 전혀 낯모르는 우리를 위하여, 가장 명징明徵한 말로 전해 준다. 우리는 그들이 남긴 지혜의 정수精髓를 책에서 얻기만 하면 된다.

그들을 만날 때 이 점은 유념하라.
그들의 생각 중에 내가 공감할 수 있는 것만 선택하라.
그런 다음, 그 위에 내 생각의 벽돌을 쌓아라.

다만 악서는 피하라.
악서의 해독은 은근히 매혹적이어서 그것이 매혹적일수록 영혼에 나쁜 영향을 끼친다.

신앙 信仰

2日

과학자들은 인간은 신앙 없이도 잘 살 수 있다고 믿는다.
그러나 그것이 가장 어리석은 미신이다.

종교는 인간의 영성에 가장 고귀한 행위자이며 문화의 가장 위대한 힘이다.

그러나 신앙이 정략적이고 이기적인 행동으로 표출된다면 오히려 인간성에 중대한 장애가 된다.

종교의 본질은 영원성이며, 신성이고, 언제든지 또 어느 곳에서든지 인간의 영혼을 충만하게 하고 심장을 따뜻하게 하는 것이다.

어떠한 논리적 추론을 통해서도 우리는 알 수 있다. 모든 위대한 종교는 그 기초가 동일하다는 것을. 또한 태초로부터 오늘에 이르기까지 그 근본적인 가르침만큼은 동일하다는 것을.

신앙이 없는 인간의 삶은 짐승의 삶과 다를 바가 없다.

어느 시대나 인간은 지상에서 삶의 목적을 다 알고자 했다. 종교는 그때마다 인간을 대법大法의 길로 인도해 주었다.

진실한 종교란 인간 속에 수립된다. 불가사의한 시공에 둘러싸인 인간의 존재를 밝혀주는 것이다. 그리고 무궁한 시공과 결합시킴으로써 인간을 광명으로 이끄는 것이다.

임무 任務

3日

건전한 지혜의 법칙을 아는 자는 그 법칙을 사랑하는 자만 못하다.
또한 사랑만 있는 자는 행하는 자만 못하다.

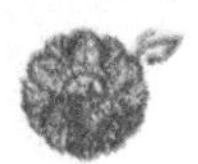

'그대는 해야 할 일을 했는가?'

이는 매우 중요한 문제이다. 그대가 인생을 산다는 것은 주어진 짧은 생애에 주어진 일을 충실히 수행하고 있는지에 따라 존재한다.

누구에게나 삶의 임무가 있다. 그대는 자신의 임무를 충실히 수행하고 있는가?

또 누구나 삶의 사명을 지니고 있다. 물론 그 사명이 무엇인지 분명히 알 수는 없을 것이다. 그럴수록 그 사명이 무엇인지 알려고 노력하고, 적극적으로 그 사명을 수행해야 한다.

인생의 목적은 행복 탐구에 있는 것이다.
그래야 참담한 인생도 대범하게 받아들일 수 있으리라.
가슴이 그대에게 말해 주는 의미를 깨달으라.
인생은 그대를 이 지상으로 보내준 신에 대한 봉사이기 때문이다.

그것을 알 때에 비로소 당신의 인생은 경건하고 심오해지며 또한 즐거울 것이다. 그때의 인생은 현상이 아닌 진행이다.

협동 協同

4日

선량한 사람들은 의심하지 않고 남을 돕는다.
사악한 사람들은 오로지 다른 사람을 배반하기 위해 고심한다.

우리 자신이 원치 않는다 해도 우리는 주변의 모든 세계와 연관되어 있다. 사상, 지식의 교환, 그리고 특히 이 세계에 대한 우리의 위치와 관계의 이해利害가 얽혀 있는 것이다.

그리하여 세상은 저마다 흩어져 혼자 사는 것이 아니라, 공동으로 노력함으로써 훨씬 더 좋고 많은 것을 생산할 수 있다. 그렇다고 999명의 인간이 단 한사람의 노예가 되어야 한다는 식은 결코 아니다.

인간은 누구나 무거운 삶의 짐과 결점을 지니고 있다. 따라서 타인의 도움 없이는 살아나갈 수 없다. 우리는 서로서로 사랑하고 위로하며, 협동하지 않으면 안 된다.

모든 시대의 인류 역사는 끊임없는 합일合一운동이었다. 이 운동은 여러 가지 수단에 의해 성취되었다. 또한 이 합일운동은 그것을 이루기 위해 전력투구하는 사람들뿐만 아니라, 이를 배반하는 자들까지도 협력하고 있는 셈이다.

자신에게 걸맞지 않은 높은 자리보다 조금쯤 낮은 곳을 선택하라. 남에게서 '내려가시오' 라는 말을 듣는 것보다 '올라오시오' 라는 말을 듣는 편이 훨씬 이롭다

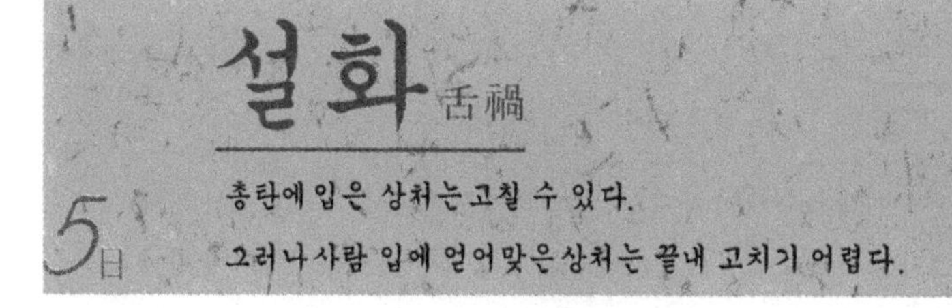

사람들이 가득 모인 건물 안에서 갑자기 "불이야!"하고 외치면 대번에 혼잡이 일어나고 그 때문에 많은 사상자가 발생할 것이다.

장난스레 던진 말이 그처럼 큰 해를 끼칠 수 있다.

논쟁에는 끼지 말라. 아무리 중대한 문제일지라도 격정과 흥분을 삼가라. 격정은 결코 현명한 것이 못 된다. 격정은 사람의 눈을 흐리게 하고 나아가서는 영혼마저도 수렁에 빠뜨리기 때문이다.

남에 대한 악담을 들었을 때 함께 분개하지 말라. 남에게서 아첨의 말을 들었을 때 그 말을 곧이듣고 기뻐하지 말라.

험담에는 절대로 가담하지 말라. 자신도 모르는 사이에 그대가 가해자가 될 수 있다. 그대도 말의 파괴자가 될 수 있음을 두려워하라. 잘못된 말 때문에 사람들이 서로 상처받고, 배반하는 일들은 흔하다.

대신 덕 높은 사람의 말에는 귀를 기울이라. 그 말의 향기에 취해 행복을 느끼며, 그를 본받기를 애쓰며 기뻐하라.

극기 克己

6日

선을 위해 노력해야 한다. 악을 피하기 위해 한층 더 노력해야 한다. 그리고 정욕을 억제하기 위해서는 가장 많은 노력을 기울여야 한다.

언짢은 일 하나가 자신을 노여움이나 혼란에 빠뜨릴 때에는 그 감정에서 빨리 벗어나야 한다. 무엇보다 자제력을 잃게 하는 사건 속에 빨려 들어가지 않는 것이 상책이다.

자신의 의지력으로 평온을 유지하는 과정을 반복할수록 그 능력은 증가되는 법이다.

어떤 일에 정신없이 골몰해 있을 때, 사람들은 그 일에서만 행복을 얻을 수 있다고 믿곤 한다. 그러나 어제까지 그런 욕망을 달성하기 위해 허비한 노력의 반이라도 버리는 데 노력해 보라. 그때 당신은 더 큰 평화와 행복을 얻을 수 있을 것이다.

자신을 완성하는 데 있어서의 첩경은 자기 억제력이다.

사나운 말馬을 대하건, 순한 말을 대하건 자기의 분노를 억제할 줄 아는 자, 이런 자만이 진정으로 신뢰할 만한 마부馬夫이다.

번번이 정욕에 사로잡혔다 하더라도 낙심해서는 안 된다. 내부에서 격렬한 투쟁을 겪을 때마다 정욕의 힘은 약해지기 마련이며 극기심은 점차 강해질 것이다.

친절 親切

7日

대인관계에서 선善을 지키는 것은 당연한 의무이다.
만약 그대가 타인에게 선善이 아니라면 그대는 악惡이다.

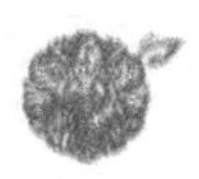

그 누구도 함부로 멸시해서는 안 된다. 이웃 사람에 대한 파렴치한 비난이나 중상은 마음에 싹도 트지 않게 눌러 버려라. 타인의 말과 행동은 솔직하게 받아들여라.

함께 사는 이웃들 중에 비록 천하거나 비웃을만한 사람이 있을지라도 그 인격까지 멸시해서는 안 된다. 모든 사람에게는 영원한 법칙의 결과로서 존재하는 그 어떤 불멸의 영성靈性이 있다. 그것을 발견하도록 힘써야 한다.

설사 잘못을 저지르거나 못된 유혹에 넘어간 사람이 있더라도 가혹하게 대해서도 안 된다. 오히려 그를 위로하라. 그대 자신이 남에게서 위로받고 싶을 때가 있듯이.

친절은 이 세상을 아름답게 한다. 모든 배반을 해결한다. 얽힌 것은 풀리고, 어려움은 수월함으로 바뀌고, 비참함은 즐거움으로 바꾸어 놓는다.

기독 基督

8日

자기 자신을 종교에 바치는 사람은 어두운 집안에 등불을 들고 들어가는 사람과 같다. 어둠은 삽시간에 사라지고 환하게 될 것이다.

성현의 도를 구하기 위해서라면 집요해도 좋다.
진리의 계시를 얻기 위해서라면 탐욕스러워도 좋다.
그러면 광명의 빛이 그대의 마음속을 구석구석 비추리라.

그러나 두 가지의 미신만큼은 경계하라. 하나는 신의 본질을 언어로 표현할 수 있다는 미신, 또 하나는 신의 존재를 과학적으로 해부하고 증명할 수 있다는 미신이다. 그런 미신만큼 위험한 것은 없다.

신은 이 세상 모든 미물들에게조차 먹을 것과 쉴 곳을 준다. 그런 신의 은총을 믿고 지극히 작은 것을 구하고 만족하는 사람들이 있다. 이들은 현세의 욕망과 번뇌에만 골몰하고 있는 사람들과 달리 인생의 참된 맛을 알며 행복한 생활을 영위하고 있다.

그것이 어찌 사욕을 억제하는 것만으로 충분하겠는가. 마음을 다스리고 더불어 살며 나누는 자만이 천국을 누릴 수 있을 것이다.

자신에게 걸맞지 않은 높은 자리보다 조금쯤 낮은 곳을 선택하라. 남에게서 '내려가시오' 라는 말을 듣는 것보다 '올라오시오' 라는 말을 듣는 편이 훨씬 이롭다

사색 思索

9日

배움이 적을지라도 생각을 많이 하라.
지식은 다만 필요한 것들만 익히면 그만이다.

참된 지식은 스스로 얻는 것이다.

어떤 사물을 대하면서 스스로 깊이 생각해 보기도 전에, 그 사물을 설명한 책부터 읽는 것은 나쁜 습관이다. 이 같은 습관이 반복되면 자기의 개성을 발견하기 어렵다. 학자들이 일생을 학문에 매진하지만 대부분 독창성을 갖지 못한 것은 스스로 생각하지 않기 때문이다.

또한 쓸데없는 지식을 자랑하지 말라.

지식이란 재물과 같은 것이다. 만약 구슬땀을 흘려 금화를 획득했다면 그것을 자랑해도 좋다. 그러나 아무 일도 하지 않고 있는데, 길 가던 사람이 던져준 것이라면 자랑하지 않는 것이 옳다.

우리 내부에 항상 섬광과 같이 번쩍이는 영광스러운 생각을 소중하게 간직해야 한다. 그 내적 영광은 누구에게나 있다. 그리고 별처럼 많은 시인이나 현인을 추종하는 것보다는 훨씬 더 큰 의의를 지니고 있다.

교화 敎化

10日

가르치는 것의 기초는 실천이다. 말로써 가르치면 말로만 따를 것이고, 몸으로써 가르치면 몸으로 따를 것이다.

어린 자식을 교육할 때는 이상적이고 완전한 인간의 전형을 그리면서 교육해야 한다. 그래야 그 자식은 자기가 사는 자리에서 흔들리지 않는 인간이 될 수 있다.

교육의 기초에는 다음과 같은 원칙이 있어야 한다.

현재를 위해서가 아니라 미래를 위해 예비하고 적응할 수 있도록 가르쳐야 하는 것이다.

이 원칙은 대단히 중요하다. 보통 부모들은 자식들이 잘못되든 어떻든 간에 다만 현실에만 적응시키려고 한다. 어린 자식으로 하여금 인간의 본질에 대한 자의식을 갖게 하는 것은 부모들의 절대적인 의무이다.

달콤한 현실의 유혹에 빠지지 않도록 항상 자신을 지켜라.

유혹의 세계에 빠져 달콤한 꿀만 빨고 있는 자는 그 목에 큰 돌을 매달아 깊은 바다 속에 던져 버리는 게 낫다.

유혹의 세계는 슬프다. 스스로 유혹을 불러들이는 자에게는 오직 슬픔만 있을 것이다.

자신에게 걸맞지 않은 높은 자리보다 조금쯤 낮은 곳을 선택하라. 남에게서 '내려가시오'라는 말을 듣는 것보다 '올라오시오'라는 말을 듣는 편이 훨씬 이롭다

인격 人格

11日

겸양은 인격을 완성하는 가장 큰 덕목이다.
이 세상에 아무리 위대한 인간이라도 겸양이 필요하다.

성인은 자기 자신에겐 엄격하지만 타인에겐 아무것도 요구하지 않는다. 그리고 결코 자기 운명을 놓고 하늘을 원망하거나 타인을 비난하지 않는다. 성인은 불행한 운명에 처해 있더라도 그 운명을 공손하게 받아들일 따름이다.

우리 인간들은 지상의 영예를 좇다가 결국은 위험에 처하게 된다.

화살이 과녁에 맞지 못했다면 과녁을 맞히지 못한 자신에게 문제가 있는 것이지 다른 무엇을 탓할 일이 아니다.

그대 자신 속에 있는 물욕과 지배욕을 없애 버려라. 허영을 경계하라. 영예와 칭찬을 얻고자 하지 말라. 이러한 모든 것은 그대의 정신을 타락시킬 것이다.

자기가 타인보다 잘났다는 생각을 경계하라. 자기가 갖지도 않은 도의심이 자기를 아름답게 보이고 있다는 거짓 관념도 경계하라.

자신에게 걸맞지 않은 높은 자리보다 조금쯤 낮은 곳을 선택하라. 남에게서 '내려가시오' 라는 말을 듣느니보다 '올라오시오' 라는 말을 듣는 편이 훨씬 이롭다.

법칙 法則

12日

자신의 생각이 만인의 법인 것처럼 강요하는 자들이 있다.
그런 자들은 결국 만인에게 배척당하고 만다.

타인과의 관계를 결정해 주는 권리가 자기에게 있다고 생각하는 인간들이 있다. 또 그러한 권리를 타인이 갖고 있다고 생각하여 타인의 말을 맹목적으로 좇는 인간들도 있다. 이 둘 중에 더 불쌍한 자는 후자에 속한 인간들이다.

사람들이 자신의 도덕적 의무를 거부한 때부터, 자신의 진실한 생각이 아니라 어느 집단 혹은 어느 친구의 이익을 위해서 자신의 의무를 한정하게 된 때부터, 또 자기는 몇 천 만이라는 사람들 속의 단 한 사람에 불과하다는 이유로 책임을 회피하는 순간부터 도덕성을 상실한 인간이 되고 만다.

그런 자는 '얕은 꾀' 라는 위태로운 무기로 세상과 맞서야 한다. 꾀는 순간을 면피하기 위한 구실에 불과할 뿐이다.

인간이 만든 모든 법칙은 고유의 지혜를 침식하는 속성을 가지고 있다. 지혜를 따르지 않고 법칙만을 좇아가는 어리석음은 결국 '몰 인간성' 이라는 낙인을 찍고 말 것이다.

평화 平和

13日

믿음은 정신의 평화를 가져온다.
믿음 없이는 정신의 평화를 찾을 길이 없다.

두 가지 평화가 있다.

하나는 소극적 평화이다. 그것은 마음을 산란하게 만들었던 갈등 요인이 없어졌을 때 오는 투쟁 후의 평온이며, 폭풍 후의 평온이다.

또 하나의 평화는 더욱 완전한 정신적 평화이다. 이는 모든 것을 이해한 믿음의 평온이며 이 평온 속에 인간의 진정한 행복이 깃들여 있다.

신에 대한 믿음과 같이 지상에도 인간에게 보내는 믿음이 존재한다. 모든 것이 영원한 하늘에서와 같이 찰나의 인생이라도 믿음은 존재한다.

벗이여, 믿음이 주는 평화를 믿고 행복하게 살라. 기쁨 속에서 나날을 보내라. 죽음에 임해서는 아무도 그대에게 어찌하여 세상이 이 모양이냐고 묻지 않을 것이다.

아침이 오면 어둠의 장막이 걷히는데 무엇을 탄식하는가? 일어나라, 아침을 칭송하자. 우리가 이 세상을 떠난 후에도 새날은 밝고 아침은 줄기차게 숨쉬고 있을 것이다.

교제 交際

14日

만약 당신이 사람의 실수를 용서할 수 없다면, 당신은 사랑할 자격이 없다. 참된 사랑은 용서에서 비롯된다.

정욕과 물욕을 탐하는 자아만을 사랑하다보면 자신을 사악하게 만든다. 그러나 모든 사람에게 존재하는 영혼을 사랑하는 것이 인간이 가질 수 있는 최고 선善이다.

모든 인간은 자신의 존재만으로 살아가는 것이 아니라 사람들 사이에 있는 사랑 속에 살고 있는 것이다.

인생은 사랑이다. 우리가 서로 사랑 속에 있을 때 참된 인생은 우리 속에 있을 것이며, 사랑은 우리 속에서 이루어질 것이다.

사랑은 인생의 최초의 것이 아니라 최후의 것이다. 사랑은 원인이 아니다. 사랑은 자기 마음속에 참된 인생의 의지를 최초로 의식하는 그것이다.

마음에 드는 것만을 사랑함은 신을 사랑함을 의미하는 것도 아니며, 박애를 의미하는 것도 아니다.

진정한 사랑은 노력 속에 이루어진다. 그대가 그대 자신을 사랑하듯이, 그대가 사랑하는 사람 또한 자신을 사랑하고 있음을 기억하라. 그러면 그를 어떻게 대해야 할 것인지 알게 될 것이다.

자신에게 걸맞지 않은 높은 자리보다 조금쯤 낮은 곳을 선택하라. 남에게서 내려가시오'라는 말을 듣는 것보다 '올라오시오'라는 말을 듣는 편이 훨씬 이롭다

생사 生死

15日

생生과 사死는 두 개의 한계점이다.
이 두 한계점을 넘어선 저편에 그 무엇이 있다.

삶에 기생하는 욕망에 패배당하고, 굴종한 자아는 거룩한 천명을 거절하고 결국 자신이 다스려야 할 성지에서 쫓겨나게 된다.

죽음 이후의 세상에 대해 우리가 어떻게 알 것인가? 죽음이 어떤 모습으로 다가올지라도 자기의 지혜에 따라 행하고 사는 것이 그저 우리의 의무일 뿐이다.

우리 앞에 몇 백 년 또는 몇 천 년의 세월이 있다고 믿는 것보다도 현세에 충실한 삶이 더욱 큰 평화를 누리고 사후의 세상 또한 평안할 것이다.

불멸과 사후를 생각하고 골몰하기보다 과거의 비밀에 대한 사색이 선행되어야 한다.

지혜 智慧

16日

부정不正한 신념에 복종할 때 인간은 불행해지고, 허위에 가득 찬 신앙은 인생을 조잡하게 만든다.

인생의 참다운 의미는 어리석음에서 벗어나 지혜로운 길로 들어서는 데 있다. 그러기 위해서는 두 가지를 염두에 두어야 한다.

하나는 생활의 모든 면에서 지혜롭지 못한 점을 인식하고, 그것을 바로잡기 위하여 부단히 노력을 해야 한다. 또 하나는 새로운 지혜를 발견했을 때 바로 실천에 옮기고 순수성을 잃지 말아야 한다.

순수하고 정직하게 바라볼 때에만 비로소 세상의 기만이 똑똑하게 보일 것이다.

그대가 역사를 읽었다면 다음의 사실을 알 수 있을 것이다.

인간이 끊임없이 불행한 원인의 하나는 부정한 신념을 신앙처럼 떠받드는 사람들 때문이다. 그 오만과 사악 때문에 인간은 너무나 눈이 어두워져 신앙을 필요로 하지 않게 되었다는 사실이다.

그대가 지혜로운 자라면 자기의 생각과 의견에 너무 집착하지 말라. 낡은 관념을 버리고 자유로운 사고로 판단하라. 바람의 방향을 똑똑히 아는 뱃사공이 되어야 한다.

자신에게 걸맞지 않은 높은 자리보다 조금쯤 낮은 곳을 선택하라. 남에게서 '내려가시오'라는 말을 듣는 것보다 '올라오시오'라는 말을 듣는 편이 훨씬 이롭다

봉사 奉仕

17日 우리는 인류가 태초부터 봉사해 온 결과를 지금 향유하고 있다.
그러므로 우리도 이 법칙을 지켜야 한다.

우리는 꼭 아이들과도 같다.

아이들은 선생님이 강의하는 교실로 들어온다. 아이들은 말을 듣지 않고, 또 강의 중에 장난을 치기도 하고, 강의가 끝나기도 전에 나가 버리기도 한다.

아이들은 선생님이 가르쳐주는 말을 듣기는 하지만 그것을 제대로 이해하지는 못한다.

선善의 위대한 가르침은 우리가 세상에 있기도 전에, 몇 세기 전부터 시작된 것이며 또 그 가르침은 우리가 한줌 흙으로 사라진 후에도 계속될 것이다.

따라서 우리는 위대한 가르침의 극히 일부분만을 듣는 셈이며, 그 조차도 제대로 이해하지 못하고 이슬처럼 사라지는 것이다.

그러나 아주 미미하고 막연하지만, 우리는 어떤 위대한 삶의 승리감과 영靈적인 신성한 그 무엇인가를 이해해야 한다.

선을 쌓으며 자신의 삶에 주어진 일을 진실하게 수행하라. 그래야만 세상을 풍성하게 변화시키고 인류의 삶의 질을 향상시킬 것이다.

천명 天命

18日

자신에게 주어진 천명을 스스로 깨달아야 한다. 그리고 천명을 달성하기 위해 끊임없이 노력하는 이야말로 덕이 있는 사람이다.

학문의 명제는 무한히 많다. 인생의 목적과 행복이 무엇에 의해 만들어지는가에 대한 탐구가 없다면 그 무한한 명제 중에서 무엇을 선택해야 할지 모르게 된다. 그것을 모르고 선택한 학문과 예술은 일시적이고 해로운 오락에 지나지 않는다.

사람들이 어리석은 것은 누구에게나 필요한 단 한 가지 진리를 찾지 않기 때문이다. 그것은 인생의 의의意義를 아는 것이다. 옛 현인들이 끊임없이 탐구하고 가르쳤던 것을 우리는 앞으로 제대로 찾아내서 수행해야 한다.

인생의 의의도 모르면서 지식과 예의와 덕까지 갖추었다고 생각하는 자들처럼 어리석은 자들이 없다. 그런 자들이 자랑거리로 삼는 것들은 결국 악취를 풍기고, 바람에 나는 겨와 같이 사라지고 만다. 사소한 지식을 절대적인 것으로 착각하지 말라.

선악 善惡

19日 학문은 오직 한 가지를 위해 필요하다.
무엇이 진정한 선이냐를 탐구하고 깨닫는 것이다.

하늘과 땅은 영원하다. 그 원인은 하늘과 땅이 각각 자기 자신을 위하여 존재하는 것이 아니기 때문이다.

성현은 항상 자기로부터 떨어져 있다. 그러기에 구원을 받는다. 자기를 위해 아무것도 요구하지 않아야만 결국 자기에게 필요한 모든 것을 달성할 수 있다.

일찍이 선과 악의 투쟁이 시작되는 징조를 기다리고 있을 때, 또한 모든 사람들의 마음속에서 선善의 군대와 악惡의 군대가 충돌할 때, 그 충돌의 결과에 따라 미래의 운명은 자유로울 수도 있고 노예가 될 수도 있다.

속담에 '한 마리의 제비가 봄을 가지고 오는 것이 아니다' 라는 말이 있다. 제비가 봄을 느끼고 기다리기만 하면 과연 봄은 오는 것인가? 결코 그렇지 않다. 마찬가지로 선善을 쌓는 데 기다린다고 해서 저절로 이뤄지는 것은 아니다.

인간 人間

20日

그대와 신神 사이에 있는 그 무엇을 두려워하라.
그보다 그대 중심에 파고든 온갖 환영과 심상心象을 두려워하라.

어느 민족 어느 개인에게나 다 그렇지만 타인을 이해한다며 새로운 편견을 만드는 것은 더 큰 장애물을 만들 따름이다. 가련한 영혼들은 이 때문에 스스로의 지지支持를 상실하는 것이다.

보통 사람은 습관처럼 따라붙은 편견을 포기하면서 갑자기 길을 잃은 것처럼 고독을 느끼게 된다.

그러나 편견을 버려야만, 자기의 내면으로 더 깊이 파고들 수 있고 자신의 모습을 더 정확하게 대면할 수 있다. 그때 비로소 자기가 위대한 인생의 목전에 이르러 있음을 깨닫게 되리라.

인생에서 무엇이 가장 본질적이냐 묻는다면, '인간의 영혼은 위대한 것' 이라고 나는 대답한다.

가장 밑바닥으로 타락한 자, 가장 부패한 자에게서도 나는 이 세상의 천사가 될 수 있는 본질을 보았던 것이다.

생활 生活

21日

과오나 실수 때문에 일의 앞뒤를 놓치는 일이 없도록 하라.
자기의 과오를 아는 것만큼 교훈적인 것은 없다.

인간의 정신적 완성은 얼마나 의지가 강한가 또 욕정을 얼마나 잘 다스렸는가에 의해서 이루어진다. 끝없는 노력을 통해 정신적 완성을 이루었을 때 비로소 인간은 행복에 도달하게 된다.

출세하고 명성을 얻은 자들에게 우리는 흔히 박수갈채를 보낸다. 그 출세와 명성은 눈부신 무지개를 보듯 황홀하기조차 하다. 특히 젊은 사람들에게는 그것이 더욱 매력적으로 보인다. 그러나 그것이 영원한 것은 아니다. 무지개는 사라지고 곧 허망만 남는다.

자신을 절제하고 진실을 추구하는 자는 마음에 영원한 무지개가 빛나고, 그가 행하는 모든 것들도 영원하다. 다른 모든 것들이 퇴색할 때 자신을 절제하는 데 성공한 자만이 더욱 큰 지혜의 보배를 얻을 것이다.

정신을 놓고 물질과 정욕에 사로잡힌 인간처럼 어리석은 자가 없다. 그런 인간의 생활은 시들고 공허하게 사라지는 것들뿐이다.

전쟁 戰爭

22日

인간이 저지른 악惡중에서
전쟁을 일으키는 악만큼 큰 악은 없다.

승리는 어디에 있느냐? 승리의 가르침은 어디로 가면 찾을 수 있느냐? 대체 어디서 찾아볼 수 있단 말이냐? 제도制度 속에서란 말이냐?

제도 속에서 승리를 찾아볼 수는 없다.

총소리가 난다. 병사는 피를 흘리고 쓰러진다. 우군은 그를 짓밟고 전진한다. 그는 숨이 넘어가고 만다. 그의 죽음은 '불멸의 죽음'이라는 고마운 칭호를 받게 된다.

친구나 친척들은 곧 그를 잊어버리고 만다. 그리고 그가 살아생전에 자기의 행복과 고뇌와 모든 인생을 바친 그 대상자는 그를 이해하지도, 기억하지도 못한다.

세월이 흐른 후 누군가가 그의 백골을 찾아내기라도 하면 그는 멋지게 포장되어 또 다시 전쟁의 도구로 전시된다.

전쟁은 사람이 인간이기를 포기하고, 살인병기가 되도록 만든다. 병사의 가장 중요한 임무는 복종이며, 병사의 가장 큰 만족은 폭풍과 같은 모험과 위험이다.

전쟁은 사람들에게 평화로운 고뇌보다 승리의 피에 미쳐버린 환희만을 불러일으킨다.

사악 邪惡

23日

악에는 일정한 형태가 없다. 악은 사람들 사이를 유영遊泳하다 흔들리고 망설이는 자에게 가서 부딪친다.

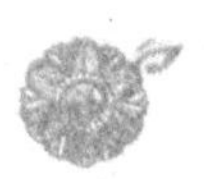

망설이지 말고 결단하라. 악이 마음의 틈을 엿보지 않도록 절제하라. 쉽게 분노하지 말라. 분노로 해결될 일은 아무것도 없다. 도리어 노여움으로 시작된 일은 반드시 수치로 끝나는 법이다. 노여움은 모욕보다 더욱 해롭다.

인색한 사람은 타인의 소유물까지 자기 것으로 만들고자 한다. 자기만 부유하면 그만인 것이다. 그래서 자기 이익을 위해서라면 타인에게 피해를 주는 일도 사양치 않는다.

그러나 타인에게 행한 불의는 언젠가 자기 자신에게로 되돌아온다. 악은 당장 열매를 맺는 것이 아니다. 그러나 재속의 불씨처럼 차츰차츰 타오르면서 악에 미친 자신을 괴롭힐 것이다.

분노는 악이다. 그 악에 매몰되지 말고 오히려 경멸하라.

진리 眞理

24日

소수만이 진리의 길을 발견한다.
그 길이 자신 속에 있음에도 쉽게 진리를 놓치기 때문이다.

사람은 결국 어디로 가는가? 우리는 알 수가 없다. 그러나 가장 높은 지혜는 그대가 어디로 갈 것인가를 깨닫고자 하는 노력 속에서 찾을 수 있다.

사람은 세 가지로 구별된다. 하나는 진리를 찾고 그 진리에 봉사하는 사람이다. 다른 하나는 진리를 찾을 수도 없고 찾으려고도 하지 않는 사람이다. 이러한 사람에게는 지혜도 없으며 또한 행복도 있을 수 없다.

그런데 진리를 찾아낼 능력이 없으면서 진리를 찾으려고 애쓰는 사람들이 있다. 이 사람들은 지혜는 있을지 모르나 아직 충분히 행복하지는 못하다.

진리에 대한 탐구가 시작되는 곳에서 인생은 시작된다. 진리에 대한 탐구가 단절된다면 인생도 거기서 단절되고 만다.

지혜를 탐구하는 사람을 지적知的이라 할 수 있다. 그러나 만약 그가 지혜를 발견했다고 스스로 생각한다면 이미 그는 지혜를 갖지 못한 사람이다.

자신에게 적합지 않은 높은 자리보다 조금쯤 낮은 곳을 선택하라. 남에게서 '내려가시오'라는 말을 듣는 것보다 '올라오시오'라는 말을 듣는 편이 훨씬 이롭다

지식 智識

25日

무지無智를 두려워하라. 그보다도 더욱 두려워해야 할 것은 그릇된 지식이다. 왜냐하면 그릇된 지식은 삶을 그르치기 때문이다.

세상에는 온갖 충분한 지식이 있다. 그러나 어떤 지식이라도 자신의 것이 되지 못한 지식은 오히려 유해할 뿐이다.

소크라테스는 기하학에 대하여 이렇게 말했다.

'실제로 토지 매매를 할 때 토지의 면적을 정확하게 측량할 수 있어야 하며, 또 유산 분배를 하거나 노동자들에게 임금을 분배할 때에 정확한 처리를 할 수 있는 것이 지식이다.'

두뇌만 써서는 배부를 수가 없다.

어떤 집 정원으로 두 사나이가 찾아왔다. 학문이 있는 사나이는 곧 나무의 가격을 계산하기 시작했다. 그러나 선하고 친절한 다른 사나이는 곧 집주인과 친해져서 그와 나무그늘에 앉아 이야기를 나누며 과일을 가득히 따서 배부르도록 먹었다.

지식을 주워 모으려고 돌아다니는 학자는 불쌍한 인간이다. 자기의 지식에 자족하는 철학자나, 인생을 재물 모으기에만 씨름하는 수전노처럼 탐욕스러운 연구가도 역시 불쌍한 인간이다.

박애 博愛

26日

사람들이여, 말과 입 끝으로만 사랑하는 척하지 말라.
실제 행동으로 타인을 사랑하라.

우리가 풍족한 식탁에 앉아서 담소와 포식을 즐기고 있을 때 한 조각의 빵과 한 평의 누울 자리를 구하는 자들이 있음을 잊지 말라. 그들이 울부짖고 슬퍼하는 소리를 들으면서도 귀를 기울이지 않는다면 죄악이다. 단 한 조각의 빵 때문에 거짓말을 한 경우가 과연 우리에게는 없었는가?

성현의 길의 첫째 법칙은 온갖 고난을 무릅쓰고 자기 자신을 발견한다는 것이다. 마찬가지로 박애의 첫째 법칙은 아무리 곤란한 지경에 처하여서도 스스로 만족할 줄 알고, 겸손하라는 것이다. 그런 사람만이 진정 타인을 사랑할 줄 알고 확실한 행동을 한다.

아무리 높은 지위에 있다한들 어려운 지경에 처한 이들을 보고 마음을 닫아 버리는 자에게 어찌 사랑이 머무를 수 있으랴?

예수는 말했다.

'너희가 먹다 남긴 빵 한 조각을 던져주고 어찌 선을 베풀었다고 하느냐?'

자신에게 걸맞지 않은 높은 자리보다 조금쯤 낮은 곳을 선택하라. 남에게서 '내려가시오'라는 말을 듣는 것보다 '올라오시오'라는 말을 듣는 편이 훨씬 이롭다

행복 幸福

27日

후회한다는 말을 하지 말라. 후회하고 슬퍼한들 무슨 소용이 있는가? 허위는 말한다. 후회하라고. 그러나 진실은 말한다. 다만 사랑하라고.

지나간 일에 대하여 말하지 말라. 사랑의 나무 그늘 밑에서 살라. 그 밑에서 모든 미련을 던져 버려라.

그리고 사랑하라. 그대에게 고통을 준 자를 사랑하라. 그대가 욕을 하고 미워하던 자를 사랑하라. 마음을 숨기고 보여 주지 않는 자도 사랑하라. 모든 사람을 사랑하라. 그때에야 비로소 그대는 맑은 물속을 들여다보듯, 그 사람들의 내부에 존재하는 성스러운 사랑의 본성을 볼 수 있을 것이다.

나는 가끔 이 세상을 변혁시킬만한 힘이 내 속에 있음을 의식한다. 그 힘은 나를 앞세우거나 충동질하지 않으나 서서히 저항할 수 없는 형세로 나의 삶을 이끌어 간다. 그 무엇인가가 나를 이끈다는 것을 느낀다.

사랑이 주는 용기, 평화, 환희는 참으로 위대하다. 사랑에 의해 얻을 수 있는 내면적인 행복은 사랑의 외면적인 행복만을 알고 있는 사람으로서는 절대 깨닫지 못하는 것이다. 타인을 사랑함은 진실하고도 견고한 정신의 행복을 가져온다. 사랑이란 인간으로 하여금 영원의 세계와 결합시키는 매개체이기 때문이다.

자유 自由

28日

제도가 만든 법칙에만 따르는것은 노예 의식이다.
인간의 원칙을 따르려는의식만이 우리를 자유롭게 한다.

자유가 인간에게 주는 아름다움을 알기 위해서는 육체가 아닌 정신으로의 '향상' 이 필요하다.

예수는 참다운 예언자였다. 그는 인간의 영혼의 비밀을 보았다. 곧 인간의 위대함이었다. 그는 그대나 나 속에 존재하는 것을 믿었고, 인간의 모습에서 신神을 보았던 것이다.

신과 나는 동일체라고 스승은 말하였다. 그러나 만약 나의 육체가 신의 형상이라고 생각한다면 그것은 잘못이다. 다른 존재에 비하여 그 어떤 특별한 정신적인 나의 본질을 신이라 생각함도 잘못이다. 신과 동일체인, 진실한 나의 자아와 만날 때만이 그대는 비로소 정당한 것이다.

나를 이 지상으로 보내어 준 것은 '진실' 바로 그것이다. 나는 '그'에게서 들은 것을 이 지상에 전하려 하는 자이다. '그' 가 하늘에 계신 아버지에게 말한 것을 사람들은 이해하지 못했다. 예수는 말하기를 '하늘의 교훈을 말할 때 사람들은 진정한 칭찬을 받을 것이다' 라고 하였다.

자신에게 걸맞지 않은 높은 자리보다 조금쯤 낮은 곳을 선택하라. 남에게서 '내려가시오' 라는 말을 듣는 것보다 '올라오시오' 라는 말을 듣는 편이 훨씬 이롭다

경험 經驗

29日

자기 자신을 알고 싶거든 남이 하는 일에 주의하라.
남을 알고 싶거든 자기의 마음속을 들여다보라.

예지는 말 그대로 날카롭고 뛰어난 지혜이다. 마음의 길을 찾으려면 예지를 갖추어야 한다.

예지에 도달하는 데는 세 가지 길이 있다. 첫째는 사색에 의하는 길인데 이것이 가장 높은 길이다. 둘째는 모방에 의한 것인데 이것은 가장 쉬운 길이다. 그리고 셋째는 경험에 의한 것이며 이것은 가장 고통스러운 길이다.

'신은 초인종을 누르지 않고 들어오신다' 라는 말이 있다. 그 뜻은 우리들과 영원 사이에는 장벽이 없다는 것, 즉 인간(결과)과 신(원인) 사이에는 벽이 없음을 의미한다.

벽이 헐리고 신의 본성이 인간들의 모든 깊은 행위 속으로 마치 몸처럼 스며들어 간다.

정신은 그 자체에 있어서 스스로의 검사가 되며 판사가 된다. 이것저것 무엇이든지 다 잘 알고 있는 그대의 정신에 상처를 입혀서는 안 된다.

토지 土地

30日

소크라테스는 그가 어떤 가문의 출생인지 질문 받았을 때 '나는 모든 세계의 시민' 이라고 대답했다.

자기 힘으로 노동하면서 우리가 어떤 섬에서 생활하고 있다고 가정하자. 그때 난파한 어떤 뱃사공이 표류해 왔다고 하자. 그러면 그 뱃사공에게는 어떠한 권리가 있을까?

그는 이렇게 말할 수 있지 않을까?

"나도 인간이다. 나도 땅을 경작할 권리를 가지고 있다. 그대들처럼 나도 내 손으로 노동하여 살아가기 위하여 이 토지의 일부를 차지할 수 있다"라고.

그렇다. 대지는 어떤 특별한 인간의 소유일 수 없다.

그러나 타인의 재물을 약탈한 것처럼 한 사람이 너무 많은 토지를 소유하고 있다. 그것은 약탈자와 다를 바가 없다. 공유의 토지를 지키기에 힘써라. 역사상 한번 빼앗긴 토지는 그렇게 쉽게 돌아오지 않는다.

대지는 우리들 만물의 어머니이다. 대지는 우리를 길러 주고 살 곳을 마련해 주며, 우리들을 따뜻하게 품어 준다. 평안을 얻지 못하는 우리들을 자비롭게 포옹하고 끊임없이 애무하여 준다.

자신에게 걸맞지 않은 높은 자리보다 조금쯤 낮은 곳을 선택하라. 남에게서 '내려가시오' 라는 말을 듣는 것보다 '올라오시오' 라는 말을 듣는 편이 훨씬 이롭다.

폭압 暴壓

31日

그대의 마음과 신 사이에 다른 중개인을 끼워 넣지 말라.
아무도 그대 이상으로 신에게 가까이 갈 수는 없다.

전체주의, 부정, 그리고 폭압의 가장 심한 단계는 복종을 받아들이지 않으면 안 된다는 법을 세우는 것이다. 굴복을 강요하는 것은 하늘의 뜻을 어기는 것이다. 하늘의 뜻은 순리이다.

만약 진실 된 일이라면 모든 사람들에게-가난한 사람이건 부유한 사람이건, 남녀노소 할 것 없이- 그 진실을 믿게 하라.

그러나 만약 진실 되지 못한 일이라면 가난한 사람이건 부유한 사람이건 군중이건 아녀자이건 누구 한 사람이라도 그것을 믿지 못하게 하라.

학자라 자칭하는 인간들을 조심하라. 그들은 긴 옷을 입고 다니기를 좋아하며, 사람이 많이 모인 곳에서 연설하기를 좋아하며, 모임에서는 윗자리 차지하기를 좋아한다.

누구보다 앞서서 음식을 탐하는 자, 마음에 없는 기도를 장시간 드리는 인간을 경계하라. 무엇보다도 그들은 자기에 대한 비난을 못 들은 척하기 일쑤이다.

남을 심판하지 말라. 심판하지 않으면 심판 받지도 않는다.

타인을 비방하고 싶을 때, 자신이 받을 비방과 그 고통을 한 번 생각해보라. 그리고 그것이 인간을 배반하는 일임을 생각하라.

정신 精神

1日

정신의 존재를 믿으며 지혜의 빛 속에 사는 사람은
신의 나라에 사는 사람이며 영원한 인생을 사는 사람이다.

그대들은 말할 것이다. '정신적인 것과 육체적인 것, 이 두 가지 본체가 따로 있을 까닭이 없다' 고.

그러나 나는 말하겠다. 나의 사고思考와 재산 사이에는 아무런 공통된 것이 없다고.

무엇보다 우스운 일은 현학자들이 서로 제멋대로의 궤변을 내세우고, 인간 속에서 정신을 인식하기 이전에 돌石속에서 그것을 인정하고자 한다는 것이다.

정신적인 것과 물질적인 것의 구별은 단순한 어린애의 지혜로, 또한 가장 높은 성현의 지혜 한 가지로도 명백히 알 수 있는 것이다.

정신과 물질에 대한 논쟁은 소용이 없는 일이다. 논쟁으로는 아무것도 밝혀지지 않는다. 그것은 의심할 바 없는 사실을 도리어 애매모호하게 만들 뿐이다.

분명한 것은 그 무엇으로도 정신적인 것을 물질적인 것으로 변화시킬 수 없다는 사실이다.

사관 死觀

2日

가끔씩 '죽음'에 대하여 생각하라.
누구에게나 죽음은 온다. 그 죽음을 벗처럼 여기고 생각하라.

영원히 살 것 같지만 죽음은 자신도 모르는 사이에 다가온다. 죽음은 그대 그림자처럼 항상 같이 붙어 다닌다. 그런 죽음을 완전히 잊어버리고 사는 삶과 죽음을 벗처럼 여기고 사는 삶은 자세부터 판이하다.

우리는 지상의 일시적인 것을 영원한 것으로 착각하기 쉽다. 인생은 끝이 있는 길이다. 그러나 그 길을 어떻게 걸어갈 것인가?

그대가 매 순간마다 이해타산을 따지지 않는 삶을 살아갈 때, 그대는 정의를 알아 바르게 행동하며 그리하여 자기의 운명에 순응할 것이다.

그때 그대는 타인의 말이나 소문 또는 행동을 냉정하게 바라볼 수 있게 된다. 그리고 그런 것에 대해서는 무관심하게 된다. 남들이 쓸데없는 일에 머리를 쓰고 있을 때, 그대는 오늘의 할일을 말없이 수행할 수 있을 것이다.

부질없이 '죽음'을 회상함은 '죽음'에 대한 진지한 사색이 결여되었음을 의미한다. '죽음'을 회상할 필요는 없다. 다만 자각하면서 현재를 평화롭고 즐겁게 살아가는 자세가 필요하다.

남을 심판하지 말라. 심판하지 않으면 심판 받지도 않는다. 타인을 비방하고 싶을 때, 자신이 받을 비방과 그 고통을 한 번 생각해 보라.
그리고 그것이 인간을 배반하는 일임을 생각하라.

선행 善行

3日

인간 마음속의 덕성은 보석과 같다.
어떤 상황에서도 그것은 천연의 미美를 변함없이 보전한다.

선행은 쉽게 눈에 띄지 않는다. 때로 억울함을 당하기도 한다. 그러나 최후의 성공을 가져다준다.

식물은 광합성光合成을 한다. 이와 같이 덕이 있는 사람은 이 세계에 있는 단 하나의 광명을 섭취하고 그 광명을 향하여 손을 뻗친다.

물론 이것이 '사랑' 인 줄 우리는 안다. 오직 이 같은 '사랑' 속에서만 우리는 누구나 행복의 보수寶樹를 발견할 수 있다. 사랑이 있을 때만 이 세상은 존재할 만한 가치가 있다.

덕이 높은 사람은 스스로 덕이 높다고 생각지 않는다. 또한 덕이 높은 사람은 자만하지 않으며 자기를 과장하지도 않는다. 대개 덕이 얕은 사람이 항상 자신만만하고 자신을 과대 포장한다.

행복한 사람은 그 행복을 소중하게 생각한 나머지 나중에는 타인에게도 나누어 주고 싶어 한다. 선행의 습관을 기르는 것만큼 인생을 아름답게 하는 것은 없다.

이지 理智

4日

지智의 세계에는 한계가 없다. 인간은 진리 속에 있을 때에만 자유롭다. 그 진리는 '지'가 있어야 이루어진다.

식탁에 사탕을 놓아두면 아이들은 그것을 서로 먹으려고 싸우기도 한다. 그러나 어른들은 그런 것을 가지고는 다투지 않는다.

나에게 있어서는 금전, 지위, 명성, 명예 등이 아이들이 좋아하는 사탕이나 과자와 같은 것이다.

물론 내 손안에 우연히 호두 같은 것이 굴러 떨어졌을 때 먹지 않겠다는 말은 아니다. 하지만 그것을 얻기 위해 허리를 굽히거나 이전투구를 하지는 않겠다는 말이다.

지혜로운 사람은 자기 운명을 자유롭게 따른다. 그리고 구차하게 싸우면서까지 무언가를 쟁취하려 들지 않는다.

우리는 자유롭지 못하다. 자신의 정욕 또한 타인에게 속박되어 있다. 더욱이 이지력이 떨어질수록 정욕에 구속되기 십상이다.

이지력은 그대의 과오를 깨닫게 해준다. 거기서부터 진정한 자유가 있다.

남을 심판하지 말라. 심판하지 않으면 심판 받지도 않는다. 타인을 비방하고 싶을 때, 자신이 받을 비방과 그 고통을 한 번 생각해보라. 그리고 그것이 인간을 배반하는 일임을 생각하라.

사상 思想

5日

우리들 삶은 사상의 결과이다.
또한 그 사상 속에서 우리들 삶이 규정된다.

사람이 잘못된 사상을 가지고 살아간다면 그것은 마치 수레바퀴가 말꽁무니에 붙어 다니듯 불행이 그의 등 뒤를 무겁게 따라다닐 것이다.

그러나 사람이 올바른 사상을 가지고 말하고 행동한다면, 기쁨은 결코 그를 버리지 않을 것이며 그림자처럼 그의 뒤를 따라다닐 것이다.

우리의 관습적인 사상은 겉은 그럴듯하게 포장되어 있지만 사실은 허위에 지나지 않는다. 그런 허위는 자연이 주는 높은 진리를 변조變造하기도 한다. 또한 운명처럼 등에 짊어지고 다니는 달팽이의 집과도 같다.

삶에는 고비가 있다. 그러나 좋은 사상을 터득한 자는 고비를 꿋꿋하게 헤쳐 나간다.

욕망 慾望

6日

음란처럼 우리를 가장 강렬하게 사로잡는 욕망은 없다. 하지만 욕망은 절대로 만족이란 없다. 만족하면 할수록 더 큰 욕망을 바라기 때문이다.

'깨달음' 의 길에 들지 못했던 한 남자가 있었다. 그는 오직 부자가 되기 위해 모든 고난을 견뎠다. 그는 만약 자기가 부자가 된다면 불행은 끝날 것이며, 모든 사람들이 부러워하고, 자신은 세상의 총아寵兒가 될 것이라고 믿었다. 그것을 생각하며 그는 온갖 굴욕을 참아가며 돈을 벌기 위해 열심히 일했다.

그러나 많은 재산을 얻고 난 후에도 그는 행복하지 않았다.

그에게는 예지가 부족했던 것이다. 그가 진실로 모든 불행에서 자유롭게 되기를 원했다면 '자성自省' 또한 있어야 했다. 그래야 무엇이 참다운 행복인가를 생각할 줄 알게 되는 것이다.

예전에는 강하게 열망했지만 지금은 혐오감을 느끼는 것들을 한번 생각해보라.

지금 그대가 갈망하고 있는 모든 것이 혹시 미래에는 혐오의 대상이 될지 모른다. 또 욕망을 만족시키기 위해 얼마나 많은 것들을 상실했는지 짚어보라.

미래도 현재와 같은 것이다. 그대의 욕망을 진정시켜라.

아타 我他

7日

인간은 타인과의 관계 속에서 살아간다. 때문에 타인에게 미치는 영향을 생각지 않고서는 아무도 자기완성을 이룰 수 없다.

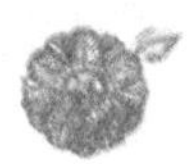

사람들은 '아타我他'를 잘 구별하려 들지 않는다.

집단과 집단, 계층과 계층이 무엇 때문에 지리멸렬하고 갈등을 겪고 있는가? 그것은 단순히 그가 몸담고 있는 조직이나 사상의 과오가 아니라, 인간 자체의 과오에 기인하는 것이다.

어떤 사상이나 이념의 완성에 도달한다는 것은 불가능한 일이다. 완성은 단순한 이상에 지나지 않으며 하나의 도표에 불과하다.

다만 완성을 위해 끊임없이 앞으로 나아가는 것이다. 그 노력의 과정에서 자기의 정신을 악에서 선으로 전환시킬 수 있다.

그렇다고 완성을 포기하라는 말이 아니다. 절대적인 완전은 하늘의 법칙이다. 그 하늘의 법칙을 깨닫기 위해 모든 노력을 기울이는 것이 인생의 법칙이다.

생활 속에서 자기의 이기만을 더욱 발전시키려 할 때 그것은 자신과 타인에게 말할 수 없는 폐해를 끼친다. 그러나 생활을 정신적으로 향상시키려는 것만큼, 자신과 타인에게 이로움을 주는 것은 없다.

비방 誹謗

8日

끼리끼리 어울리며 편당을 만드는 이들은
다른 사람 비방하는 것을 좋아한다.

남을 심판하지 말라. 심판하지 않으면 심판 받지도 않는다.

타인을 비방하고 싶을 때, 자신이 받을 비방과 그 고통을 한 번 생각해보라. 그것이 인간을 배반하는 일임을 생각하라.

타인의 흠을 찾아내기는 쉬우나, 자기 잘못을 깨닫기는 어렵다. 타인의 과오에 대해서는 말하기 좋아하나, 자신의 과오는 기를 쓰고 감춘다.

사람들은 남 흉보기를 좋아한다. 하지만 타인의 흉잡기에 혈안이 된 이들은 정작 자신의 분노만 더 키울 뿐이다. 그 자신이 나락으로 빠지는 일이다.

타인을 욕하여 그대 입을 더럽히지 말라. 남을 해치는 말은 반드시 그대에게 배가(倍加)되어 돌아온다. 그리고 나중에는 더욱 심한 증오에 사로잡히게 된다.

자기 자신을 억제할 수 없다면 아예 입을 봉하라. 비방은 타인을 해치는 것이 아니라 도리어 자신을 해치는 일임을 명심하라.

남을 심판하지 말라. 심판하지 않으면 심판 받지도 않는다. 타인을 비방하고 싶을 때, 자신이 받을 비방과 그 고통을 한 번 생각해보라. 그리고 그것이 인간을 배반하는 일임을 생각하라.

죄악 罪惡

9日

사람이 흉중에 품고 있는 선과 악에 대한 그릇된 생각의 결과는 전쟁의 포화가 휩쓸고 간 자리보다 더 참담하다.

이기적인 소유욕으로 인해 눈뜨게 되는 탐욕, 구성원 간에 생기는 증오, 승리에 대한 도취, 복수에 대한 갈망 등은 인간의 양심을 뭉개 버리고 협동 정신을 말살하여 끝내 맹목적 이기주의로 전락하고 만다.

어린아이의 웃는 얼굴에는 진실로 선량한 기쁨이 배어 있다. 부패하지 않은 인간은 누구나 다 그와 같다. 그러나 이기적인 인간의 웃음에는 그 '이기' 가 확실하게 드러난다.

더욱이 자기들만의 집단과 조직을 위한다며 다른 집단을 무조건 배척하는 이기심은 무서운 범죄일 따름이다. 타인에 대한 인신공격은 가장 흉악한 죄악이다. 때문에 지혜로운 인간은 그런 무기를 사용하지 않는다. 그는 평화를 소중히 여긴다. 또한 승리할지라도 기뻐하지 않는다.

반목과 질시, 편견과 인종과 지역감정을 조장하여 사람들을 갈라놓은 위정자들은 가장 저열하고 부패한 범죄자와 다름없다.

겸손 謙遜

10日

겸손은 인간을 확고한 기반 위에 세워 놓는다.
교만하면 교만할수록 그의 기반은 약해지고 만다.

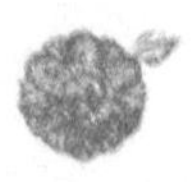

겸손은 자기 자신을 부족한 인간이라고 생각하며 자기의 선행을 자랑삼지 않는 데서부터 시작된다. 사람은 자기 내면을 깊이 파고들수록, 세상에서 한낱 미약한 존재임을 깨닫게 된다.

선량하고 현명한 사람의 특징은 분명 다르다.

그는 언제나 자신이 모자라는 존재라고 생각하기에 더 많이 알고 더 많이 배우려고 하며, 결코 남을 가르치려 들지 않는다. 그러나 남을 가르치려 들고 남을 바로잡으려는 사람은 사실 그 자신이 모자람을 깨닫지 못하고 있는 것이다.

물을 닮을 필요가 있다. 방해물이 있어도 물은 거침없이 흐른다. 둑이 있으면 물은 더 이상 흐르지 않는다. 하지만 둑을 없애면 물은 다시 흘러간다.

물은 둥근 그릇이나 네모난 그릇을 따지지 않는다. 물은 여유로우며 활달하기 그지없다.

자기 힘을 알도록 노력하라. 힘을 알되 그것이 과소평가될까 두려워 말라. 오히려 과장될까 두려워하라.

남을 심판하지 말라. 심판하지 않으면 심판 받지도 않는다. 타인을 비방하고 싶을 때, 자신이 받을 비방과 그 고통을 한 번 생각해 보라. 그리고 그것이 인간을 배반하는 일임을 생각하라.

본질 本質

11日

삶의 법칙을 성취하는 것이
인생의 가장 본질적 사명이다.

사람들은 참다운 자신과는 아무 상관없는 외면적인 일에 매달릴 때 괴로워하고 불안하고 초조하다. 그러면서 자문한다.

'나는 앞으로 무엇을 하면 좋을까? 나는 어떻게 될 것인가? 나에게 무슨 일이 일어날 것인가? 혹 무서운 일이 일어나지는 않을까?'

절실한 문제도 아닌 일에 마음을 괴롭히는 사람은 언제나 이 모양이다.

의무는 인생의 향락과는 아무런 상관도 없다. 의무에는 그 자체의 법칙, 그 자체의 판단이 있을 뿐이다.

만약에 우리의 편의를 위해 의무와 향락을 혼동해 버리더라도 이 두 관념은 곧 분리된다. 생활이 육체적인 향락에 빠진다면 도덕적인 생활은 사라져 버리고 다시 회복될 수 없을 것이다.

의무와 향락을 혼동한 인간이 죽음과 진배없는 고통을 겪고 나서야 자기 앞에 놓여진 단 하나의 길을 발견한다. 그 길이란 지혜의 법칙에 따라 사랑 속에 나타나는 인간의 생활 그것을 말한다.

영생 永生

12日

우리를 기다리고 있는 것 중에 죽음만큼 확실한 것은 없다.
그런데도 우리는 마치 죽음이 존재하지도 않는 듯이 생활한다.

죽음을 생각해본 적이 있다면 스스로 영원한 인생을 믿는가 그렇지 않은가, 우리의 행위가 지적知的인가 맹목적인가를 고민해보라. 무릇 지혜로운 행위는 참된 인생이 불멸임을 믿는 데서 비롯된다.

인생에는 '영원히 꺼지지 않는' 그 무엇이 있다는 것을 확신하라.

우리는 가끔 죽음을 상상하지만, 그것은 신의 모습을 상상할 수 없는 것처럼 불가능한 일이다. 다만 죽음도 역시 신께서 내려 주시는 모든 것과 마찬가지로 선善임을 믿는 것은 가능하다.

'죽음'에 대하여 한 번도 깊이 숙고해 본 적이 없는 인간은 영생불사를 믿지 않는다.

남을 심판하지 말라. 심판하지 않으면 심판 받지도 않는다. 타인을 비방하고 싶을 때, 자신이 받을 비방과 그 고통을 한 번 생각해보라. 그리고 그것이 인간을 배반하는 일임을 생각하라.

종교 宗教

13日

종교는 모든 사람의 이해를 받을 수 있는 철학이며
철학은 또한 종교의 증명이 된다.

종교에 대해 역사가 만들어낸 편견이 있다 해도 믿는 것이 좋다. 아무리 건강한 지식을 소유한 인간이라도 결국은 신에 의지할 수밖에 없기 때문이다.

그러면 신의 가르침이란 무엇인가?

인간 행위의 목적이 신의 가르침이라고 해서 반드시 이루어내야 하는 것은 아니다. 진심으로 해야 한다고 느낄 때에 자발적으로 행하면 되는 것이다.

미래를 예측할 수 없다면 우리들 생활은 황량하기 그지없을 것이다. 미래를 알고자한다면 인생을 창조한 신의 가르침을 따라야한다. '신은 모든 것을 알고 계신다' 라는 확신이 신앙을 증명케 한다. 그때 비로소 우리에게는 자유가 있으며 진정한 생활이 있는 것이다.

종교는 철학적인 사색과 함께 광명을 준다. 철학적인 사색은 종교적 진리를 확고하게 할 수 있다. 그러므로 진실로 종교적인 사람과 진실로 철학적인 사람들과 교제를 갖도록 하라.

종교는 내면적인 예지叡智이며 예지는 이론적인 종교이다.

영혼 靈魂

14日

영혼의 나라는 인간의 내부에 깃들어 있다.
자신의 내부를 보지 못하는 자는 영혼의 왕국도 볼 수 없다.

인간의 영혼은 다른 무엇에 비교할 수 없는 독특한 빛을 지니고 있다. 그 빛은 영혼 내부로부터 발하는 투명한 구슬과도 같다. 진리의 원천일 뿐만 아니라 그 빛에 의해 외부의 모든 것이 비쳐진다.

그럴 때에 인간의 마음은 자유로우며 또한 행복하다. 그러나 만일 그 빛이 외부의 사물에 비뚤어진 영상을 줄 때, 그 평평한 표면에는 물결이 일고 차츰 어두워지면서 마침내 굴절하고 만다.

덕성의 완성에서 발생하는 예지의 광채를 '선천적인 도덕'이라 한다. 예지에서 발생하는 빛과 덕성의 완성을 '후천적인 신성神性'이라 한다. 덕성의 완성에는 예지의 광채가 필요하다. 예지의 광채에는 덕성의 완성이 필요하다.

그대는 인간의 마음을 보지 못했고 신도 보지 못했을 것이다. 그러나 모든 창조물을 통하여 신의 존재를 느낄 수 있다. 그렇듯이 자기 마음속에 깃들어 있는 신의 힘 또한 느낄 것이다. 그 힘을 믿으라.

남을 심판하지 말라. 심판하지 않으면 심판 받지도 않는다. 타인을 비방하고 싶을 때, 자신이 받을 비방과 그 고통을 한 번 생각해보라. 그리고 그것이 인간을 배반하는 일임을 생각하라.

단순 單純

15日

단순성은 자연 그대로 오는 것과 예지에서 오는 것이 있다.
하나는 사랑을 불러오며 다른 하나는 존경을 불러온다.

인생에서 대부분의 문제는 수학을 풀듯이 풀어갈 수 있다. 그때의 해답은 극히 단순한 형태로 나타난다.

단순하다는 것은 사람을 매혹하는 힘을 가지고 있다. 어린아이와 애완동물의 매력이 단순함에 있듯이 말이다.

자연은 인간들이 만들어 놓은 차별과 편견에 개의치 않는다. 신분이 높든 낮든, 부유하든 가난하든, 권력이 있든 없든 오로지 인간의 마음과 관계될 뿐이다. 그리고 선량한 감정은 항상 단순한 사람들 속에서만 찾아볼 수 있다.

교묘하게 꾸며서 말하고, 빈틈없이 응수하는 사람이 높은 사랑과 덕을 가지고 있는 일은 드물다. 진리를 표현하는 말에는 항상 꾸밈이 없다. 동시에 매우 단순하다.

무엇보다 가장 위대한 진리는 가장 단순한 것이다. 심오한 지식일수록 단순하게 표현된다. 그러므로 괴이한 것, 남의 주의를 끄는 언변言辯을 피하라. 단순만큼 친근하게 느껴지는 것은 없다.

노력 努力

16日

좋은 생활은 오직 긴장된 정신과
끊임없는 노력에 의해서만 이루어질 수 있다.

작은 의무라도 끊임없이 성취해 나가려면 영웅에 못지않은 힘이 필요하다. 그대가 아무리 강한 존재라도 모든 일이 성취되지는 않는다. 그것은 결코 제 스스로 모습을 나타내지 않는다. 성취의 길은 가시덤불이 뒤엉켜 있고 험준하기 그지없다.

인간은 '완전' 할 수가 없다. 그렇다고 우리의 선행을 단념시키려고 하는 자가 있다면 그들을 경계하라. 우리들 마음에 조그만 깨달음이라도 주는 일이라면, 어떤 사소한 일도 헛되지 않다.

험한 길을 걸어갈 때, '이 길을 끝까지 걸어갈 수 있을까' 하고 의심하는 사람은 노력의 결과가 무엇인지를 알면서도 의심하는 것이나 다름없다.

세상 사는 동안 갖은 의심이 생길 것이다. 그러나 도저히 벗어날 수 없는 사면초가에 놓이더라도 어떻게든 빠져나갈 길을 찾아내듯이 노력의 결과를 믿어야 한다.

행복을 얻고자 원한다면 끝없이 노력하는 수밖에 다른 도리가 없다.

평등 平等

17日

이 세상 모든 사람들은 행복을 누릴 권리가 있다.
그 권리를 인정하고 이해하는 것이 평등이다.

인생에 있어서 평등이란 사실상 불가능하다. 왜냐하면 사람은 저마다 생김새가 다르듯 능력 또한 다 다르다. 그래서 어떤 사람은 다른 사람보다 더 힘이 세고, 어떤 사람은 지혜를 더 쉽게 깨우치기 때문이다. 리프텐베르그는 말했다.

'어떤 사람이 다른 사람보다 힘이 세다든지 지혜롭다든지 한 까닭으로 도리어 사람들 사이에 권리의 평등이 필요한 것이다.'

그렇다. 약하고 부족하기 때문에 도리어 평등이 필요한 것이다. 만약 평등이 없다면 약한 자는 강자들 사이에서 영원히 짓눌려 살아야만 할 것이다.

그리하여 평등은 힘이 강한 자가 약한 자를 보호하고, 지혜로운 자가 우매한 자에게 위로를 주는 것이다.

아이들처럼 참된 평등을 실현할 수 있다면 얼마나 좋을까. 어른들은 아이들이 지니고 있는 순진무구한 평등의 세계마저 깨뜨려버리기 일쑤다.

자아 自我

18日

현세적인 것, 명예 또는 탐욕에 매이지 않는 사람이야말로 참된 인생을 창조하는 사람이다.

가끔 우리는 자아에 대해 회의를 느낄 필요가 있다.

타인을 만날 때, 자아는 때로 진실을 가로막는 장벽이 되기도 한다.

절대적인 자기 부정은 인간의 존재의식을 높인다. 그러한 자기 부정이 없는 사람은 사리에 대한 판단력이 크게 부족하다.

대화 도중에 자신의 생각에만 갇혀 있으면 결국 이야기의 실마리를 잃고 자신이 무슨 말을 하는지도 모르게 된다.

완전히 자아에서 벗어나야만 타인과의 교제도 원만하고 사랑과 봉사도 행할 수 있다. 그때에야 비로소 그의 언행은 다른 사람들에게 영향을 끼칠 수 있다.

남을 심판하지 말라. 심판하지 않으면 심판 받지도 않는다. 타인을 비방하고 싶을 때, 자신이 받을 비방과 그 고통을 한 번 생각해보라. 그리고 그것이 인간을 배반하는 일임을 생각하라.

노동 勞動

19日

가장 편안하고 순수한 기쁨의 하나는
노동 뒤에 얻는 휴식이다.

노동하지 않고 빵을 얻으려는 것은 죄악이다.

부유한 사람이건 가난한 사람이건 또는 강한 사람이건 약한 사람이건, 일하지 않는 사람은 배척되어야 한다. 그런 사람에게 순수한 덕성을 기대한다는 건 불가능한 일이기 때문이다. 모든 사람은 주어진 기술과 재능에 따라 충실히 노동을 해야 한다.

정의로운 노동은 씨앗과 같다. 씨앗은 오랫동안 땅 속에 가만히 묻혀 있다. 그러나 적절한 온도와 습기를 얻기만 하면 스스로 양분을 찾아 성장하기 시작한다. 그런 후에 이윽고 꽃을 피우고 열매를 맺는다.

노동의 대가라고 해서 다 자기의 것은 아니다. 나누고 베풀 줄 알아야 한다. 언젠가는 그대가 일할 힘을 상실하고 타인에게 의지할 때가 있을 것이다. 그때를 생각해서라도 많은 것을 베풀도록 하라.

진화 進化

20日

진정한 진화는 종교적인 진화를 동반한다.

진화는 오랜 시간을 두고 사람을 통해 나타난다. 진화는 언제 어디에나 존재한다. 그렇다고 질서의 변화를 진화로 착각해서는 안 된다.

우리는 언제나 진화의 어떤 단계에 머물러 있다. 마지막이 아니라 앞으로 나아가는 단계의 어느 지점에 있는 것이다. 그러나 거기에 만족하거나 머물러서는 안 된다.

우리가 믿는 진화는 광명이 우리의 발끝을 비추는 것이 아니라 머나먼 길 위에 불을 밝히고 있기 때문이다.

진화를 기술적, 과학적 혹은 예술적인 것과 혼동하지 말라. 기술적, 과학적 혹은 예술적인 진화는 종교적인 진화를 동반했을 때만 비로소 위대한 결과를 가져올 수 있다. 그것은 어느 시대에나 마찬가지다.

진화하는 것은 일 년 먹을 양식을 광 속에 저장했다가 편안히 먹고 쉬는 것과는 다르다. 진화는 앞으로 나아가는 것이지 한군데 머물러 있는 것이 아니다. 앞으로 나아가는 사람은 조금씩 진화를 하지만 멈추는 사람에게는 진화란 없다.

남을 심판하지 말라. 심판하지 않으면 심판 받지도 않는다. 타인을 비방하고 싶을 때, 자신이 받을 비방과 그 고통을 한 번 생각해보라. 그리고 그것이 인간을 배반하는 일임을 생각하라.

육식 肉食

21日

미개인은 짐승의 고기를 탐한다.
채식은 자연적인 교화의 결과이다.

도살장으로 끌려가는 소의 슬픈 눈을 볼 때 우리는 왜 괴로움을 느끼는가? 그것은 반항하지 못하는 동물을 죽인다는 것이 얼마나 잔인하고 옳지 못한 일인가를 알기 때문이다.

그대의 마음이 느끼는 그대로를 실천하라. 육식을 피하라. 죄 없는 생물을 죽이고 즐기는 그 마음을 몰아내라.

저주받아야 할 세 가지 습관이 있다. 육식과 담배와 술을 즐기는 것이다. 이 세 가지 습관은 사음邪淫의 육정肉情과 함께 인생의 행복을 갉아먹는다. 뿐만 아니라 신을 부정하고 인생을 지옥으로 만든다.

채식주의자는 다른 사람의 식탁에 놓인 갖가지 고기를 보고 '끔찍한 일'이라고 생각할 것이다. 그러나 육식 예찬론자들은 이렇게 대답할 것이다.

"이 고기에 소금을 발라 먹으면 얼마나 맛있겠는가?"

문명인과 미개인은 어떻게 다른가?

육식을 탐하는 자들은 죄 없이 죽어간 동물의 고통을 생각해보지도 않는다.

신의 神意

22日

신은 우리의 반신半身이다.
우리는 그것을 모르나 신은 그것을 알고 있다.

지금 하늘과 땅에 있는 모든 것, 그리고 예전에 있었던 모든 것을 우리의 마음속에 아울러 가지고 있는 것이 있으니 그것은 평화이다.

평화란 구체적인 어떤 물체가 아니다. 다만 그 성질을 우리는 예지라고 부른다. 만약 명백한 명칭이 필요하다면 나는 그것을 위대, 요원, 불멸이라고 부르겠다.

신은 무한한 존재이며 우리에게 정의를 요구한다.

신이 어디에 있는지를 찾는 사람은 어리석은 사람이다. 신은 만물 속에 살아 있다. 또한 우리들 자신 속에도 있다.

신앙에는 여러 종류가 있으나 신은 단 하나뿐이다. 그리고 신을 아는 사람을 정의하라고 한다면 다음과 같이 하겠다.

겸손한 마음으로 가난한 사람들을 동정하는 사람. 그는 교양이 있고 없고를 떠나 신을 아는 사람이다.

또 어떠한 장애물이 가로 막더라도 진리를 탐구하려는 자세를 가진 사람. 그도 신을 알고 있는 사람이다.

남을 심판하지 말라. 심판하지 않으면 심판 받지도 않는다. 타인을 비판하고 싶을 때, 자신이 받을 비판과 그 고통을 한 번 생각해보라. 그리고 그것이 인간을 배반하는 일임을 생각하라.

23日 현세 現世

문명과 제도가 아무리 이상적이라도 완전하다고 여기지 말라.
사회적 양심과 이지理智를 배반하기 일쑤이기 때문이다.

자기의 욕심을 채우기 위해 머리를 짜내고, 함정을 마련하고, 속이는 사람들을 보면 슬프다. 그들은 오로지 남을 배신하고 자신의 부와 명리만을 위해 골머리를 앓는다.

그런 사람들은 서로 미워하고 시기하고 남을 해하지 못해 안달이다. 그들은 문명과 질서도 파괴하기 일쑤다.

우리의 문명이 아무리 견고해 보일지라도 그것을 파괴하는 사람들이 다른 구석에서 자라나고 있음을 알아야 한다.

인간은 지적인 동물이다. 그럼에도 불구하고 인간은 왜 사회를 지적으로 운영하지 못하고 폭압적으로 끌고 가려는 것일까?

진실 眞實

24日

우리들은 남들 앞에서 가면을 쓰는 습관이 있다.
그 습관이 너무 익숙해져 혼자 있을 때조차 가면을 쓴다.

진실을 전하기 위해서는 두 사람이 필요하다. 하나는 그것을 말하는 사람이요, 또 하나는 그것을 듣는 사람이다.

진실을 전하는 유일한 방법은 사랑이다. 사랑이 담겨져 있는 말만이 사람을 귀 기울이게 한다. 계산을 앞세운 말은 전달되지 않는다.

진실은 절대 의지로 말해지지 않는다. 진실은 글씨를 잘 쓰는 것과 같은 습관으로 말해질 뿐이다.

독서를 통해 빌린 타인의 사상은 식탁에 남은 음식 부스러기와 같고, 남이 입다버린 의복과도 같은 것이다.

진실은 오로지 자신의 생각과 의지에서 비롯된다. 있는 그대로의 모습이 진실이다. 꾸미지도 과장하지도 않는다. 남들 앞에 쓰고 있던 가면을 벗어던질 일이다.

남을 심판하지 말라. 심판하지 않으면 심판 받지도 않는다. 타인을 비방하고 싶을 때, 자신이 받을 비방과 그 고통을 한 번 생각해보라. 그리고 그것이 인간을 배반하는 일임을 생각하라.

자성 自省

25日

습관처럼 하는 기도는 진실하지 못하다.
그런 기도로는 티끌만큼의 공적도 이룰 수 없다.

기도에 들어가기 전에 정신을 집중할 수 있는지를 살펴라. 그렇지 않다면 기도를 하지 않는 게 낫다. 기도를 하는데, 비애의 감정이나 생활의 찌꺼기가 끼어들어서는 안 되기 때문이다.

오직 신성하고 고요한 가운데 기도하라. 그리고 갈망하라. 마음으로부터 우러나온, 목마름처럼 신을 갈급하게 찾으라.

습관처럼 중언부언하는 기도는 신이 듣지 않는다. 진실이 담겨있지 않기 때문이다. 남이 듣기 좋으라고 온갖 미사여구로 꾸미는 기도는 더욱 듣지 않는다.

자신의 있는 그대로를 신에게 고할 때 마음을 지배하고 있던 온갖 잡다한 것들을 고백하게 되고, 그 고백과 함께 죄도 사라질 것이다.

침묵 沈默

26日

모르면 아는 척하지 말고 차라리 침묵을 택하라.
한번 입에서 뱉어낸 말은 다시 되돌릴 수가 없다.

누군가와 장시간 이야기한 후엔 자신을 한번 돌이켜보라. 무슨 말을 어떻게 했는지… 아마 수 시간 나누었던 이야기들이 얼마나 싱겁고 맥 빠진 것이었으며 하잘 것 없었는지 알게 될 것이다.

말 한마디에도 가치가 실려야 한다. 그대의 인격과 지식이 그대로 드러나야 한다. 그러나 침묵이 오히려 더 나을 때가 많다.

어떤 이야기를 하든지 먼저 한 번 생각해 보고 하라. 그것이 말할 만한 가치가 있는가 없는가, 또는 말할 필요가 있는가 없는가, 누구를 중상하는 말은 아닌가를 생각하고 나서 말하라.

그러나 아무리 주의 깊게 듣고, 총명하게 대답한다 해도 진실에서 어긋나는 것은 모두 오류임을 명심하라.

때문에 말할 필요가 없을 때 입을 열지 않는 사람은 인생의 가장 중요한 의미를 아는 사람이다.

남을 심판하지 말라. 심판하지 않으면 심판 받지도 않는다. 타인을 비방하고 싶을 때, 자신이 받을 비방과 그 고통을 한 번 생각해보라.
그리고 그것이 인간을 배반하는 일임을 생각하라.

자선 慈善

27日

동정심이 많은 사람은 부자가 되기 어렵다.
더 확실한 것은 부자는 동정심이 깊지 않다는 사실이다.

자비심은 희생정신에서 나온 것이라야 진정한 것이다.
돈과 관련된 일에, 돈을 욕심내는 그 순간에 죄악의 싹은 깃든다.

자선가들은 다음과 같은 사실을 깨닫지 못한다.
자기들이 가난한 사람들에게 자선을 베풀고 있다고 여기지만, 사실은 가난한 자들에게 약탈한 것을 조금 돌려준 것뿐이라는 것을.

졸부들일수록 자선을 내세우고 싶어 한다. 그런 경우에는 자선을 베푸는 사람이나 받는 사람 모두에게 해가 될 따름이다.

산을 옮길만한 믿음이 있어도 사랑이 없으면 아무것도 아니요, 아무리 가난한 자들을 살리고 구했다한들 사랑이 없으면 그 또한 아무것도 아니다.

예술 藝術

예술은 사람들을 하나로 묶는 영혼의 언어이다. 그러나 부자들을 위한 오락으로 전락한 예술은 매춘부의 웃음이나 다름없다.

그런 예술은 돈 가진 자의 노예일 뿐이다.

예술과 과학은 모든 사람들이 공평하게 누릴 수 있어야 한다.

예술이 예술만으로 끝난 예술은 또한 유희의 도구에 지나지 않는다. 유희로 전락한 예술에는 혼이 있을 리 없다. 사람들이 유락에 탐닉하고 싶을수록 예술은 한없이 가벼워진다.

예술에 관한 논쟁처럼 공허한 논쟁이 없다. 예술은 각각 특별한 표현을 갖고 있기 때문에 상대적으로 평가할 수도 없다.

예술에 관해서 시끄럽게 떠드는 사람은, 실은 예술을 제대로 이해하지 못하는 사람이며 예술을 즐기지도 못하는 사람이다.

예술은 다만 진실과 감동을 전해줄 따름이다.

이상 理想

29日 이상은 삶의 안내자이다. 안내자가 없으면 방향을 잃기 마련이다. 어디로 갈 바를 모르면 행동할 수도, 생활할 수도 없다.

이상은 그대 자신 속에 있다. 이상을 방해하는 조건 또한 그대 자신 속에 있다. 지금 그대를 둘러싼 환경이 바로 그대의 이상을 실현하기에 가장 좋은 조건이다.

진리가 반드시 구체화될 필요는 없다. 진리가 우리의 정신 속에 깃들고 공감을 불러일으키고, 그리하여 종소리처럼 힘차고 자비롭게 울리기만 하면 충분한 것이다.

완성은 오직 하늘에 달려 있다. 다만 인간은 완성되기를 요망할 따름이다.

실러는 "인생은 투쟁이며 행진이다. 선과 악의 투쟁, 정의와 불의의 투쟁, 자유와 폭압, 이타와 이기주의의 투쟁이다"라고 말했다.

우리의 자아는 이상의 실현을 위해 투쟁하며 전진하는 것이다.

어떠한 고난이나 고통 속에서도 이상은 잃지 말아야 한다.
그대가 지금 저주받을 현실에 처해 있다 해도 이상은 살아 있다.

공포 恐怖

1日

죽음이 두려운가. 인생을 훌륭하게 살아온 사람은 죽음이 두렵지 않다. 인생의 거대한 막은 내렸지만 막 뒤에는 또 다른 인생이 있기 때문이다.

죽음은 새롭고 참다운 의미의 부활이다. 죽음처럼 평화스러운 것이 없다.

물론 착한 사람에게만 그렇다는 이야기이다. 선한 사람의 죽음은 너무나 편안하고 고통이 없다. 그러나 이기적인 자들에게는 죽음이 공포로 다가올 것이다. 인생의 종막이라고 여기기 때문이다.

인생에 대한 그릇된 관념을 버리고 냉정히 판단할 수 있는 사람은 다음과 같은 결론에 도달할 것이다.

죽음이란 생성과 소멸을 반복하는 자연의 한 현상이요, 모든 생물에게 끊임없이 일어나고 있으니 조금도 무서울 것이 없다는 사실이다.

죽음에 대한 준비는 단 한 가지밖에 없다. 오직 훌륭한 인생을 사는 것이다. 그러한 삶을 산 사람에게는 죽음이란 하나의 현상으로밖에 느껴지지 않을 것이며 죽음에 대한 공포는 눈 녹듯 사라질 것이다.

천의 天意

2日

그대가 이 땅에 사는 것은 하늘의 뜻이다.
때문에 살면서 늘 하늘을 향해 물어야 한다. 하늘의 뜻은 무엇이냐고.

강도가 자주 출몰하는 길이 있다면 누구라도 그 길로 다니지 않으려 할 것이다. 불가피한 경우, 누구나 자기를 보호해 줄 수 있는 사람이 오기를 기다려 그 사람과 같이 위험을 피해 갈 것이다.

깊은 지혜로 인생을 사는 사람은 이와 같이 행동할 것이다. 그리고 자문할 것이다.

'인생에는 도처에 재난이 수두룩하다. 이 많은 재난을 피하자면 어디에다 보호를 요청할 것인가? 위험 없이 여행하자면 누구와 동행을 할 것인가? 길을 모를 때 누구의 뒤를 따라가면 좋을까?'

그러나 누구도 끝까지 믿을 만한 보호자는 없다. 왜냐하면 우리 인간은 서로 시기하고, 빼앗고, 죽이고, 탄식하고, 불행을 느끼기 때문이다. 언제 강도로 돌변하여 약탈하고 공격해올지 모른다.

오로지 신의 뜻. 하늘의 뜻에 의지하는 길밖에 없다. 선하게, 지혜롭게 살며 신에게 길을 물을 때 신은 그 길을 밝혀 보여줄 것이다. 그 길은 너무 아름답고 좋다. 만약 그대가 험난한 길 위에 있다면 바로 그 자리에서 하늘을 향해 길을 물으라.

영원 永遠

3日

젊음이 영원할 거라고 착각하지 말라. 진실로 영원한 것이 무엇일까를 고민하라. 지혜로운 자라면 '정신'에 영원함이 있음을 깨달을 것이다.

하늘을 우러르고 땅을 굽어보고 그리고 생각하라. 모든 것이 지나가면 산천도 다 지나가는 것이다. 인생도 그처럼 지나간다.

그러나 허무에 빠질 필요는 없다. 영원할 것 같던 암울한 계절이 지나고 나면 비로소 광명이 비치기 시작할 것이다.

그대 속에 깃든 정신이 움직이고 느끼고 기억하고 예견하고 지배한다. 그에 순응하라. 육체보다 정신이 그대를 끌어갈 수 있도록 순리에 맡겨라. 불멸의 정신이 그대의 연약한 육체를 이끌어 나갈 것이다.

항상 생각하라. 진실한 생활은 외면적이고 물질적인 것에 있는 것이 아니라 그대 내면에 있는 정신에 달려 있다는 것을.

식욕 食慾

4日

정신적인 일을 할 때 육체가 괴롭다면 그것은 선이다.
그러나 우리의 정신이 욕정 때문에 괴롭다면 그것은 악이다.

폭식은 방종이며 죄악이다. 그러나 우리는 그 죄악을 예사로 생각한다. 왜냐하면 모든 사람이 그 죄악을 범하고 있기 때문이다.

소크라테스는 결코 필요 이상의 것을 가지지 않았다. 넘치는 식욕을 감당하지 못하여 탐식하는 자들을 보고 소크라테스는 역설하였다. 두뇌와 정신에는 과식만큼 해로운 것이 없다고.

식욕만 없다면 한 마리의 새도 그물에 걸리지 않을 것이며 물고기들도 바다나 강 속에서 자유로울 것이다. 식욕은 우리의 손을 묶는 쇠고랑, 발을 붙들어 매는 쇠사슬이다. 식욕의 노예가 되는 자는 정신적 믿음이 없는 자이다.

음식에 대한 무절제는 분명 죄악이다.

현실 現實

5日

우리는 바로 현재의 세상에서 삶을 살고 있다.
이 현실과 부딪치며 자신을 빛나는 존재감으로 세워야 한다.

누구나 삶의 이유가 있다. 그러나 현실은 그 이유를 쉽게 받아들여주지 않는다. 그렇다고 어깨에 짊어진 임무가 버겁다고 해서 피할 수는 없는 일이다. 그 임무를 벗어나는 길은 주어진 사명을 완수하는 길밖에 없다.

위태롭고 불안한 이 현실 속에서 그대의 임무가 무엇인지를 생각해보라. 그 임무를 하나씩 완수해나갈 때 삶의 무거운 회의도 안개처럼 사라질 것이다.

현실에 타협하고 현세적인 목적을 위해 살고 있는 자에게는 편안함이 없다. 또 현실을 피해 혼자서만 고독하게 정신적 목적을 위해 사는 자에게도 편안함은 있을 수 없다.

인생은 고뇌도 환희도 아니다. 인생은 완수하지 않으면 안 되는 과업이다. 주어진 사명을 다하기 위하여 이 세상에 태어난 것이라고 생각할 때, 비로소 그대는 사람이 사는 길을 걸어가는 것이다.

애정 愛情

6日

죽음이 두렵지 않고, 악도 두렵지 않는 방법은 단 하나다.
그것은 사람을 두려워하지 않고 사랑하는 것이다.

인간은 서로서로 사랑하면서 살아야 한다. 사랑은 말로만 그치는 것이 아니다. 완성을 시켜야 한다. 완성을 위해서는 끊임없이 노력해야 한다. 사랑의 완성을 위한 노력이 인생의 본질이다. 인간의 생활은 의식적이든 무의식적이든 사람에 대한 사랑으로 일관되어야 한다.

모든 불행과 고민의 원인은 어디에 있을까? 물질에 대한 애착 때문이다. 또 불가능한 것을 얻으려는 욕망 때문이다. 그러한 욕망은 한없이 꼬리를 물고 나타난다.

그러하기에 영원하며 무궁한 것에 대한 사랑만이 우리의 정신에 순수한 기쁨을 주는 것이다. 완전한 사랑을 이루기 위하여 부단히 노력할 때 지상의 행복 또한 깊이 느낄 수 있을 것이다.

사랑 없이 이웃을 만난다는 것은 뿌리 없는 나무와도 같다. 이런 사람은 자기 마음에 드는 사람만을 열정적으로 사랑하고, 굴종적인 사랑까지 요구하게 된다.

근로 勤勞

7日

아이들에게 일을 가르치지 않고 또 시키지도 않는 것은
그 아이들에게 장차 남의 것을 약탈하며 살라고 하는 것과 다름없다.

일하는 것, 자기 힘을 다해 일하는 것은 인생의 가장 중요한 조건이다. 일은 생산이다. 그렇다고 보수의 노예가 되어서는 안 된다.

단지 보수를 바라고 일한다면 물질적인 욕망만을 채우려는 것과 다를 바가 없다.

일보다 보수가 더 중요하다면 그대의 인생은 구차해지고 만다.

일하는 것이 인생이다. 일하는 사람의 마음에서는 신과 같은 힘이 솟아나온다. 저 신성한 천상의 생활력이 솟아나온다.

자기의 근육을 사용하지 않고 살아갈 수 있는 동물은 없다. 인간도 마찬가지다. 무엇보다 남을 위하여 봉사하는 일에 사용하도록 하라. 그 이상의 보람이 없을 것이다.

일은 생산이다. 그 생산은 세상과 더불어 나누어야 한다.

기도 祈禱

8日

기도는 신과의 관계를
확인하기 위한 과정이다.

신앙생활에 있어 기도는 정신적 향수와 같은 것이다. 확실한 효능이 있는 값비싼 치료약이다. 우리에게 평화와 용기를 다시 찾아주기 때문이다.

우리가 신에게 소원을 빌며 기도할 때 다음의 사실을 깨닫게 된다.

기도하는 마음이 나의 세계를 창조한다는 것이다. 기도하는 마음은 나를 성장시키고 보호한다.

때문에 기도의 힘을 깨달았을 때, 우리의 마음은 무엇보다도 깨끗해지며 또 무엇보다도 높아지는 것이다.

기도하고 싶을 때 기도하라. 일정한 시간에 기도하는 습관도 중요하다. 그러나 자칫 생명 없는 기도, 습관화된 기도가 될 수도 있다. 때문에 깨어있는 순간순간 기도하는 것이 중요하다.

어떠한 고난이나 고통 속에서도 이상은 잃지 말아야 한다. 그대가 지금 저주받을 현실에 처해 있다 해도 이상은 살아 있다.

인위 人爲

9日

불행이 불가항력인가? 아니다.
행복도 불행도 모두 인간이 스스로 만들어낼 뿐이다.

인생은 자기 스스로 가꾸어 가기 나름이다. 그러나 행복과 불행을 놓고 착각할 때가 많다. 사람들은 행복은 자기 스스로 성취한 것이라고 여긴다. 반면에 불행은 하늘이 내린 저주라고 생각한다.

그러나 그렇지 않다는 것을 그대가 먼저 알지 않는가. 행복과 불행은 자기 의지에 달려 있다는 것을. 불행을 불가항력이라고 여긴다면 삶을 포기한 것이나 다름없다.

우리는 그들에게 도움을 주어야 한다. 누군가 캄캄한 어둠 속에 갇혀 있다면 누군가 한 줄기 빛을 전해주어야 한다. 춥고 배고프다면 온기와 빵을 건네주어야 한다. 그것이 우리가 꿈꾸는 세상이다.

만약 불행에 빠진 자를 모른 척하고 버려둔다면 언젠가는 그 아픔이 우리들에게 돌아오기 마련이다. 아무리 흉악한 범죄자라 할지라도 그 죄는 미워해도 사람은 미워하지 말라고 하지 않았는가. 사람이 사람을 미워해서는 안 된다.

어떤 사람이건 사람을 지배할 권리는 없다. 평등과 자유는 인류가 신으로부터 받은 신성한 권리이다. 권력은 어떠한 형태의 것일지라도 그리 정당한 것이 못 된다.

만물 萬物

10日

생명을 가진 모든 것들과 결합하라.
그대가 자연과 결합하는것을 방해하는 그 무엇이 있다면 그것은 악이다.

사람은 이웃에 대한 사랑과 봉사 속에서만 행복을 찾을 수 있다. 때문에 세상이 유지될 수 있는 것이다. 타인이라는 말조차 버려라.

오히려 타인과 나는 하나라는 것을 똑똑히 느끼며 인식하라. 그리고 풀 한 포기 나무 한 그루, 조그만 풀벌레, 저 들판의 양떼에게까지도 애정을 베풀라. 그래야만 그대는 진정 자연과 하나가 된다.

인생의 길은 많고도 넓다. 그러나 우리가 추구하는 인생의 길은 '하나' 이다. 인류의 영원한 희망은 우리들 모두가 박애의 길 위에서 '하나' 가 되는 것이다.

잊지 말라. 우리는 위대한 자연의 일부분이라는 것을. 자연은 우리를 혈연적인 관계 속에 창조해 놓았다. 자연은 우리를 같은 재료를 사용해 같은 목적을 위하여 창조해 놓은 것이다.

부부 夫婦

11日

남자와 여자가 결혼하여 하나를 이룬다는 것은 분명 아름다운 일이다. 그렇다고 해서 서로 다른 사람이 같아지는 것은 아니다.

세상에 수십억의 사람이 있지만 삶의 성향은 서로 다 다르다. 모양도, 생각도, 취향도, 버릇도 너무 다르다. 인간의 삶은 지구상의 인구수만큼 복잡한 것이기 때문에 그 결합의 형식 또한 형형색색이다.

가장 강렬한 정욕 중의 하나인 남녀 간의 성적 관계는 가장 큰 죄악과 고뇌의 근원이기도 하다. 하지만 부부가 그들의 목적이 '서로의 완성' 임을 자각하고 돕는다면 얼마나 큰 행복이겠는가!

두 영혼이 영원히 결합되는 것을 서로가 느끼는 순간은 참으로 위대하다. 인생의 험준한 길에서 서로 의지하고 위로하며, 이별의 순간에도 서로 떨어지지 않기 위하여 결합되기를 원한다는 것은 참으로 위대하다.

어떤 사람이 "어떠한 경우에 혼인한 부부가 이혼할 수 있느냐"고 물었을 때 예수는 대답했다.

"아버지 되는 사람과 어머니 되는 사람은 서로 결합하여 한 육체가 되는 것이다. 그러므로 그 아내와 이혼하고 딴 여자와 결혼하는 남자는 간음의 죄를 범하는 것이다"라고.

업보 業報

12日

현재는 과거의 그림자다.
이것을 인도에서는 업보라 부르고 있다.

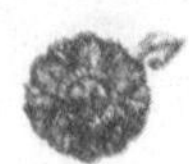

한 영혼이 몸을 떠나서 방황하고 있었다. 영혼이 방황하는 곳은 어둡고 공허한 곳이었다. 그때 얼굴이 썩어 문드러진 흉측한 사람이 나타났다.

"당신은 누구요? 그토록 추악하게 생긴 당신은 대체 누구요?"

그렇게 영혼이 물었을 때 허깨비가 대답했다.

"나는 당신 행위의 그림자요."

그대의 구세주는 그대의 행위 그대로이다. 선은 그대의 행위 속에 있다. 선행이란 무엇인가.

자애롭고 공손한 것, 친절한 것, 참된 말만 입에 담는 것, 정직한 마음을 가지는 것, 항상 배우는 것, 노여움을 참는 것, 자중하는 것, 남을 사랑하며 부끄러움을 아는 것, 웃어른을 공경하는 것 등이다. 이러한 행위는 참된 사람의 벗이며 악한 사람의 적이 되는 것이다.

과거의 생활이 어떠했든 현재의 생활을 통해 그대의 인생을 변화시킬 수 있다. 선인가 악인가는 자기 자신에게 달려 있다. 오로지 선을 실천했느냐 못 했느냐에 따라 결과로 남는 것이다.

성자 聖者

13日

성자의 자격은 도덕의 순수성에 있다.
그리고 그 결과는 정신적 평화이다.

무슨 일이 그대를 괴롭힐 때 다음 세 가지를 생각하라.

첫째, 이보다 더 괴로운 일을 다른 사람도 겪고 있다는 것.

둘째, 모든 고통은 시간이 가면 지나간다는 것.

셋째, 그대를 괴롭히는 일이 전화위복이 될 수 있다는 것.

인간의 마음이란 때로는 완성된 상태에 있지만 때로는 타락한 상태에 놓이기도 한다. 그러나 완성된 상태에 있을 때에 더욱 조심하라. 악이 늘 틈을 엿보고 있기 때문이다.

환경이 우리의 평화를 빼앗는 것만은 아니다. 우리의 평화를 빼앗는 것은 만족을 추구하려는 욕망이다. 욕망처럼 변덕스러운 것이 없다.

성자는 바른 방향으로 정신을 유지하려고 끊임없이 노력하는 사람이다. 그 노력을 게을리 하면 사람에게 남는 것은 교활함과 배반뿐이다.

채식 菜食

14日

먹을거리에 대해 시비하지 말라. 먹는 것에도 정신이 담겨있기 마련이다. 그 정신에 누가 감히 시비를 걸 수 있단 말인가?

채식주의는 오랜 동안 등한시되어 왔다. 가난 때문이다. 가난한 시절에 먹을 것이라곤 거의 채식밖에 없었다. 그러나 가난이 사라지면서 사람들은 채식을 숭배하고 있다.

앞으로 동물의 살점을 식탁에 올리는 일이 부도덕하고 용서받을 수 없는 일로 생각되는 시대가 머지않아 올 것이다.

개인의 취미나 양식을 위해 동물을 살상하는 행위는 죄악이다. 그런데 육식은 죄악이 아니라고 할지도 모른다. 그러나 의식적으로 행해지는 모든 악행과 같이, 그 배후에 더 큰 죄악을 내포하고 있음을 잊지 말라.

진정 眞情

15日

진정한 사랑은 적에 대한 사랑이다. 자기에게 불쾌한 일을 행한 자를 사랑할때, 참된 사랑을 맛볼 수 있는 것이다.

'그대들의 이웃을 사랑하고 적을 미워하라.' 이러한 구절을 흔히 들었을 것이다.

그러나 나는 말하겠다. '적을 사랑하라. 그대를 저주하는 자를 축복하라. 그대를 증오하는 자에게 감사하라. 그대를 배척하고 비방하는 자를 위해 기도하라!'

나를 사랑해 주는 자, 나의 마음에 드는 자를 사랑함은 인간의 보편적인 감정이다. 그러나 적을 사랑하는 것이야말로 신적인 사랑이다.

인간적인 사랑은 변덕스럽다. 뜨겁던 애정이 언제 미움으로 바뀔지 모른다. 하지만 신적인 사랑은 불변이다. 죽음조차도 그것을 파괴할 수 없다. 신적인 사랑이야말로 인간의 본성이며 인간과 동물이 차별되는 고귀한 영성이다.

과학 科學

16日

지식이 행복을 의미하지는 않는다.
하물며 과학을 맹종하는것은 무지와 다를 바 없다.

우주는 지성의 도가니 속에서 들끓고 있다.

그러나 하나의 공식과 하나의 거짓말 이외에는 아무것도 배울 것이 없다.

그대가 원자原子를 발견하면 벌써 그 원자는 그대의 코밑에서 폭발할 것이다. 그대가 에테르를 발견하면 에테르는 그 자리에서 날아가 없어지고 말 것이다. 그대가 어떤 현상을 분해하고 또 분해할수록 새로운 문제에 바로 부닥칠 것이다.

과학은 우리가 무엇이며, 이 세계가 어떠한 것인지 결코 가르쳐주지 않는다. 인간이 오랫동안 예지의 열쇠로 생각했던 과학이 결국은 파괴와 재앙을 불러온다면 그래도 과학을 맹신할 것인가.

인간의 참다운 지혜는 지식의 양과 과학의 증명에 의지하지 않는다. 이 세계에 존재하는 것은 무한하며, 아무리 해도 우리는 그 전부를 알 수가 없다.

희구 希求

17日

세상을 구원하는 길은 하나밖에 없다.
사람들에게 사랑의 마음을 보급시키는 것이다.

먼저 사랑의 마음으로 진리를 찾으라. 그때 비로소 모든 것을 얻을 수 있다.

참되고 건전한 사회를 조직하는 첩경은 모든 사람에게 진실하고 평등한 물질적 권리를 보증하는 데 있다. 이 1단계를 만들어야 다음 단계로 넘어갈 수 있다.

사랑의 정신에 뿌리를 두지 않고서는 사회적 발전을 꾀할 수 없다.

가끔은 지식이 아름다운 형식을 꾸며낼 수 있을지도 모른다. 그러나 그 형식만 가지고는 프로메테우스가 하늘에서 얻어온 저 불꽃을 영원히 얻을 수 없을 것이다.

공유할 수 있는 사랑과 목적 없는 사회는 존재하지 못한다. 그대가 현대 사회의 모순된 조직을 개량하고자 한다면 방법은 단 한 가지밖에 없다. 그것은 사람들의 마음속에 사랑을 심는 것이다.

판단 判斷

18日

자기의 결점을 반성하는 사람은
타인의 결점을 캐낼 틈이 없다.

무릇 범하기 쉬운 과오는 사람들을 착한 사람과 악한 사람, 또는 어리석은 사람과 현명한 사람 등으로 구분 짓는 것이다.

인간이란 강물과 같이 흐르고 있는 존재이다. 끊임없이 변화하면서 제각각의 길을 걸어간다.

인간의 내면에는 모든 가능성이 내포되어 있다. 악인이 선인으로 변할 수 있고, 선인도 얼마든지 악인으로 변할 수 있다. 바보 천치로 알았던 사람이 다른 사람에게서는 찾아볼 수 없는 뛰어난 재능을 가진 경우도 허다하지 않은가. 때문에 사람을 함부로 판단하지 말라.

타인을 판단함은 옳지 못한 일이다. 누구를 막론하고 이 세상에 하나밖에 없는 존재이다. 그 존재 안에 그대와 마찬가지로 모든 선과 악을 다 가지고 있다. 또한 무한한 가능성을 가진 존재이기 때문이다.

그대가 타인을 판단하고 평가할 때, 그대 또한 다른 사람에 의한 평가를 받는다는 것을 알라. 정의와 선을 아는 자라면 타인을 평가함은 부질없는 짓이라는 것을 안다.

축재 蓄財

19日

무릇 재물이란 가난한 사람들을
더욱 가난하게 해서 얻는 것이다.

'부는 노동의 집적集積이다' 라는 말은 맞다. 그러나 어떤 경우에는 뼈 빠지게 일한 사람이 그 대가인 부를 차지하기는커녕 엉뚱한 사람이 차지하는 경우가 많다. 정의로운 사람은 이를 부당한 분배라고 본다.

한 사람의 부자를 위해 몇 백 명의 거지가 있어야 하는 곳이 이 세상이다. 정당한 부가 존재하지 않는 부조리한 세상이다.

솔로몬은 말했다. "타인의 빈곤을 기화로 약탈하지 말라."

이 말은 오늘날의 사회적 약탈을 뜻한다. 가난한 자들의 노동력을 헐값에 사서 자신들의 배를 불리는 기업가가 얼마나 많은가.

또 돈을 가졌으니 자선을 해보겠다고 한다. 그러나 소수를 제외하면 이처럼 기만적인 말은 없다. 남의 것을 빼앗아 부를 축적하고, 이제는 그 부를 가지고 사람을 지배하겠다는 수법에 지나지 않기 때문이다.

그러한 자들의 자선이 과연 진정한 구원이 될 수 있을까? 부유한 자들은 신성시 되어야 할 자선을 스스로의 만족을 위한 도구로 이용하고 있는 셈이다.

응보 應報

20日

완전한 선은 이미 그 행위 속에 보답이 담겨있다.
보답을 바라고 행하는 선은 이미 선이 아니다.

도덕적인 것이라면 무엇이든 실천하라. 그러나 죄악은 무엇이든 거부하라. 하나의 덕행은 더욱 많은 덕행을 따르게 하지만 하나의 죄악은 더욱 많은 죄악을 낳는다.

말 그대로 덕행의 보수는 덕행, 죄악의 보수는 죄악이다.

어떤 신부가 신에게 이런 기도를 드렸다.

"신이여 악한 자에게도 은혜를 드리워 주소서. 선량한 자에게는 이미 은혜를 베푸시었나니, 선을 행한 자는 이미 선한 자가 되었나이다."

남에게 선을 베푸는 자는 이미 자기 자신에 대해 선을 베푼 것이다. 착한 일을 한 그 행위 속에, 이미 상금이 포함되어 있다. 왜냐하면 착한 일은 인간에게 있어서 최고의 의미를 갖는 것이기 때문이다.

선을 행하는 그 자체가 즐거움이다. 아무도 그대의 선행을 모를 때, 그 즐거움은 더욱 커질 것이다.

자찬 自讚

21日

사상과 말은 진실에 기초되어야 한다.

자기의 행동을 정당화하기 위한 사상이나 말은 거짓말에 지나지 않는다.

인간은 자신의 육체를 스스로 들어 올릴 수 없듯이 스스로 자기를 높일 수도 없다. 자기 자신을 높이기 위한 수단을 써보지만 결국은 허물만 드러날 뿐이다.

자기 스스로 겸손하다고 말하는 자는 결코 겸손한 자가 아니다.

모르는 것을 모른다고 하는 자가 정직한 자다.

무엇이든 많이 알고 있는 것처럼 말하는 자는 거짓말쟁이다.

자신을 낮추며 침묵하는 자가 진정 현명한 자이며, 훌륭한 인격의 소유자이다.

자기 자신에 대해 좋게도 나쁘게도 말하지 말라. 가령 좋게 말한다 해도 남들이 믿어 주지 않을 것이며 또 나쁘게 말한다면 남들은 그대가 말한 이상으로 나쁘게 생각할 것이다.

가장 좋은 방법은 자기 자신에 대해서 아무 말도 않는 것이다. 타인 앞에서 자화자찬은 독약과 같다.

정의 正義

22日

우리의 생활은 변화한다.
그러나 정의는 항상 그 자리에서 우리 생활 속의 악을 적발한다.

세상에는 사람들의 막대한 능력조차 헛되이 버려지고 있다. 이것은 자연의 법칙에 의한 것이 아니라 그 사회가 질서라는 이름으로 가두고 있기 때문이다. 그것은 질서가 아니라 무질서이다. 그 무질서 때문에 성실하게 노동하는 사람이 정당한 대가를 받는 일조차 무시되고 있는 것이다.

그대는 이웃에게 늘 정의롭게 보여라. 그들을 사랑하건 안 하건 정의로움을 표시할 수는 있다. 그러면 그대는 그들을 사랑하는 실제 방법을 알게 될 것이다.

그러나 만일 그대가 사랑도 없고, 사랑이 없기 때문에 정의롭지 못하다면 끝내 증오의 대상이 되고 말 것이다.

정의가 도덕적 생활을 영위하기 위한 최고의 조건이라고는 생각지 않는다. 그러나 첫 번째 조건임은 틀림없다. 아무리 정의 이상의 것이라도 반드시 정의에 기초해야 하는 것이다.

정의의 영원성을 인식 못하면 사랑의 영원성도 알지 못할 것이다. 참된 관용을 얻기 이전에 정의를 지키지 않으면 안 된다.

고뇌 苦惱

23日

고뇌는 생리적으로나 정신적으로나
인간의 성장을 위해 없어서는 안 될 필요조건이다.

만약 고뇌가 없다면 인간은 자기 자신의 한계를 알지 못할 것이다. 우리는 늘 고뇌에 둘러싸여 있다. 그것은 역설적이게도 우리의 행복을 의미한다. 우리의 도덕적 수준이 표준 이하로 떨어지려고 한다면 그것은 고뇌이다. 또 표준 이상으로 올라가려는 것도 고뇌이다.

성장하고 있다는 표적 또한 다름 아닌 고뇌이다. 고뇌 없는 생활은 더 이상 발전을 기대하기 어렵다. 성장이 없기 때문이다.

원인은 결과이다. 또한 결과는 원인이다. 정신적인 생활에 있어서는 항상 그러하다. 정신적인 생활에 있어서는 시간도 공간도 없다.

마음이 괴로울 때 누구에게 함부로 하소연하지 말라. 침묵을 지키고 꾹 참아내라. 그대의 고뇌가 때로 다른 사람에게로 옮겨갈지도 모른다.

고뇌를 자기의 것으로 삼아라. 고뇌 속에서는 완성을 향한 길이 보일 것이다.

고집 固執

고집의 본질은 쉽게 드러나지 않는다. 그러나 혼자 흥분해서 고집을 부릴 때 그 사람이 얼마나 어리석은가는 드러난다.

사람은 의지가 강해서가 아니라 능력이 부족해서 고집을 피울 때가 많다. 고집과 혐오는 항상 맞붙어서 다닌다. 그런 고집쟁이와는 다툴 일만 생길 뿐 좋은 일은 기대할 것이 없다.

고집이 무척 센 나귀를 몰고 가는 사람이 있었다.

산길을 가는데, 나귀가 큰길에서 벗어나 자꾸 낭떠러지 쪽으로만 갔다. 주인은 큰일이다 싶어 나귀를 끌어올리려고 꼬리를 잡아 당겼다.

그러나 나귀는 고집을 부리며 낭떠러지가 있는 쪽으로만 발길을 뻗댔다.

그렇게 씨름을 하다 나귀의 기운을 당할 수가 없어 주인은 결국 꼬리를 놓을 수밖에 없었다.

그 순간 나귀는 낭떠러지에 떨어져 다리가 부러지고 말았다.

고집이 세어 남과 다투기를 잘하는 사람은 이 나귀 같은 신세가 되고 말 것이다.

바보와 죽은 사람만이 결코 자기의 의견을 바꾸지 않는다.

상조 相助

25日

어떤 사람들은 타인을 도와주지만 어떤 사람들은 타인의 도움을 받기만 한다. 이런 사람들이 사회를 파괴한다.

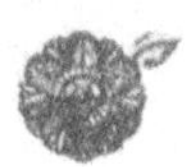

사람은 타인의 도움 없이는 살아갈 수가 없다. 그래서 서로 돕는다. 그러나 도움은 상호적이어야 한다.

어떤 사람이 당신을 위해 도움을 준다면 당신은 그와 기꺼이 함께 해야 한다.

도움만 받고 정작 그가 도움을 필요로 할 때 모른 척 한다면 철면피에 지나지 않는다.

우리가 일을 함에 있어서도 마찬가지이다. 일은 밥벌이일 수도 있겠지만 더욱 중요한 것은 서로를 돕기 위한 절대적인 가치인 것이다. 내가 일하지 않으면 남이 할 수밖에 없다. 쓰레기를 버리는 사람이 있으면 줍는 사람이 있다. 만약에 모두 버리기만 한다면 우리는 오물투성이 속에서 살 수밖에 없을 것이다.

어떤 일이든 또 물건이든 그것은 당신의 이웃, 인간의 힘에 의해 만들어진 것임을 상기하라. 그리고 그 근로의 소산을 존중하라.

인간은 자기 이전 시대의 사람이든 동시대 사람이든 근로의 결과를 힘입지 않고는 살아갈 수 없다. 그러므로 우리는 얻은 것에 대한 보답을 하는 동시에, 타인을 위하여 근로하지 않으면 안 된다.

변화 變化

26日

사람은 같은 강물에 두 번 몸을 담글 수는 없다.
왜냐하면 두 번째 몸을 담그는 강물은 이미 다른 물이기 때문이다.

지나간 추억도 세월이 지나면 그 모습이 변한다. 그 추억과 나 사이의 시간이 수시로 변화하는데 어찌 추억의 모습 또한 변하지 않겠는가.

그러한 변화는 고통스러운 것일 수도 있다. 그러나 필요한 것이다. 만약 추억에 그 나름의 힘과 가치가 있다면 희망에도 힘과 가치가 있는 것이다.

견딜 수 없는 고통에 빠졌을 때 우리는 그 고통에서 벗어나기를 희구한다. 그러기 위해서는 자신이 먼저 변화해야 한다. 그러나 가장 긴요하고 효과적인 변화, 즉 자기 자신의 태도는 바꾸려 들지 않는다.

인간의 삶에 변화가 생기는 것은 당연하다. 다만 그 변화를 영적인 소산으로 가치를 높여라. 참된 변화는 물질적인 변화가 아니다. 변화는 관점, 신념, 기대 등 사람의 내면에 있는 것이다.

세상은 늘 변화한다. 인간의 변화는 진실과 영적인 성숙이어야 한다.

외구 畏懼

27日

사람을 두려워하는 자는 신을 두려워하지 않고
신을 두려워하는 자는 사람을 두려워하지 않는다.

선행을 하고자 애써보지만 실천할 수 없다 해도 낙담하거나 절망해서는 안 된다. 자신이 가치를 둔 곳에서 추락했다면 다시 그 가치를 추구하라.

인생의 시련은 겸양으로 참아라. 그 시련 속에서도 자기 자신의 근원으로 돌아가도록 노력하라.

그대는 다른 사람과 분명 달라야 한다. 현실에 만족하지 말고 무한하고 영원한 것을 향해 나아가라. 칭찬이 아니라 곤란 속에서 오히려 자신의 진가를 발견하라. 또 그런 사람을 존경하고 가까이 하라.

그는 특별히 빛나지 않으며 또 자기를 빛내려고도 하지 않는다. 높은 덕성은 현세적 법칙에 상반되기 일쑤다.

아무것도 두려워하지 않는 사람은 누구나 다 두려워하는 사람보다 더 굳세다.

그대가 신의 힘을 의식하고 있다면 누구도 그대에게 악한 짓을 하지 못하리라.

협화 協和

28日

우리가 공동생활을 할 때, 사람과 사람의 결합에서 얻는 것이 잃는 것보다 많다는 사실을 기억하라.

남의 말을 할 때에는 조심스럽게 하라. 자기의 말은 적게 할수록 좋다. 그대에게 묻지 않는 말에 대해서는 대답하지 않도록 하라. 만약 묻는 사람이 있거든 되도록 간단하게 대답하라.

그렇다고 지나치게 공손한 태도를 짓지 말라. 그렇게 되면 오히려 불쾌감이 앞선다.

대개 우리는 거울 속 자신의 모습을 보고 짖는 개와도 같은 존재이다. 거울에 비치는 모습이 자기가 아니라 다른 개라고 생각하고 맹렬하게 짖어대는 것이다.

그대는 선한 사람을 대할 때 그대 자신도 그 선자와 같은 덕을 쌓고 있는가를 생각해 보라. 악인을 대할 때에는 자신을 돌이켜 나는 그 악인과 같이 죄를 짓지 않았는가를 반성해 보라.

'자기 자신을 알라.' 이것이 모든 행동의 기초다. 그러나 자기를 바라본다고 자기를 알 수 있는 것도 아니다. 다른 사람의 눈으로 볼 때 자기 자신을 더 정확하게 알 수 있는 것이다.

절제 節制

29日

전쟁에서 승리를 얻은 사람과, 자신의 정욕을 극복한 사람.
이 둘 중 후자가 더 큰 승리를 거둔 자이다.

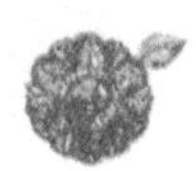

인간은 노력으로 정욕을 극복해 나갈 수 있다. 때로 정욕에 압도되더라도 완전히 패배한 것은 아니다.

말馬이 말을 잘 듣지 않는다고 해서 마부가 고삐를 바로 집어던지지는 않는다. 더욱 세게 고삐를 잡아당긴다.

절제도 이와 같다. 정신적인 고삐를 집어던지지 않도록 유의하라.

타인에 대한 승리보다 자기 자신에 대한 승리가 더욱 위대하다. 자기 자신을 지배할 수 있다는 것만큼 인생에서 더 큰 승리가 또 있을까?

폭식하는 사람은 태만을 극복하지 못한다. 그는 성적 욕망도 억제하지 못한다. 그러므로 절제는 폭식의 욕망과 투쟁하는 데서부터 시작된다.

도리어 결핍을 느끼는 지점에서 인간은 평화로워진다. 모든 죄악은 만족된 상태에서 싹트는 것이다.

이성으로서 감정을 지배하는 것, 이것이 절제이다. 절제는 덕성이 아니라, 덕성의 위대한 소행이다.

덕성 德性

30日

선한 행동은 인간을 인간 이상으로 높여 주고
악한 행동은 인간을 인간 이하로 그 가치를 떨어뜨린다.

선은 덕성이며 즐거움이며 또한 투쟁의 무기이다.

그대가 만약 타인의 과오를 발견한다면 친절하게 주의만 주어라. 절대로 책망해서는 안 된다. 오히려 자기 자신을 책망하라. 그 누구도 책망해서는 안 된다.

거짓을 행하는 인간, 특히 그대를 중상하는 인간을 사랑하기란 여간 어려운 일이 아니다. 그러나 적에게 선을 행함은 그와 그대를 위하여 필요한 일이다.

그러나 우리는 흔히 정반대의 행동을 한다. 의견이 같고 자기를 잘 인정해 주는 사람들과는 잘 지낸다. 상대방이 이해하지 못하고, 믿지 않아도 자신의 진실을 역설하고 그것을 믿게 하려고 노력해야만 한다.

사이가 벌어졌을 때, 불만스러운 표정을 보았을 때, 남이 그대를 배반하였을 때, 그가 나쁜 것이 아니라 그대의 선이 부족하였다고 생각하라.

후회 後悔

31日

후회에서 빠져나오지 못하는 자는 이중의 불행에 정복당한다. 최초에는 좋지 않은 욕망에, 다음에는 슬픔에 정복당하는 것이다.

후회해 봐야 소용이 없다고 한다. 그러나 후회한다고 해서 꼭 늦은 것은 아니다. 후회란 자기의 죄와 약점을 모두 인정하고 있음이다. 후회란 자기 속에 깊게 뿌리내린 악을 거부하는 것이며 마음을 정화하고 선으로 돌아가고자 하는 의지이다.

그런데 양심에 죄를 느끼면 느낄수록 우리는 자신보다 남의 죄를 찾아내려고 한다. 진실 된 사람은 자기의 죄를 인정하고 자신이 베푼 선행에 대해서는 잊어버리는 사람을 말한다.

자기를 용서하라. 그래야만 비로소 남을 용서할 수 있을 것이다.

믿음이 두터운 사람은 말한다.

"우리의 노년에 수치를 남기지 않을 청춘이여, 너에게 은혜가 있으라!"

후회를 아는 사람은 말한다.

"우리 청춘의 죄를 씻어 주는 노년이여, 너에게 복이 있으라!"

믿음이 두터운 사람들과 후회를 아는 사람은 함께 말한다.

"죄 없는 자에게 행복을 드리워 주소서!"

끊임없는 괴로움 속에 살아가면서 완성을 바란다는 것은 불가능한 일이다. 완성을 위한 가장 좋은 방법은 스스로의 세계관을 모색하고 파악한 다음, 그 세계관을 자신의 모든 일에 적용시켜 나가는 것이다.

감정 感情

1日

마음의 감정을 감추는 일은
마음에 없는 감정을 가장하는 것 이상으로 어렵다.

우리가 일상생활에서 가장 조심해야 할 것은 사소한 감정이다.

사람은 흔히 큰 불행이나 잘못에 대해서는 쉽게 체념하지만, 아주 사소한 일에서 도리어 감정을 억제하지 못한다. 더욱이 그 사소한 일들은 도처에 있고, 그것이 도화선이 되어 큰 불행으로 발전하기 일쑤이다.

감정이란, 그릇이 기울면 엎질러지는 물과 같다. 일단 기울면 평화와 조화가 파괴된다. 남을 증오하는 감정은 얼굴의 주름살이 되고, 남을 원망하는 마음은 고운 얼굴을 추악하게 만든다.

그러나 사랑의 감정은 신체 내에 조화된 따스한 빛이 흐르게 한다. 그리고 맥박이 고르며 보통 때보다 기운차게 움직인다. 또 사랑의 감정은 위장의 활동을 도와 소화 기능도 왕성해진다.

이와 반대로 남을 원망하고 미워하는 감정은 혈액순환을 방해하는 동시에 맥박을 빠르게 하며, 위장이 위축되어 음식을 받지 않으며, 먹은 음식은 부패되기 쉽다.

사랑의 감정은 그렇게 건강에까지 좋은 것이다.

인내 忍耐

2日

육체의 노동 없이는 휴식의 기쁨도 없다.
도덕적인 노력 없이는 생활의 기쁨도 있을 수 없다.

도덕적인 생활은 끊임없는 노력 속에서 이루어진다.

도덕적인 고결한 심정으로 끊임없이 수행함으로써 인격을 닦아가는 것이다. 그런 자만이 이 세상의 잡음과 난관 속에서도 용감하고 힘차게 살아갈 수가 있다.

성장이란 서서히 진행되는 과정이지 돌발적으로 비약하는 것이 아니다. 섬광처럼 사상의 충동으로 진리를 전부 깨달을 수는 없다. 또 발작적인 참회만 가지고는 모든 죄의 사슬을 끊을 수 없다.

정신적 성장을 꾀하자면 끊임없이 인내하고 노력하는 수밖에 없다.

성급함을 버려라. 그 어떤 난관 속에서도 참고 견디며, 그대의 지혜로운 생활을 위해 필요한 것을 끌어내도록 노력하라. 우리 육체가 갖은 음식 중에서 영양분을 골라내어 섭취하듯이 하라.

끊임없는 괴로움 속에 살아가면서 완성을 바란다는 것은 불가능한 일이다. 완성을 위한 가장 좋은 방법은 스스로의 세계관을 모색하고 파악한 다음, 그 세계관을 자신의 모든 일에 적용시켜 나가는 것이다.

합류 合流

3日

죽음은 우리의 본질을 다른 형태로 변화시키는 것이 아닐까?
본질이 소멸되고 만물의 무궁한 본원과 합류되는 것이 아닐까?

죽음은 유기체의 파멸이다. 이 유기체는 우리가 인생을 받아들이는 하나의 도구였던 것이다. 죽음은 그것을 통해서 바깥을 내다보던 유리창이 깨어진 것이나 다름없다. 그 유리가 다시 깨질 수 있는 것인지, 부서진 유리창을 통하여 무엇이 보일지 우리는 알 수가 없다.

신이 인간에게 무엇이든 마음에 드는 것을 골라잡으라고 한다면 우리는 망설일 수밖에 없다. 죽음을 택하든지, 가난과 질병의 고통 속에서 살아가든지, 재물과 권력과 만족과 건강을 즐기면서(그러나 시시각각으로 그것을 빼앗기지 않으려는 공포에 떨면서) 살든지 말이다.

인생이 꿈이라고 생각할 수 있음은 의심할 여지없는 사실이다. 또한 죽음을 각성이라고 생각할 수 있음도 의심할 바 없다. 그러나 우리의 본질이나 자아가 꿈에 속하며 깨지 않는 의식에 속해 있다고 할 때, 죽음은 진짜 깨우침이라고 생각할 수 있다.

4月

희열 喜悅

4日

인생은 끊임없는 기쁨이어야 하며,
인생은 기쁨 그 자체여야 한다.

인생은 눈물의 골짜기가 아니다. 무슨 시련의 마당도 아니다. 인생은 견줄 바 없이 귀중한 그 무엇이다.

인생의 즐거움은 무한하다. 이 세상의 규범과 부과된 임무를 수행하면 그 즐거움을 얼마든지 얻을 수 있다.

대다수의 인간들은 만족에 지나치게 집착한다. 그래서 만족을 잃게 될 것 같으면 말할 수 없는 비탄에 빠지게 된다. 그러나 기쁨이 사라지더라도 한탄하지 않는 사람이 올바른 인생이다.

불안은 무한한 불행으로 빠뜨릴 뿐만 아니라 타인에게도 불행을 끼친다. 선과 양심은 인생의 수레바퀴를 원만하게 회전시키는 기름과 같은 것이다.

따라서 불행을 선으로 바꾸어야 한다. 위는 음식물 속에서 육체에 영양분이 될 만한 것만을 골라낸다. 나무를 불에 집어넣으면 더욱 밝게 타오른다. 그와 같이 불행이 닥쳤을 때 인생에 도움이 될 만한 것만을 골라내어 소용되도록 하라.

기쁘게 살아가려면 인생은 즐거운 것이라고 믿어라. 만약 기쁨이 없다면 그대의 인생이 어딘가 잘못되어 있음을 알라.

끊임없는 괴로움 속에 살아가면서 완성을 바란다는 것은 불가능한 일이다. 완성을 위한 가장 좋은 방법은 스스로의 세계관을 모색하고 파악한 다음, 그 세계관을 자신의 모든 일에 적용시켜 나가는 것이다.

태만 怠慢

5日

'일하지 않으면 안 된다' 이것은 법칙이다. 법칙을 어기는 것은 죄이다. 혹은 부정 앞에 아부하고 굴복함을 의미한다.

노동만큼 인간을 고귀하게 하는 것은 없다. 노동이 없다면 인간은 인간으로서의 가치마저 상실할 것이다.

일하지 않는 자에 대하여 대지는 이렇게 말할 것이다.

"두 손을 가지고도 일하지 않는다면 너는 언제까지나 남의 문전에서 걸식하게 되리라. 영원토록 남의 문전에 버려진 찌꺼기나 주워 먹을 것이다."

왕자가 입은 비단옷이 아무리 아름다울지라도, 직접 일을 해서 사입은 삼베옷만 못하다. 부자가 먹는 음식이 아무리 맛있는 것일지라도 일한 후에 먹는 한 조각의 빵만 못하다.

천하고 비굴한 표정을 짓느니보다는 차라리 생명을 끊는 것이 낫다. 남의 재물을 빼앗아 사치를 즐기느니 차라리 빈곤한 편이 낫다.

세계 世界

세상은 연극무대와도 같다. 그리고 그대가 맡은 역이 있다.
그대는 주어진 역을 어떻게 연기할 것인가 배워야 한다.

매사에 바르게 처신하라. 주어진 일에 최선을 다하라.

게으른 것은 죄악이다. 나는 잘되고자 노력하는 것만큼 잘사는 방법은 없다고 생각한다. 실제로 내가 잘되고자 노력하고, 노력한 만큼 모든 일이 풀려갈 때에 나는 만족을 얻었고 행복을 느꼈다. 이것은 내 경험의 가르침이다.

자신의 결점을 지적해 주는 이에게 감사해야 한다. 지적을 받음으로써 모르고 있던 자기의 결점을 알 수 있고, 그 결점을 바로잡아 올바른 길로 가는 것이다.

괴로움 속에 살면서 완성을 바란다는 것은 불가능한 일이다. 완성을 위한 가장 좋은 방법은 스스로의 세계관을 모색하고, 그 세계관을 모든 일에 적용해 나가는 것이다.

끊임없는 괴로움 속에 살아가면서 완성을 바란다는 것은 불가능한 일이다. 완성을 위한 가장 좋은 방법은 스스로의 세계관을 모색하고 파악한 다음, 그 세계관을 자신의 모든 일에 적용시켜 나가는 것이다.

선악 善惡

7日

악을 악으로 갚지 말라.
악에 대해 선으로 보답하는것이 진실이며 지혜로운 일이다.

선은 삶에 이바지하고, 악은 죽음에 이바지한다. 선은 삶을 존중하고 삶의 기상을 드높인다. 그러나 악은 삶을 질식시키고 삶을 옹색하게 만들어버린다.

악이란 원래 선의 피부였다. 선의 핏줄과 뼈와 위장을 감싼 시종무관이었다. 그러던 악이 하루아침에 선의 피부에서 도망쳤다. 선에게 시중을 드는 일이 싫증났기 때문이다. 그때부터 악은 방황하기 시작했다. 본래는 무척 온순했으나 때로는 저돌적이기도 한 그의 방황이 계속되는 동안 인간은 선과 악을 원수로 만들어 버렸다.

어떻게 하면 자유를 얻을 수 있는가, 하고 그대는 묻는다. 자유를 얻으려면 속된 이론에 따를 것이 아니라, 그대 자신의 힘으로 선과 악을 구별하라. 그 노력이 자유를 얻게 할 것이다.

부정 不正

8日

부정은 사람을 불행하게 만든다.
억울함을 당할지언정 결코 부정을 저지르지 말라.

소크라테스는 말하였다.

"만약 내가 죄 없이 죽임을 당한다면 정의를 무시하고 나를 죽인 자들은 치욕을 당할 것이다. 그런데 사람들이 나의 정의를 알지도 못하고 나에게 정의를 밝힐 수 없는 것이 나에게 있어서 무슨 치욕이 될 것인가. 역사 속에서 부정을 가한 자와 당한 자를 후세 사람들은 분명 기억할 것이다."

불의인 줄 알면서 명령이라 하여 수행한다면 그는 권력의 하수인에 불과한 자다. 결국 부정에 침묵하고 부정의 공범자가 된 셈이다.

부정으로 얻은 것은 언젠가 자신을 배반한다.

부정에 직면하여 침묵하지 말라. 부정의 대가로 지불해야 할 것은 부자유밖에 없다.

끊임없는 괴로움 속에 살아가면서 완성을 바란다는 것은 불가능한 일이다. 완성을 위한 가장 좋은 방법은 스스로의 세계관을 모색하고 파악한 다음, 그 세계관을 자신의 모든 일에 적용시켜 나가는 것이다.

본성 本性

9日

행복, 사랑, 자유 등을 추구하는 욕구는
인간의 고유한 본성이다.

짧은 오리의 다리가 보기 싫다 하여 길게 바꾸면 오리는 불편할 것이고, 기다란 학의 다리를 짧게 바꾸면 어찌 되겠는가. 본성本性을 바꾸려고 무리한 노력을 할 필요는 없다.

인간의 측은지심惻隱之心과 선을 좋아하는 마음이란 배고프면 먹고 목마르면 마시는 것과 마찬가지로 모두 본성에서 우러나온 것이다.

자기 자신의 존재를 자각하고 자기 자신에게 충실하도록 노력하라. 그리고 완전한 인간의 본성에 숨어 있는 힘에 의지하라.

그러나 타인에게 자기의 본성을 드러내고, 또 타인의 본성을 모두 알기란 불가능하다. 중요한 것은 자기만의 빛을 간직하도록 노력하는 일이다. 그러면 언젠가는 빛을 발할 것이다.

희망 希望

10日

희망을 잃는 것은
인생의 빛이 사라지는 것과 같다.

인간을 최후의 악에서 구하는 것이 희망이다.

그리스 신화의 제우스신은 인간들이 밉고 괘씸했다. 불을 훔친 죄로 프로메테우스에게 형벌을 내렸지만 화가 풀리지 않았다.

궁리 끝에 제우스는 대장장이 헤파이스토스에게 진흙을 빚어 여신을 닮은 처녀를 빚게 했다. 그리고는 여러 신들에게 그들의 가장 고귀한 것을 선물하게 했다. 그리하여 판도라가 탄생하였다. '판도라' 라는 이름은 '모든 선물을 받은 여인' 이라는 뜻이다.

제우스는 판도라에게 상자를 하나 주었다. 그리고 절대 상자를 열어 보지 말라고 경고했다. 그러고는 프로메테우스의 동생 에피메테우스에게 판도라를 보냈다. 앞일을 내다보는 프로메테우스는 미리 동생에게 제우스의 선물을 받지 말라고 주의를 주었으나 '나중에 생각하는 사람' 인 에피메테우스는 그만 아름다운 판도라를 아내로 맞아들였다.

판도라는 어느 날 문득 상자를 열어 보고 싶었다. 절대로 열면 안 된다는 말은 그녀의 호기심을 자극할 뿐이었다. 판도라가 뚜껑을 여는 순간 상자 속에 갇혀 있던 질병과 전쟁 등 온갖 나쁜 것들이 모두 튀어나왔다. 깜짝 놀란 판도라는 얼른 상자의 뚜껑을 닫았다. 그러나 상자의 밑바닥에 남은 것은 '희망' 뿐이었다.

끊임없는 괴로움 속에 살아가면서 완성을 바란다는 것은 불가능한 일이다. 완성을 위한 가장 좋은 방법은 스스로의 세계관을 모색하고 파악한 다음, 그 세계관을 자신의 모든 일에 적용시켜 나가는 것이다.

기만 欺瞞

모든 잔학은 다른 수많은 잔학을 불러온다.
그리고 모든 기만은 역시 또 다른 수많은 기만을 불러들일 뿐이다.

양심을 버리는 데는 두 가지가 있다. 하나는 양심이 가리키는 방향에서 눈을 감아 버리는 것이다. 또 하나는 양심 자체를 아예 말살해 버리는 것이다.

작은 가르침을 따르지 않으면 큰 가르침도 버리게 되어 있다.

만약 우리가 '자기를 사랑하듯 네 이웃을 사랑하라'는 가르침을 무시한다면 '복수하지 말라' '악을 행하지 말라' '형제를 미워하지 말라' 등의 가르침까지 무시하게 되어 있다. 그리고 결과는 재앙뿐이다.

여하한 악일지라도 가볍게 여기거나 나와는 관계없는 일이라고 생각해서는 안 된다. 물방울이 모여 그릇이 가득 찬다. 조금씩 범하는 악이 쌓이면 헤어날 수 없게 된다.

악을 불러일으키는 마음의 소리가 있다. 악은 보기 흉하고 수치스러운 모양을 하고 있다. 자세히 한 번 살펴보라. 그대는 악을 낳은 기만欺瞞을 발견할 수 있을 것이다.

존재 存在

12日

존재를 안다는 것은 그물을 가지고 물을 길어 올리는 것과도 같다.
그물로 아무리 물을 길어 올려도 올라오는것은 없다.

존재는 우리 자신의 내부 깊숙한 곳에 있다.

존재는 그대의 마음속에 있는 것이다. 사색과 실천을 통해 자신의 존재를 의식할 수 있다. 그러나 마음을 놓아 버리는 순간, 자신은 다시 사라지고 말 것이다.

'나는 생각한다. 고로 나는 존재한다' 라는 명제야말로 참된 것이다. 그런 존재의식은 이기적인 것들을 포기하라고 요구한다. 신비주의자들이 쓰는 말처럼 자신을 '텅 비게' '가난하게' 할 것을 요구한다.

현명한 인간은 존재의식을 가지고 살아간다. 존재가 어디에서 오는지 왜 걱정을 하는가? 그것이 어디에서 오든 무슨 상관이 있는가? 누가 그것을 창조했느냐 아니냐 하는 것은 어긋난 질문이다. 그대는 지금 이곳에서 살고 있으므로 존재와 더불어 춤추라! 살아라! 존재가 되라! 그리고 그 신비가 완전하게 그대 마음속에서 이루어지도록 그냥 내버려 두라.

끊임없는 괴로움 속에 살아가면서 완성을 바란다는 것은 불가능한 일이다. 완성을 위한 가장 좋은 방법은 스스로의 세계관을 모색하고 파악한 다음 그 세계관을 자신의 모든 일에 적용시켜 나가는 것이다.

지성 知性

13日

인생의 정신적 기원에는 두 가지가 있다.
하나는 지혜이고 또 하나는 사랑이다.

사람의 위대함은 지혜의 깊이에서 생겨난다. 인도주의의 정점은 위대한 심령에 의해서만 가능하다. 위대한 심령은 곧 위대한 지혜가 된다.

우리의 도덕적 감정은 지적인 힘과 뒤섞여 있다. 그런데 만약 지혜가 손상을 입게 되면 인생의 손실은 막대하다.

우리는 이제까지 지혜와 양심을 구별하였다. 또 선행은 사색보다 중요하다고 말한다. 그러나 그것은 잘 결합된 힘을 억지로 분리시키려는 것과 다름없다. 그런 생각 때문에 우리의 천성이 손상을 입게 되는 것이다.

도덕에서 사상을 제거해 보라, 무엇이 남겠는가? 사상의 힘없이는 우리가 양심이라고 부르는 것이 한낱 환상이나 과장이나 허위로밖에 보이지 않을 것이다.

이 세상에서 가장 잔인한 행위는 양심의 소치라는 허울 좋은 이름으로 행해졌다. 사람들은 양심의 명령이라면서 서로 미워하고 죽였던 것이다.

이지理智를 가진 사람은 악인이 될 수 없다. 이지의 실천에 의하여 자기의 선을 크게 하라. 그리고 사랑의 실천을 통해 이지의 깊이를 더 하라.

빈부 貧富

14日

권력자(부유한 자)와 굴종자(가난한 자)가 함께 있는 사회.
그런 사회에서는 올바른 제도를 세울 수가 없다.

인간은 일의 대가로 살아간다.

어떤 영국 작가는 인간을 세 계급으로 분류하였다. 노동자와 거지와 도둑.

이 분류가 스스로를 '높은 계급' 또는 '귀한 계급'이라고 자처하는 자들에게는 당혹스러울 것이다. 그러나 이 분류는 꽤 정당하다. 부자가 되는 길은 세 가지밖에 없기 때문이다. 노동을 하거나, 남의 것을 얻거나, 훔치는 것이다.

그런데 성실하게 노동하는 사람들의 보수가 적다는 것은 그만큼 거지와 도둑이 많기 때문이다.

과학기술의 발달로 인간의 생활은 윤택해졌다. 그러나 우리는 과거보다 더 행복하지 못하다. 왜냐하면 소수의 사람들만이 부를 누리기 때문이다.

만약 그대가 노력 없이 보수를 얻었다면 일하고도 보수를 제대로 얻지 못한 사람이 어디엔가 있음을 알라.

끊임없는 괴로움 속에 살아가면서 완성을 바란다는 것은 불가능한 일이다. 완성을 위한 가장 좋은 방법은 스스로의 세계관을 모색하고 파악한 다음, 그 세계관을 자신의 모든 일에 적용시켜 나가는 것이다.

재물 財物

15日

부유한 양심가는 비겁한 영웅과도 같다.
그는 양심가로서 자격을 이미 상실한 것이다.

욕망의 세계에서 부富는 행복과 출세의 원천이다. 그러나 양심의 세계에서 부는 허위를 드러낼 뿐이다. 참다운 양심을 가진 사람은 존엄한 자아 때문에 너무 많은 재물을 부끄럽게 생각할 것이다.

부유한 자들이여, 주위를 돌아보라.

무더기로 쌓여있는 그대의 재물은 썩고 있다. 그대의 비싼 옷은 좀 먹고 있다. 그대의 금은보화는 깊이 숨겨져 녹이 슬고 있다. 그 녹은 그대를 배반하는 것이며 불과 같이 그대의 살을 태울 것이다.

그대들은 최후의 날까지 재물을 모았다. 그대들의 논과 밭에서 엎드려 일한 노동자들에게 줄 임금이 그대의 곳간에 쌓여 있는 것이다. 그리하여 가난한 노동자들의 울음소리가 하느님의 귀에까지 닿았다.

빈곤은 우리에게 지혜, 인내, 그리고 위대한 철학을 가르쳐 준다.

부자라고 해서 존경할 필요는 없다. 다만 그들의 영혼을 불쌍히 여길 따름이다.

인식 認識

16日

인생은 인식이다. 내가 어떤 한계 안에 있는가, 아니면 자유에 속해 있는가를 인식하는 것이다.

참다운 실재는 정신이다. 그러면 나머지는 무엇인가? 그림자, 간판, 형상, 비유, 그리고 몽환이다. 오직 인식만이 불멸이다. 인식만이 완전한 진실이다.

자신이 영원하며 무한한 존재임을 인식하는 데 인생의 의의가 있다. 제한된 시간과 공간 속에 살면서 시공을 초월한 정신을 인식하는 것이다.

죽음은 소멸하여 없어지는 것이 아니다. 또 다른 세계가 기다리고 있기 때문이다.

사상은 사실보다도 진실하다.

마술과 같은 동화나 전설은 사실보다 진실하다. 왜냐하면 동화나 전설은 사실보다 더 깊은 것을 상징하고 있기 때문이다.

이 세계는 하나의 커다란 환등幻燈이다. 그래서 인식은 우주이며 그 태양은 사랑이다.

끊임없는 괴로움 속에 살아가면서 완성을 바란다는 것은 불가능한 일이다. 완성을 위한 가장 좋은 방법은 스스로의 세계관을 모색하고 파악한 다음, 그 세계관을 자신의 모든 일에 적용시켜 나가는 것이다.

완성 完成

17日

인간은 인생의 목적에 도달할 수는 없다.
다만 인생의 목적을 향하여 나아갈 뿐이다.

사람은 끊임없이 자신을 발전시키기 않으면 안 된다. 우리는 너무 부족한 점이 많은 미완의 존재이기 때문이다.

때문에 아무리 노력해도 완성의 경지에 도달하지는 못한다. 완성이란 불가능한 일이며, 그것은 하나의 이상에 불과하다.

우리들은 어쩌면 미완성이기 때문에 사랑하는 것인지도 모른다. 만약 완성이 있다면 인간은 꿈도 상실할 것이다.

완성이란 신의 세계이다. 인간의 지혜가 자랄수록 신과 인간 사이에 한없는 차이가 있음을 자각하게 될 것이다.

학자 學者

18日

중요한 것은 지식의 분량이 아니라 질이다. 우리는 너무 많은 것을 알고 있으면서도 정작 필요한것은 깨닫지 못하고 있다.

학문하는 사람이 인생의 진리보다 화술話術에 더 마음을 쓸 때 학문은 이미 그릇되고 진리에서 멀어지게 된다.

깊이가 없는 사상을 세련된 어휘로 표현하는 학자들이 있다. 그들에게 중요한 것은 어떻게 말해야 하는가가 아니라, 무엇을 적합한 어휘로 표현해야 하는가의 문제이다.

참다운 진리를 알기 위해서는 실로 많은 곤란을 극복하지 않으면 안 된다. 진리를 거짓으로 말하는 자는 사특하다. 술 취한 자와 같이 흥이 나는 대로 주절거리는 작가나 학자는 참다운 진리와는 거리가 멀다.

때문에 어중간한 지식이야말로 가장 위험한 것인지도 모른다.

고락 苦樂

19日

고뇌의 기쁨을 알지 못하는 사람은 참다운 지혜,
즉 참다운 인생을 살 수 없는 사람이다.

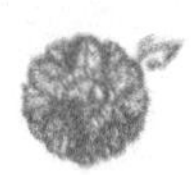

인류의 모든 성과는 고뇌를 통해 성취되었다.

예수는 자신을 기다리는 것이 고뇌뿐임을 잘 알고 있었다. 권력자들의 증오와 폭압 그리고 그가 사랑한 자들의 배반을 모두 미리 알고 있었다. 그러나 예수는 절망을 죽음보다도 슬픈 것이라 생각했다.

마지막 순간까지 그는 자기의 사상을 버리지 않았다. 그는 당당하게 죽음 앞에 섰다.

고뇌를 이겨낸 기쁨이야말로 얼마나 큰 기쁨일까! 진리는 문과 같다. 우리는 그 문을 열고 무의식의 세계에서 지적인 자의식의 세계로 나가게 된다.

지적인 자의식의 세계에서 만나는 고뇌와 죽음은 더 이상 두려운 것이 아니다. 영원불멸의 인생이 나타나기 때문이다. 이는 형언할 수 없는 기쁜 복음이 아니고 무엇이겠는가?

정신적 생활을 하는 사람은 고뇌가 자기완성의 중요한 요소임을 알고 있다. 그러므로 그에게 있어 고뇌는 조금도 슬퍼할 것이 못 되며 도리어 더 큰 행복의 출발점으로 생각되는 것이다.

사회 社會

20日

정신적인 인간에게 있어 자기 부정은 행복으로 가는 길이다.
동물적인 인간은 정욕의 만족만을 행복이라 여긴다.

예수는 말했다.

"나보다 부모를 더 사랑하는 자는 나에게 합당치 않은 자이다. 그리고 나보다 자녀를 더 사랑하는 자도 나에게 합당치 않은 자이다."

인간으로서 남의 행복을 위하여 사사로운 욕심을 버리는 것만큼 큰 행복은 없다. 그것은 영원한 행복에 이르는 길이다.

자기의 이익을 위해 힘을 다함과 같이, 사회 공공의 이익을 위하여 전력할 때, 우리는 평화와 행복을 얻을 수 있다. 그때 비로소 천상의 무궁한 행복은 우리 앞에 꽃피게 될 것이다.

그래서 예수는 말했다.

"타인에게 선을 베푸는 사람은 선량한 사람이다. 선을 행하기 위해서 고난을 겪는다면 그는 더욱 선량한 사람이다. 선을 행한 사람을 위하여 고난을 무릅쓴다면 그는 더욱 선량한 사람이다. 선을 위해 더 많은 고난을 겪는다면 그는 더없이 선량한 사람이다. 만약 그 때문에 죽는다면, 그는 가장 위대한 영웅이다."

끊임없는 괴로움 속에 살아가면서 완성을 바란다는 것은 불가능한 일이다. 완성을 위한 가장 좋은 방법은 스스로의 세계관을 모색하고 파악한 다음, 그 세계관을 자신의 모든 일에 적용시켜 나가는 것이다.

애타 愛他

21日

자기 자신이 깊이 깨닫기 전까지는
'원수를 사랑하라'는 말이 공허하게 들릴 것이다.

이 세상은 점점 탐욕의 아수라장이 되고 있다. 사람은 거기서 빠져나올 길이 없는 듯이 보인다. 이 불행한 상태를 벗어나는 길은 하나밖에 없다. 사랑에 대한 가르침을 회복하는 것이다.

도덕성과 지혜와 좋은 습관을 상실한 영혼들은 참으로 딱하다.

형제와 이웃들이 굶주려 죽어 가는데, 인간의 식탐은 끝이 없다. 헐벗은 사람들이 있는데, 인간들은 의복이 좀먹지나 않을까 하여 장롱 속에 깊이 간직해 둔다. 의복이 좀먹지 않을까 염려된다면 차라리 그것을 헐벗은 형제들에게 나누어 주라.

조화롭게 살기 원한다면 현세적인 이기와 욕심을 버려라. 그런 마음가짐으로는 사랑의 왕국으로 가까이 갈 수 없다. 사랑의 왕국에 다다를 수 있는 생활을 하라. 그것은 사랑과 나눔이다.

끊임없는 괴로움 속에 살아가면서 완성을 바란다는 것은 불가능한 일이다. 완성을 위한 가장 좋은 방법은 스스로의 세계관을 모색하고 파악한 다음 그 세계관을 자신의 모든 일에 적용시켜 나가는 것이다.

자각 自覺

22日

사람들은 자기 자신을 알지 않으면 안 된다. 그것이 진리를 아는 데 소용없다 하더라도 적어도 자신의 생활을 통제하는 데는 필요하다.

시공의 조건이 인간에게 영향을 끼치든 안 끼치든, 인간은 이 세상에 나면서부터 누구는 사랑하고 누구는 사랑하지 않는다.

그 때문에 같은 공간적 시간적 조건 속에 태어나, 받을 만큼 교육받은 사람들이 서로 미워하는 것이다. 그것은 바로 인간의 내면적인 자아에 대한 가장 심한 배반이다.

참다운 행복의 근원은 마음속에 있다. 그것을 다른 곳에서 찾으려 하는 것은 어리석은 일이다.

인간은 자기의 자아를 굴종적이며 불안한 세계로부터, 자유로우며 기쁨이 넘치는 세계로 옮겨 놓을 수 있다. 정신의 본질을 인식할 때 얼마든지 가능하다.

산다는 것, 그것은 바로 자기의 운명을 자각하는 일이다.

소박 素朴

23日

진리는 항상 소박한 것이다. 소박은 매혹적이며 이로운 것이다. 그럼에도 놀랍게도 소박한 사람이 너무 없다.

말을 삼가라. 절제에 힘쓰라. 노력하라. 악한 일을 거부하고 착한 일을 실천하는 데 용기와 자신감을 가져라. 사랑과 봉사와 헌신이 그 영혼을 더 아름답게 하리라. 눈에 잘 띄지 않는 작은 노력들이 사랑의 나무의 작은 열매다. 그것은 나중에 크게 자라서 그 가지가 이 세상의 모든 것을 덮게 될 것이다.

우리의 문제는 타인의 행위를 보고 그와 똑같이 하려는 데서 기인한다. 배고프지 않는데도 다른 사람이 먹는 것을 보고 먹는다. 그러나 우리는 지식이나 정신의 아름다움을 위해서는 결코 많은 지출을 하지 않는다.

무릇 위대한 일은 보기에 아주 겸손하고 단순한 상태에서 서서히 진행되는 법이다. 번개가 번쩍이고 천둥이 칠 때는 밭을 갈거나 집을 짓는 행위를 할 수 없다.

위대하고 참된 일은 항상 단순하고 신중하다. 그러나 계획적인 단순은 가장 불쾌한 기교이며 가장 큰 허식이다.

용기 勇氣

24日

금金은 불에 의해서 시험되고,
용기 있는 자는 역경에 의해서 시험된다.

나는 늘씬한 다리로 멋있게 걸으며 피부를 다듬고 머릿결의 부드러움을 자랑하는 그런 위인은 질색이다. 키가 작고 볼품은 없더라도 언제나 당당하고 용기 있는 사람이 좋다.

육지에 가만히 앉아서는 좋은 선장이 될 수 없다. 바다에 나가 무서운 폭풍을 헤쳐나간 경험이 유능한 선장을 만든다. 격전의 들판에 나서야만 전쟁의 힘을 이해할 수 있다. 사람의 참된 용기는 인생의 가장 곤란한, 또는 가장 위험한 처지에 섰을 때 비로소 나타난다.

고대 이스라엘 시대의 일이다. 군사령관에게 급사가 달려와 중요한 요새를 적에게 빼앗겼다고 보고했다. 사령관은 당황한 표정이 역력했다. 그러자 사령관의 아내가 사령관의 귀에 대고 속삭였다.

"저는 당신보다 지금 더 지독한 꼴을 당했습니다."

사령관은 어리둥절했다.

"저는 당신의 조금 전 표정으로 당신이 당황하고 있다는 사실을 알았습니다. 요새는 다시 찾을 수가 있습니다. 하지만 용기를 잃는다는 것은 군대를 전부 잃는 것보다도 나쁜 일입니다."

견고한 성은 튼튼한 성벽이 아니라 용기에 의해 지켜진다.

끊임없는 괴로움 속에 살아가면서 완성을 바란다는 것은 불가능한 일이다. 완성을 위한 가장 좋은 방법은 스스로의 세계관을 모색하고 파악한 다음, 그 세계관을 자신의 모든 일에 적용시켜 나가는 것이다.

이원 二元

25日

인간은 육체적 존재로부터 정신적 존재로 얼마만큼 옮겨갈 수 있느냐에 따라서 자유로울 수 있느냐 없느냐가 결정된다.

인간은 자기의 본질을 육체적인 것과 정신적인 것으로 구별하여 느낀다. 육체적인 것을 느끼는 사람은 자유롭지 못하다. 정신적인 것을 느끼는 사람에게는 어떠한 부자유도 있을 수 없다.

정신적인 사랑이란 무엇일까? 가장 높은 창조력을 기르기 위한 내부의 노력을 가리킨다. 이 세상에서 가장 위대한 표현은 인간 속에 있는 것이다.

나는 항상 반성을 통해 정신을 가다듬는다. 그래서 정신은 모든 것을 보며, 모든 것 속으로 들어갈 수 있으며, 모든 것 속에 존재해 있다는 것을 알고 있다.

정신은 모든 것의 내부에 깊이 스며들어가 있다. 마치 햇빛이 어두운 방을 비치듯이…….

영혼이란 무엇인가 생각해 보자. 영혼이 육체 속에 깃들어 있는 것이라고 생각한다면 이해하기 곤란하다. 그러나 영혼을 육체에서 분리해 생각하면 이해하기가 쉽다. 영혼은 육체에 속박된 것이 아니라 육체를 떠나서도 저 혼자 자유로운 것이다.

신임 信任

26日

신임이 점진적으로 증가한다 하더라도,
성숙한 단계에 이르기까지는 보다 많은 시간이 필요하다.

아랫자리에 있으면서 윗사람에게 신임을 얻지 못하면 자신 또한 윗자리에 있을 때 아랫사람을 다스릴 수 없다.

윗사람에게 신임을 얻기 위해서는 도道가 있어야 한다. 벗들에게 신임 받지 못하면 윗사람에게도 신임을 얻지 못하리라.

또한 어버이에게 순종하지 않으면 벗들에게 신임 받지 못하리라.

자신을 돌이켜보아 온전케 하는 데도 도가 있으니, 선에 밝지 못하면 자신을 온전케 못하리라.

사람의 말을 너무 믿지 말라. 그릇된 결론에 도달할 지도 모른다.

그러나 사람의 용모는 신임하라. 그건 결코 속이지 못한다.

신임하라, 그러면 그는 너에게 진실할 것이다.

위대한 사람으로 대하라. 그러면 그는 스스로 위대하게 행동할 것이다.

비판 批判

27日

타인을 비난하는 사람이 있으면 그를 말려라. 그리고 남을 비난하지 말자고 약속하라. 그러면 살기 좋은 세상이 될 것이다.

타인을 심판하는 것은 죄악이다. 때로는 가장 잔인하며 부정한 것이 될 수 있다. 내가 타인을 심판한다면 그것은 죄악을 범하는 일이 된다. 그는 나를 칭찬하며 나에게 선을 베풀고 있는지도 모르기 때문이다.

사람을 함부로 단정하지 말라. 착한 사람, 악한 사람, 어진 사람, 어리석은 사람, 열정적인 사람, 냉정한 사람 등으로 분류하는 것은 부질없는 짓이다.

인간은 그런 것이 아니다. 다음과 같은 점을 잘 이해하고 명심해 두라.

사람은 누구나 자기가 좋다고 생각하는 일을 행한다. 만일 그 사람이 그릇된 일을 하고 있다면 그 일은 누구에게보다도 그 자신에게 나쁜 결과를 가져오고야 만다. 왜냐하면 모든 그릇된 일 끝에는 반드시 고통이 따르기 때문이다.

두 사람 사이에 싸움이 벌어졌다면 옳고 그른 것을 따질 필요 없이 두 사람이 다 옳지 못한 것이다. 어느 한 쪽이 나쁘지 않다면 싸움은 일어나지 않았을 것이다. 평평한 거울에다 성냥을 그을 수는 없다.

근면 勤勉

28日

정신 상태를 건강하게 유지하려면, 피곤할 때까지 일하라.
정신의 건강 상태는 흔히 태만으로 인해 파괴된다.

일하지 않고 지내는 것이 행복이며 노동이 죄악이라는 생각은 참으로 위험한 착오이다. 두뇌를 녹슬지 않게 하기 위하여, 또 목적 없이 헛된 노력을 하지 않기 위해서라도 육체적인 노동은 필요한 것이다. 인간은 일하지 않고는 견딜 수 없다. 무위無爲의 시간은 얼마나 견디기 어려운가.

육체노동은 사람의 의무이자 행복이다. 그러나 두뇌로 하는 노동은 그 일을 사명으로 타고난 사람들에게만 의무이자 행복이 될 수 있는 것이다. 사명은 어떤 희생으로 이해되며 증명된다. 학자나 예술가는 그 소명에 따르기 위해 그 자신의 평화와 안위를 희생하는 것이다.

행복을 얻기 위한 확실한 조건은 노동이다. 먼저 노동은 스스로가 택한 자유로운 것이라야 한다. 노동 후 맛있게 먹는 밥이나 달디 단 잠처럼 좋은 것이 세상에 또 어디 있겠는가.

만족 자체가 만족이 되는 곳에는 진정한 만족이 있을 수 없다. 일하는 도중의 휴식, 그것만이 건전하고 진정한 만족이다.

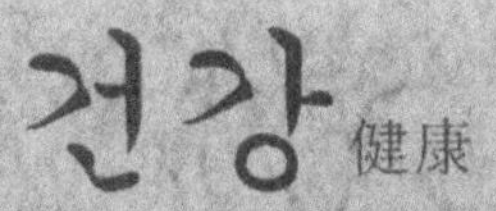

건강 健康

29日

부富와 수면과 건강은 한번 잃었다가 되찾았을 때
그것의 소중함을 더 절실하게 깨닫게 된다.

맹인이나 귀머거리를 만났을 때, 당신은 듣고 볼 수 있는 자신을 고맙게 생각할 것이다. 그러나 보았기 때문에 괴로움을 얻고, 들었기 때문에 불행한 유혹에 끌리는 일이 수없이 많다.

귀와 눈으로 불행의 씨가 들어오지 않도록 경계해야 한다. 경계할 것은 남의 눈이나 귀가 아니라, 내 자신의 눈과 귀인 것이다. 그리고 다른 사람을 경계하느니보다는, 내 마음속에 움트는 나쁜 정념을 경계할 일이다. 이목과 견문이 때로는 원수가 되기도 한다.

건강은 하나의 보배일 것이나 때로는 건강하지 않더라도 행복할 수 있다. 그러나 사랑 없이는 어떤 사람이라도 행복할 수 없다.

있다가도 없고 없다가도 있을 수 있는 것이 재산이다. 그러나 영원토록 변함없는 재산은 자신의 건강이다. 건강을 잃으면 모든 것을 잃지만, 건강한 사람은 가장 확실하고 안심할 수 있고 믿을 수 있는 재산을 가진 것이 된다. 건강한 사람은 두려움이 없고, 두려움을 당해도 두려움으로 받아들이지 않는다. 의욕과 자신감을 갖고 있기 때문이다.

진의 眞意

30日

무엇 때문에 살고 있는지도 모르고서 살 수는 없다.
인간은 인생의 진의를 알아야 한다.

인간은 무엇 때문에 살고 있는지 알지 못한다. 그러나 사는 의미를 추구하지 않고 지낼 수는 없다.

사회의 구성원인 우리는 자기가 하고 있는 부분적인 일에 대해서 그 목적을 잘 알지 못한다. 그러나 보다 훌륭한 사회인이라면 자기가 하고 있는 일의 목적을 잘 알고 있다.

모든 존재는 자기의 존재 이유를 해명하고 싶어 한다. 인간에게 있어 이 기능은 이지理知이다.

만약 이지가 우리에게 이 세상에서의 우리의 위치와 사명을 표시해 주지 않는다면 이지의 방향과 목적을 다시 생각해야 한다.

진실은 늘 우리 가까운 곳에 있다. 다만 사람들이 그것에 주의를 기울이지 않을 뿐이다. 언제나 진실을 추구하라. 가까운 곳에서 진실이 우리를 기다리고 있다.

끊임없는 괴로움 속에 살아가면서 완성을 바란다는 것은 불가능한 일이다. 완성을 위한 가장 좋은 방법은 스스로의 세계관을 모색하고 파악한 다음, 그 세계관을 자신의 모든 일에 적용시켜 나가는 것이다.

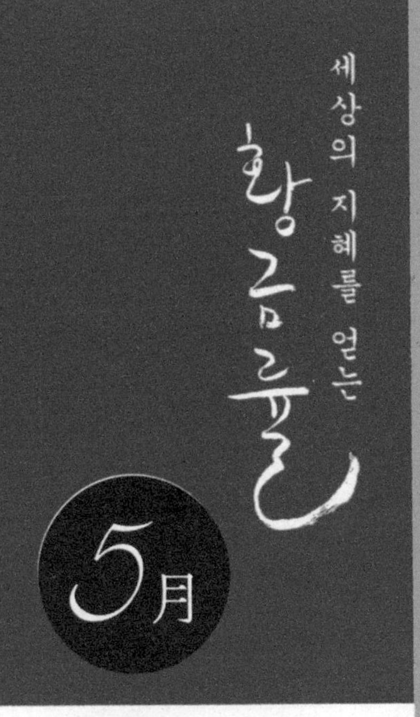

성 프란체스코에 의하면 완전한 기쁨이란 이치에 닿지 않는 비방을 참고 견디는 것, 그 때문에 겪어야 할 육체적인 고통을 참고 견디는 것, 그리고 그 비방과 고통에 대해 대적하지 않는다는 것이다.

신념 信念

참 믿음은 자기 속에서 스스로 일어나는 것이지
남이 가르쳐준다고 해서 얻어지는 것이 아니다.

성자들은 말한다.

어떤 일에도 낙심해서는 안 된다. 또한 과거의 일로 애태우지 말라. 다만 할 일을 하라. 할 일을 했으면 후회하거나 미련을 갖지 말라.

그러나 꼭 해야 할 일을 하지 않는 것처럼 비겁한 것은 없다. 또한 자신이 한 일에 대해서 반성하는 것은 좋지만 잘못했다고 해서 절망해서는 안 된다.

누구에게나 고유의 성질이 있다. 자연으로부터 받은 성질이다. 사람은 그 성질에 따라 행동한다. 용기나 힘으로 사내다움을 과시하려는 경향이 있다. 그러나 그대가 노여움을 억제하고 남을 용서할 수 있다면 어떤 용기나 힘보다 그게 훨씬 더 훌륭한 것이다.

모든 인간은 스스로를 존중하듯 다른 사람이 자신을 존중해 주길 원한다. 그와 마찬가지로 모든 사람은 다른 사람을 사랑하고 존중하지 않으면 안 된다.

5月

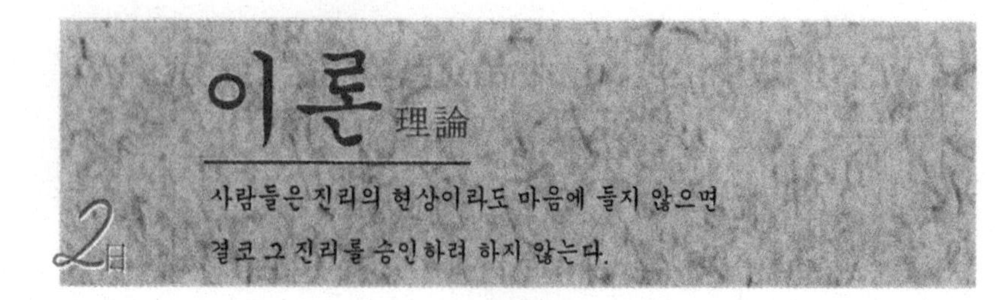

성 프란체스코에 의하면 완전한 기쁨이란 이치에 닿지 않는 비방을 참고 견디는 것, 그 때문에 겪어야 할 육체적인 고통을 참고 견디는 것, 그리고 그 비방과 고통에 대해 대적하지 않는다는 것이다.

누구라도 칭찬받을 만한 가치가 있을 때는 칭찬을 아끼지 말라. 칭찬이 필요한 사람을 칭찬하지 않으면 자칫 엇나갈 수가 있기 때문이다.

남과 다툴 때 성을 내지 말라. 성을 내면 진리는 보이지 않고, 독선과 이기만 가득할 따름이다. 싸움은 물이 둑을 무너뜨리는 것과 같다. 그렇듯이 둑이 한 번 터지면 도저히 막아낼 수가 없다.

이론을 말할 때는 말투는 겸손하게, 그러나 논지는 확실하게 진술하라. 불필요한 언쟁으로 발전되지 않도록 조심하라. 설복을 시키는 것이 최고의 목적임을 잊지 말라.

그대가 깨달은 진리를 남에게 전달할 때는 가장 단순한 표현 방법으로 최대한 겸손하게 하라.

학예 學藝

3日

과학은 우리의 사명과 행복이 어디에 있는가를 연구하는 것이고
예술은 그 연구의 표현이다.

현명한 자는 알기 위해서 배운다. 그러나 우매한 자는 타인에게 과시하기 위해서 배운다.

알기 위한 학문은 보람과 소득이 있다. 그러나 과시하기 위한 학문은 아무데도 쓸모가 없다.

현명하기 위해서는 무엇보다도 자신이 먼저 결백해야 한다. 정신의 결백은 마음의 진실을 요구한다.

우리들이 부르는 과학과 예술은 유한적인 두뇌활동이나 감정의 소산에 불과하다. 두뇌나 감정의 기분 전환이 목적이기 때문이다.

인생에 있어서 모든 인간의 목적은 동일하다. 그것은 완전한 선에 도달하려는 이념이다. 우리에게는 그 이념으로 인도해 주는 지식만이 필요할 따름이다.

언어 言語

고운 말은 고운 심성에서 우러나온다.
고운 심성은 진실한 영혼을 소유한 자만이 지닐 수 있다.

말은 뿌려 놓은 씨와 같다. 무심코 던진 한 마디의 말이 남에게 상처가 되고 비수가 되기도 한다. 그처럼 말은 예측할 수 없는 영향력을 가진다.

언어의 속뜻은 참으로 깊다. 그러나 우리는 어리석게도 육체적인 존재이다. 우리가 길가의 돌멩이나 나무를 눈으로 볼 수 있듯이 물질적인 것은 무엇이나 다 볼 수 있다.

그러나 눈에 보이지 않는 사상의 부피는 알지 못한다. 그것은 공중에 가득 차 있으며 우리 주위에 떠돌고 있다.

사상은 인생의 힘이다. 그 힘은 인간 내부에 싹트며, 어떤 사상이냐에 따라 저주와 은택이 달라진다.

가까이 있는 이들의 사상을 이해하도록 노력하라. 또한 그대가 보다 나은 사상으로 보답할 수 없다면 적어도 애매하고 거짓된 사상을 퍼뜨리지 말라.

모든 언어는 사원寺院이다. 언어를 사용하는 사람의 혼이 그곳에 안치되어 있기 때문이다.

성 프란체스코에 의하면 완전한 기쁨이란 이처럼 달지 않은 비방을 참고 견디는 것, 그 때문에 겪어야 할 육체적인 고통을 참고 견디는 것, 그리고 그 비방과 고통에 대해 대적하지 않는다는 것이다.

교육 敎育

5日

정의는 어디서나 찾아볼 수 있다.
그러나 그 정의의 질은 교육 여하에 결정된다.

칸트를 비롯한 철학자들은 아이들에게는 이해할 수 있는 것만을 가르치라고 말한다. 그러기 위해서는 가르치는 자가 먼저 완전히 이해해야 한다.

자신도 확신하지 못한 것을 아이들에게 가르치는 것은 옳지 못한 일이다. 그러한 가르침을 받은 아이들은 나중에 모르는 것조차 아는 척을 하게 된다.

아이들에게는 올바른 것만을 가르쳐라. 또 아이들에게 약속한 것은 무슨 일이 있더라도 지켜야 한다. 아니라면 아이들에게 결국 허위를 가르칠 따름이다. 그런 가르침은 큰 죄악이다.

유년시절 우리는 너무 일찍, 너무 많이 배우지만 나중에 아무런 도움도 되지 않는다. 그리고 불확실한 지식을 배운 자들은 나중에 궤변자가 되고 만다.

지각 知覺

6日

우리 영혼 속에는 죽음에 속하지 않는 그 무엇이 존재하고 있다. 그것은 느낌이다.

창 앞으로 어떤 사람이 지나간다고 하자. 그 사람이 시야에서 빨리 사라지건 천천히 사라지건, 그의 존재를 부인할 수는 없을 것이다. 그의 존재는 추호도 의심할 수 없는 사실이다.

세계가 존재하기 시작한 것은 느낌이 그 모체였다. 인간은 그 어떤 느낌을 가지고 이 세상을 살아간다.

느낌은 인생을 영원케 하며 무한한 시공인 우주적인 힘을 준다. 느낌은 존재하는 것의 전부이며 느낌 없이는 다른 어떠한 생명체도 존재할 수 없다. 모든 것은 느낌으로 존재한다.

만물의 생명은 느낌에서 생겨난 것이며 죽음으로 끝나는 것이 아니다. 오히려 죽음은 느낌의 영원성을 깨닫게 한다.

그 느낌은 바로 신의 존재이다. 우리가 신의 아들임을 자각할 때 모든 위험에서 벗어날 수 있다.

자득 自得

7日

인생에 우연은 없다.

그 인생에서 부딪치는 어떤 운명이든 필연의 결과일 뿐이다.

구원도 멸망도 스스로의 몫이다. 자기 존재의 법칙이 확고하다면 이 세상이 파멸해도 결코 타락하는 일이 없다.

죄를 범하는 것도 자기 자신이며 깨끗한 삶을 영위하는 것도 바로 자신의 선택이다. 그대 말고는 그대를 구원할 사람이 아무도 없다.

나는 나를 인도해 줄 광명을 찾아서 이 지상을 방황했다. 낮이나 밤이나 쉴 새 없이 찾아다녔다. 그리고 마침내 모든 진리를 포함하고 있는 가르침을 만날 수 있었다.

나는 나 자신의 마음속을 다시 살펴본 것이다. 내가 그토록 바라고 찾던 광명은 바로 나 자신 속에 숨어 있었다.

5月

공손 恭遜

8日

자기 자신을 판단하지 말라. 섣불리 남과 비교하지 말라. 오직 '완전'한 것과 자신을 비교하라.

공손은 사랑을 불러일으킨다.

선을 동반한 공손은 이 세상에서 가장 사람의 마음을 끈다. 그러나 공손이 저절로 나타나는 것은 아니다. 스스로 찾아야 할 일이다.

물은 높은 곳에서 낮은 데로 흐른다. 낮을수록 거침없이 흘러간다. 그렇듯이 다른 사람보다 높은 곳에 처하려면 자신을 낮추어야 한다.

많은 사람들을 인도하는 자는 앞에 나서기보다 뒤에 조용히 물러나 있어야 한다. 성자들은 아무리 높은 경지에 올라도 다른 사람들에게 자신을 드러내지 않았다. 성자는 누구와도 다투지 않으므로 이 세상의 누구도 그와 다투려 하지 않는다.

공손한 사람은 완성을 위해 차근차근 한 단계씩 올라간다. 한 단계를 올라서면 다음 단계로 올라서기 위해 노력을 한다. 노력을 할수록 다음 단계는 쉽게 열린다.

공손한 사람은 자신의 존재가 불완전하다는 것을 안다. 그 때문에 뒤를 돌아보지 않고 오로지 앞으로 가야 할 길만을 바라본다.

성 프란체스코에 의하면 완전한 기쁨이란 이치에 닿지 않는 비방을 참고 견디는 것, 그 때문에 겪어야 할 육체적인 고통을 참고 견디는 것 그리고 그 비방과 고통에 대해 대적하지 않는다는 것이다.

개과 改過

9日

인생은 계절의 변화처럼 끊임없이 변화한다. 세월이 감에 따라 육체는 쇠한다. 그러나 정신은 더없이 풍요로워야 한다.

깨달음을 얻은 자는 자신이 얼마나 옹졸한 존재인가를 안다. 또 깨달음의 빛을 본 자는 과거에 자신이 얼마나 맹목적이고 우둔했는지를 알고 수치심을 느낀다.

깨달음을 얻지 못했다면 지금 그런 수치를 행하고 있는 것이다. 그러나 깨달음을 얻지 못했다고 절망할 필요는 없다. 그런 사실을 아는 것만으로도 이미 그대는 자신을 둘러보고 있을 테니까 말이다.

그리하여 추한 과거를 버리고 새롭고 향기로운 미래를 찾고자 할 것이다. 무엇보다 어리석은 생각에서 벗어나야 한다. 생각이 올바르면 그대의 과오를 깨닫고 바른 방향으로 길을 잡을 것이다.

어디에 있든 선을 향하여 모든 힘을 경주하라.

완성을 향한 길을 멈추어서는 안 된다. 그대가 멈추는 순간 쌓아왔던 모든 노력이 수포로 돌아갈 것이다.

실존 實存

10日

참된 존재는 정신적인 것뿐이다.
모든 육체적인 것은 그저 눈에 보이는 현상에 지나지 않는다.

인간은 두 가지 면을 가지고 있다. 내면과 외면이다. 내면은 진실의 깊이이다. 그러나 외면은 허위적이고 시각적인 것에 불과하다.

내면적인 생활이란 일상에 갇혀 있지 않고 모든 것이 하나의 항구, 하나의 해안, 하나의 무한한 정신세계를 향해 나가는 것이다.

진실로 실재하는 것은 눈에 보이지 않는 것, 만질 수 없는 것, 정신적인 것, 그리고 내면에서 스스로 인식할 수 있는 것뿐이다. 눈에 보이는 모든 것, 손에 만질 수 있는 모든 것은 감각의 산물이며 그렇기 때문에 빈껍데기에 불과하다.

정말 배우지 않으면 안 될 것은 하나밖에 없다. 그것은 정신이다. 정신 이외의 것은 곁가지요, 그것은 타서 없어져버릴 것들뿐이다.

성 프란체스코에 의하면 완전한 기쁨이란 이치에 닿지 않는 비방을 참고 견디는 것, 그 때문에 겪어야 할 육체적인 고통을 참고 견디는 것, 그리고 그 비방과 고통에 대해 대적하지 않는다는 것이다.

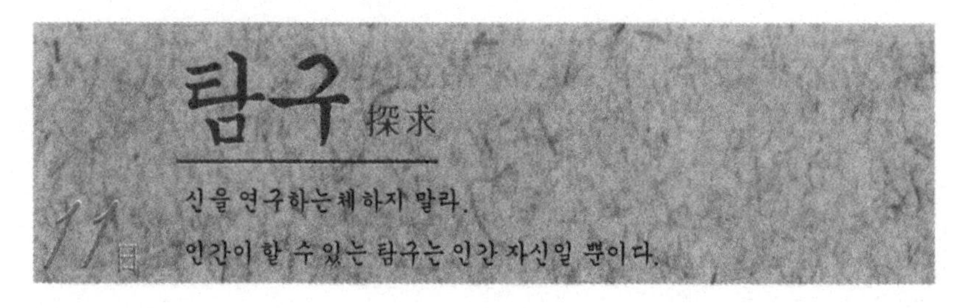

젊어서 진리를 열심히 찾고 구한 자는 늙어서 풍성하리라. 탐구자는 절대로 무엇을 증명하려 들지 않는다. 그저 사실을 찾아내려고 할 뿐이다.

탐구란 의혹에서 시작되어 그 의혹을 제거하는 조건을 찾는 것이다. 그 의혹을 제거하는 조건이 만들어졌을 때 신념이 만들어진다.

탐구는 발견하는 것이다. 우연한 발견이라 할지라도 끊임없는 관심과 노력의 결과이다. 그리고 가장 겸손한 탐구자만이 진리 가까이 도달할 수 있다.

착오 錯誤

12日

우리는 이 세상에서 영원히 사는 것이 아니다.
이 세상을 잠시 지나가고 있을 뿐이라는 사실을 늘 기억하라.

인생을 살면서 가장 큰 착오는 살아갈수록 죽음이 가까워지고 있다는 사실을 잊어버리는 것이다. 물론 젊을수록 그 착오는 더할 것이다.

어떤 인간이든 주먹을 쥐고 이 세상에 태어난다. 그것은 마치 '이 세상은 내 것이다' 라고 말하는 것과도 같다. 하지만 이 세상을 떠날 때는 주먹을 벌린다. 마치 '나는 빈손으로 떠나네' 하는 것과도 같다.

생성과 소멸은 그처럼 단순하다. 돌이켜보자. 우리가 젊었을 때, 또 건강할 때 더 큰 미래를 생각하고 넓은 대지를 바라보는가? 아니다. 오히려 극히 사소하고 작은 것에 매달려 시간을 허비할 때가 더 많을 것이다.

그때는 신에게도 얼마든지 도전할 것만 같다. 하지만 결국 제풀에 지쳐 세월을 헛되이 보내고 말 것이다. 나이가 들어서야 신을 생각하고, 그의 존재에 몸과 마음을 의탁하는 것은 우리가 얼마나 나약한 존재인가를 말해줄 따름이다.

성 프란체스코에 의하면 완전한 기쁨이란 이치에 닿지 않는 비방을 참고 견디는 것, 그 때문에 겪어야 할 육체적인 고통을 참고 견디는 것, 그리고 그 비방과 고통에 대해 대적하지 않는다는 것이다.

의문 疑問

13日

큰 의문은 큰 진보를 낳고 작은 의문은 작은 진보를 낳는다.
그러나 의문이 없으면 아예 진보도 없다.

우리는 늘 자신의 본질을 잊어버린다. 왜냐하면 스스로에게 의문을 갖지 않기 때문이다. 내가 어떤 존재이고, 어디서 무엇을 하고 있는가를 생각하라.

우리는 직장에서의 승진, 돈벌이, 세상의 명예와 같은 작은 것에 목숨을 걸고, 그것을 마치 행복의 전부인 것처럼 착각하며 살고 있다. 그런 행복에 너무 취하지 말라. 그것은 잠시의 행복과 자랑을 가져다 줄망정 마음 깊은 평화와 안식은 주지 못한다.

지혜로운 사람은 어떤 자리에 어떤 곳에 있든지 자신에게 도움이 되는 일을 발견한다. '왜?' 라는 의문부호를 놓치지 않기 때문이다.

그대가 어디에 서 있는지, 무엇을 하는지, 꼭 그래야 하는지 등을 생각하라. 그것은 의심이 아니라 자기 존재에 대한 의문이다. 그런 의문을 갖는 자야말로 현명한 것이 무엇인가를 깨달을 수 있다.

현명한 경영자는 언제나 가능한 일을 찾는다. 현실 속에서 '내가 할 수 있는 일이 무엇인가?' 하는 의문을 지우지 않고, 그런 의문 속에서 인생의 의미를 생각하기 때문이다. 의문은 의심이 아니라 더 높은 곳을 향해 나아가는 푯대와 같다.

자주 自主

14日

세상의 어떤 불의도 용납하지 말라. 또한 불의를 두려워하지도 말라. 불의한 자가 조성하는 공포는 한날 안개에 지나지 않는 것이다.

영혼처럼 맑고 위대한 것은 없다. 누구라도 영혼에 상처를 입히는 자는 지옥보다 더한 벌을 받을 것이다. 하물며 자신의 영혼을 스스로 다치게 한다면 얼마나 무서운 형벌이겠는가.

누구에게나 영혼은 그 어떤 것에 의해서도 훼손될 수 없다. 그러니 스스로 해하지 말라. 육체가 병들고 부패할지라도 영혼만큼은 깨끗하게 지켜야한다.

세상은 나의 마음에 달려 있다. 아름답거나 추하거나, 건강하거나 병들었거나, 생명이 춤을 추거나 파괴되거나 오로지 내 마음에 달려 있다.

그러나 보다 분명한 것은 세상은 한낱 껍데기에 지나지 않는다는 사실이다. 또한 그대는 한줌의 흙으로 돌아갈 몸이다. 그러나 영혼은 영원하고, 그대를 자유롭게 할 것이다.

그 영혼을 지닌 그대가 어찌 육신의 질곡에 매어 있겠는가. 자유로워라. 그대 영혼처럼 육신에 매이지 말고 스스로를 높은 존재로 이끌어 올려라. 그럴 때에 어떤 누구도, 어떤 무엇도 그대를 구속하지 못하리라.

성 프란체스코에 의하면 완전한 기쁨이란 이치에 닿지 않는 비방을 참고 견디는 것, 그 때문에 겪어야 할 육체적인 고통을 참고 견디는 것, 그리고 그 비방과 고통에 대해 대적하지 않는다는 것이다.

진가 眞假

15日

완전하지 않은 인간은 숱한 착오를 저지른다. 길마다 걸음마다 수 천 갈래의 착오가 기다린다. 그러나 진리로 닿는 길은 오직 하나밖에 없다.

스스로 깨닫지 못하고 학습되어진 진리는 껍데기에 지나지 않는다. 그것은 인공적인 늑골이나 의치나 또는 다른 살로 붙여 만든 융비술隆鼻術의 코와도 같다. 스스로 깊은 사색을 통해 얻은 진리야말로 몸속의 척추와도 같다.

껍데기는 참된 진리 앞에서 거품처럼 사라진다. 스스로 세계의 모든 것을 빠짐없이 보라. 빛을 두려워하는 올빼미의 눈이 아니라 오로지 진리를 좇는 눈빛으로. 그럴 때에 무엇이 진짜이고 무엇이 가짜인지를 알게 될 것이다.

순간의 좌절에 절망하지 말며, 진리를 좇는 자라면 세상의 비웃음도 두려워할 것이 없다. 진리 앞에 순종했을 때, 세상 또한 그 진리에 순종할 것이다.

인류 人類

16日

사람이 불행한 것은 신을 멀리했기 때문이다.
사람이 괴로운 것은 신앙이 결핍되어 있기 때문이다.

나는 무엇 때문에 살아 있는가? 무한한 세계와 나는 어떤 관계인가? 모든 신앙의 본질은 이 두 가지 의문에 대한 해답을 찾는 것이다. 어떤 신앙이든 이 세계와 인간에 대한 의문을 던지지 않는 신앙은 없다.

때문에 신앙을 갖지 않은 인간은 자신의 존재와 위상을 정립하기 어렵다. 더구나 인간은 자신 속에 내재된 신앙을 의식하지 못한다. 마치 자기 몸속에 심장이 있음을 의식하지 못하고 살아가듯이.

신앙을 갖지 않은 인간은 심장을 갖지 않은 인간과 마찬가지이다. 곧 죽을 수밖에 없다. 그릇된 신념 때문에 생명까지 희생하는 사람들이 있다. 그러나 참된 진리를 위해 목숨을 버리는 사람은 극히 드물다.

자살, 결투와 같은 일시적인 충동 때문에 목숨을 버리는 자는 분명 신앙이 없기 때문이다.

인간이 신을 멀리할수록 더욱 불행해지고 말 것이다.

비난 非難

17日

참된 일을 위해서라면 어떤 비난이라도 감수하고
그 일을 다 마쳤을 때처럼 행복한 때가 없다.

성 프란체스코의 말에 의하면 완전한 기쁨이란 이치에 닿지 않는 비방을 참고 견딘다는 것, 그 때문에 겪어야 할 육체적인 고통을 참고 견딘다는 것, 그 비방과 고통의 원인에 대해서 대적하지 않는다는 것이다.

사람들과 이야기할 때 칭찬이나 달콤한 말을 기대하지 말라. 비난과 경멸을 견딜 수 있도록 자신을 훈련하라. 남들이 비방하고 욕할 때 도리어 기뻐하라. 반대로 남들이 칭찬할 때 슬퍼하라. 남에게 바보라는 멸시의 말을 들으면 어떤가. 선이 내 속에 있다면…….

타인이 그대를 우러러보기 원하며 선을 베풀지 말라. 그런 선은 신께서 모른 척 하실 것이다.

이름도 없고 빛도 없이, 남들이 자기의 선행을 이해해 주지 않아도 슬퍼하지 않는 사람이 정말 덕이 높은 사람이다.

근원 根源

18日

인간의 근원이 정신에 속해 있으며
그 근원 속에 살고 있는 사람은 원하는 것을 다 이룰 수 있다.

사람은 강한 존재이다. 육체의 힘으로는 견딜 수 없고 무너질 수밖에 없지만 정신이 살아 있으면 그 모든 한계를 뛰어넘는다. 우리는 인간을 통해 기적을 숱하게 보아오지 않았는가. 때로 인간정신은 한계를 뛰어넘는다.

인간의 근원은 참된 정신과 양심이다.

인간의 근원은 악을 부정하고 선을 인정한다.

인간의 기쁨은 사랑에 있으나 인간의 고통은 분노에 있다. 인간의 괴로움은 부정으로 인해 일어나며 인간의 행복은 자기희생을 통해 얻어지는 것이다. 삶을 통해 그런 근원들을 구체화시킬 때 인간은 완성된다.

신이 있다는 걸 어떻게 아느냐고 묻는 사람이 있거든 이렇게 대답하라.

"신은 내 마음속에 있다."

정녕 신이 마음속에 있지 않다면 인간은 얼마나 약한 존재인가.

섭리 攝理

19日

자기 자신의 의무를 다하라.
그리고 결과는 오로지 신에게 맡기라.

선의 법칙은 인간이 지켜야 할, 의심할 수 없는 섭리이다. 그래야 참된 삶을 살아갈 수 있다. 세상의 이념과 질서에 굴종하는 자처럼 비겁한 자는 없다. 악을 선으로 착각하고 무수한 불법을 저지른다. 신념이라는 미명하에 아무런 죄의식도 없다.

어떤 성자를 향하여 사람들이 물었다.

"자기의 행복을 위하여 평생을 내걸 만한 규범이 있겠습니까?"

성자가 대답했다.

"있다. 그 규범은 다른 것이 아니다. 자기가 바라지 않는 바를 타인에게도 바라지 말라는 것이다."

그대가 원하는 것을 다른 사람들도 원한다는 것이다. 그대만이 바라고, 그대만이 소유하려고 할 때 불화가 일어난다. 타인이 나에게 해주기를 바란다면 그대가 먼저 타인에게 베풀고 행하라.

맹목 盲目

20日

자유로운 인간은 자족할 줄 안다.
물질에 매어있지 않기에 그 삶이 풍요롭다.

동물적인 존재로서의 인간에게 '자유'란 말은 있을 수 없다. 그러나 사랑과 양심이 살아 있는, 참된 정신을 소유한 자에게는 '부자유'라는 말이 필요 없다.

명심하라. 인생에 있어 동물적인 욕망에 사로잡히지 않는다면 그대는 지혜의 빛을 얻게 될 것이고, 그 빛을 흐리게 하는 정욕에서 벗어난다면 그대의 정신은 참으로 강대해질 것이다. 그러나 인간이 불행한 것은 그런 사실을 알면서도 외면하기 때문이다.

높은 덕성을 갖는다는 것은 자유로운 정신을 갖는다는 것을 의미한다. 정욕에 사로잡힌 자는 끊임없이 화를 내고, 늘 무언가를 두려워한다. 그런 자에게는 자유로운 정신을 기대할 수 없다.

자유가 없다고 하는 사람은 이 세상에 색채가 없다고 말하는 장님과도 같다. 자신에게 내재된 자유의 세계를 깨닫지 못한 자들이다.

일선 日善

21日

선을 행하지 않고서는 선의 위대함을 알지 못한다.
날마다 선을 행하라. 하루하루를 선한 행동으로 채워라.

아침에 눈을 떴을 때 '오늘은 단 한 사람에게라도 좋으니 그가 기뻐할 만한 무슨 일을 해줄 수 있을까?' 라고 생각해보라.

선은 우리의 의무이다. 하지만 의무이기 때문이 아니라 선을 행한 후의 기쁨을 생각해보라. 선에 대한 의지가 어떻게 실현되는가를 고민해본 사람은 알 것이다. 그보다 더한 기쁨이 없다는 사실을…….

선은 성취욕이 아니다. 인간의 의지여야 한다. 선을 행하고자 하는 의지를 통해 우리는 완전한 인간이 된다. 지고지순한 도덕이 바로 선이다.

선을 행하지 않으면 선이 무엇인지를 이해할 수도 없다. 어쩌다 가끔씩 선을 베풀면서 선을 행했다고 하지 말라. 날마다 순간마다의 삶이 선이어야 한다. 그것이 참된 선이다.

늘 선을 행하지는 못하더라도, 적어도 선을 행할 기회를 얻거든 그 기회를 놓치지 말라. 그 선으로 인하여 그대는 빛나는 존재가 될 것이다.

성장 成長

22日

자연의 비밀 속에서 가장 깊은 비밀이 무엇인지 아는가.
바로 인간의 성장이다.

자연 속에 일어나는 변화는 아무도 모르게 서서히 진행된다. 별안간 돌발적으로 일어나지 않는다. 인간의 정신생활도 이와 마찬가지다.

병아리는 껍질을 깨고 세상 밖으로 나온다. 그렇듯이 인간이 참된 정신으로 거듭나기 위해서는 자신을 둘러싼 허위의 껍데기를 벗어야 한다.

살아 있는 모든 참된 사상은 끊임없이 자양분을 섭취하며 변화해 간다. 구름의 흐름처럼 급격한 것이 아니라, 수목이 변화하듯 서서히 변화해 가는 것이다.

참된 정신을 위해 끊임없이 노력한 자는 오랜 시간이 지난 뒤에 분명 자신의 변화를 깨달을 수 있다. 그 성장의 과정에 서있는 인간은 행복하다. 그리고 위대하다.

성 프란체스코에 의하면 완전한 기쁨이란 이치에 닿지 않는 비방을 참고 견디는 것, 그 때문에 겪어야 할 육체적인 고통을 참고 견디는 것. 그리고 그 비방과 고통에 대해 대적하지 않는다는 것이다.

결핍 缺乏

23日

원하는 것을 얻었을 때 우리는 행복을 느낀다.
그러나 그보다 더 큰 행복은 아무것도 원하지 않는 것이다.

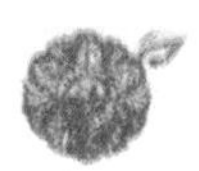

절제란 열정을 질식시키는 것이 아니다. 인생의 부질없는 것에 시간을 낭비하지 말라는 것이다.

어린 불나비는 아픔도 모르고 불 속으로 날아든다. 물고기는 위험한 줄도 모르고 미끼를 덥석 문다. 그렇듯 우리는 불행의 그물에 걸려들 줄 알면서도 관능적인 향락에서 벗어나지 못한다. 인간의 어리석음은 끝이 없다.

어떤 사람을 가리켜 현명한 사람이라고 하는가?
모든 것에서 배움을 얻고자 하는 사람을 말한다.
어떤 사람을 굳센 사람이라 하는가?
자기 자신을 억제하는 사람을 말한다.
어떤 사람을 풍부한 사람이라 하는가?
자기가 가진 것에 만족하는 사람을 말한다.

규범 規範

24日

신은 사랑이 전부가 아니다.
신의 한 모습일 따름이다. 그러나 인간은 사랑이다.

사랑의 덕성은 멀리 있는 것이 아니다. 우리가 진정으로 사람을 사랑하기 원할 때 나타난다. 제 발로 스스로 찾아온다.

선이란 실질적이고 지극히 현실적이다. 때문에 날마다 순간마다 선을 행하는 인간은 현실의 삶도 생활도 풍성하다. 그것은 분명한 인생의 법칙이다. 그 법칙을 인식하면 우리는 새로운 감정에 눈뜬다. 그 감정을 우리는 규범이라고 부른다.

향락은 결국 사람을 멸망으로 이끌지만 의무는 더 큰 기쁨을 가져온다. 거기에 참된 구원이 있다. 인간에 대한 사랑의 의지보다 높고 아름다운 규범은 없다.

마음을 어둡게 하는 것은 모조리 깨끗이 쓸어내 버려라. 마지막까지 남는 것은 사랑뿐이다.

성 프란체스코에 의하면 완전한 기쁨이란 이치에 맞지 않는 비방을 참고 견디는 것, 그 때문에 겪어야 할 육체적인 고통을 참고 견디는 것, 그리고 그 비방과 고통에 대해 대적하지 않는다는 것이다.

언동 言動

25日

타인의 결점을 감추고 장점을 드러내는 것이 사랑의 표현이다.
또한 그것이 사랑을 얻는 가장 좋은 방법이다.

사람을 비난하거나 해치는 말은 아예 입에 담지 말라. 남의 결점을 말하지도 말라. 다른 이의 나쁜 행위를 알았더라도 떠들고 다니지 말라. 남을 비난하거든 막도록 힘쓰라. 남에게 상처를 입히고 곤경에 빠트리는 것이 그리 좋은 일인가.

타인의 결점이 눈에 들어온다는 것은 곧 자기 자신에게 문제가 있다는 사실을 잊지 말라. 남의 약점을 보았다면 먼저 자기 자신이 바르게 살려고 노력하라.

그래도 말하고 싶은가. 그렇다면 말하기 전에 다시 한번 생각해 보라. 그리고 자기 자신을 돌아보라. 누가 누구를 비판할 수 있겠는가? 비난보다는 상대를 앞에 놓고 사랑의 마음으로 대하라.

파멸 破滅

26日

위대한 인물이든 평범한 인물이든 파멸은 한순간이다.
그리고 그 파멸의 원인은 다름 아닌 바로 자기 자신이다.

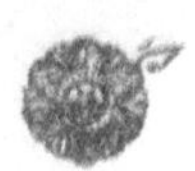

죽음은 생의 파멸을 의미한다. 하지만 안식과 평화를 얻는 순간이기도 한다. 죽음은 우리의 힘이 미치지 못하는 곳에 있다. 하지만 영원한 안식과 평화는 생의 최후의 순간에 찾아오는 것이기에 또 하나의 생명인 것이다.

정력이 왕성할 때는 그대가 이 세상 속에서 바쁘게 살고 있는 때이다. 그러나 병에 걸렸을 때 그대는 죽음을 의식하게 된다. 영원한 생명을 갈구한다면 그때 자신을 돌아보라. 죽음 이후에도 또 다른 삶이 기다리고 있기 때문이다.

죽음 또한 영혼의 일부분이며 무덤 저쪽에서 우리에게 말을 건다. 누구라도 생이 다하고 무덤으로 들어간다. 죽음을 미리 준비하라. 유언이나 장례절차, 제사 의식 등의 준비가 아니라, 그대 영혼이 안식할 수 있는 준비를 하라는 것이다.

재판 裁判

27日

재판은 죄악을 바로잡기 위해 만들어졌음에도,
오히려 죄악의 노예가 되는 경우가 많다.

법과 법에 의한 판결은 다만 사회질서를 유지해 나가려는 목적을 갖고 있다. 그러나 과연 무엇이 죄이고 무엇이 벌인가?

인류는 아주 오래 전부터 선악을 구별해왔다. 그리고 규범을 세우고, 규범에서 어긋난 자를 다스려왔다.

악과 싸우며 참되게 사는 길을 추구하는 것이 법의 정신이다. 아무리 자유를 추구하는 것이 인간의 본성이라 해도 기본적인 기준은 필요했던 것이다.

하지만 세상의 법이 다 정의인 것은 아니다. 어떤 법도 죄만 논할 따름이지 인간을 심판할 수는 없다. 진정한 심판은 오로지 신만이 내릴 뿐이다.

세상의 법을 두려워한다면 신의 심판 또한 두려워하라.

행위 行爲

최선을 다하라. 결과는 생각하지 말라.
결과야 어떻든 그대의 마음이 깨끗하고 정당하면 그만이다.

인간의 행위에는 목적과 결과가 있다. 그러나 목적과 결과에 집착한 행위는 정욕에 지나지 않는다. 겉모양에 매달려 내면의 진실을 무시할 수 있기 때문이다.

성스러운 인간은 내면적인 이유로 마음을 괴롭히지만 외면적인 것에 대해서는 냉정하다. 외면적인 것보다 내면적인 것을 더 소중히 여긴다.

그대는 날품팔이 일꾼처럼 하루하루 최선을 다해 일하고 그날의 보수를 얻으라. 목적과 결과에 매달린다면 그대의 노동은 얼마나 허무한가.

결과가 어떻게 될 것인지 생각지 말고, 오직 목적을 완수하려는 행위의 의지, 그것만이 인간이 할 수 있는 최선의 행위이다.

성 프란체스코에 의하면 완전한 기쁨이란 이치에 닿지 않는 비방을 참고 견디는 것, 그 때문에 겪어야 할 육체적인 고통을 참고 견디는 것 그리고 그 비방과 고통에 대해 대적하지 않는다는 것이다.

존엄 尊嚴

29日

모든 인간은 존엄하다. 타인을 굴복시키고 굴종시킨다고 해서 자신의 존엄이 더 높아지는 것이 아니다.

인간이 어떤 일의 도구나 목적이 될 수는 없다. 어떠한 인간도 어떤 대가를 바라고 자기 자신을 팔아 버릴 수 없다. 설사 자기 자신이라도 자신의 존엄을 팔아버릴 수 없기 때문이다.

애고주의愛顧主義는 전제국가에서 왕족이나 귀족들이 자기들의 특권을 정당화하기 위한 것이었다. 애고주의는 자기 손에 권력을 유지하기 위해 이용되었다. 대중들을 이용한 교활한 술책이었다.

뭇 생명은 존귀하다. 하물며 인간의 생명은 얼마나 존귀한가. 돈과 권력 앞에 자신을 굴종시키지 말라. 오히려 그것을 멀리함으로 자신의 존엄을 지켜라.

선을 행하고, 불의에 눈감지 말며, 약한 자를 도우라. 그것이 자신의 존엄을 지키는 일이다.

매매 賣買

30日

매매는 생활을 영위하기 위한 수단이고 기술이다.
따라서 매매의 근본은 미덕과 사랑이어야 한다.

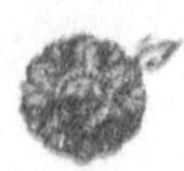

사고파는 것은 인류가 오래전부터 삶을 영위하기 위한 수단이었다. 한 끼의 밥을 먹으려면 그만큼의 대가를 치러야 한다. 정당한 대가를 치르지 않고 남의 것을 빼앗는 것은 노략질이다.

어떤 매매라도 인간의 존엄성을 해하지는 말라. 인간은 존엄한 존재이다. 결코 수단의 대상이 되어서는 안 된다. 인간에 의한 인간의 착취는 종식되어야 한다. 경제는 단지 인간이 생활을 영위하기 위한 하부구조에 불과하다.

남자의 육체이건 여자의 육체이건 매매할 수는 없다. 더욱이 그들의 영혼을 매매할 수는 없다. 하늘과 물과 공기를 매매할 수 없듯이 말이다.

그러나 요즘 사람들은 더 많은 것을 소유하기 위해 인간의 존엄성까지 파괴시키고 있다. 물적 가치의 교환에도 도덕과 사랑이 있어야 한다.

성 프란체스코에 의하면 완전한 기쁨이란 이치에 닿지 않는 비방을 참고 견디는 것, 그 때문에 겪어야 할 육체적인 고통을 참고 견디는 것 그리고 그 비방과 고통에 대해 대적하지 않는다는 것이다.

낙천 樂天

31日

우리는 행복을 얻기 위해 태어났는가.
하지만 그것은 엄청난 착오다.

어리석은 인간들이 있다. 생의 열락을 무조건 경멸하며 그 경멸을 마치 심오한 것처럼 착각하거나, 인생을 하찮게 여기는 자들이다.

행복하고 싶다면 행복하게 될 수 있다고 믿어라. 하지만 인생의 법칙, 신의 법칙을 파괴하는 자들에게 그들이 원하는 행복을 주어 보라. 그는 곧 불행한 인간이 되고 말 것이다. 그러나 신의 법칙을 따르는 자에게는 아무것도 주지 않아도 그는 세상에서 가장 행복한 사람일 것이다.

우리는 인생에 대해 불만을 품을 아무런 권리도 갖고 있지 않다. 신의 법칙을 따르는 사람만이 진정한 생의 행복을 누릴 수 있다.

다른 사람을 심판하는 자는 행복할 수 없다. 그대가 아무리 선하다 할지라도 그 심판에 의해 그대 자신 또한 심판받을 수 있기 때문이다.

불원 不遠

죽음을 앞두고서야 우리는 흔히
신의 뜻이 무엇인가를 생각하게 된다.

1日

두려움 없이 평화로운 죽음을 원하는가? 오직 전력을 다해 인생을 경주하라.

죽음은 언제 닥칠지 모를 일이다. 하지만 하루하루 최선의 삶을 사는 자는 인생을 후회할 까닭이 없다. 때문에 죽음이 두려울 까닭도 없다.

인생은 짧다. 그 속에는 기쁨보다는 슬픔과 죄악이 더 깃들여 있다. 인생만을 생각한다면 얼마나 보잘 것 없고 덧없는가. 그러나 영원을 생각하라. 죽음 이후에 또 다른 세계와 생명이 기다리고 있음을…….

영원을 생각한다면 하루인들 지상의 날들을 어찌 헛되이 보낼 수 있겠는가. 하루하루 바르고 깨끗한 생활이 되도록 힘쓰라. 그리고 언제라도 최후의 날을 맞을 마음의 준비를 하라.

남녀 男女

2日

남자든 여자든 삶의 임무는 크게 다르지 않다.
그러나 임무에 봉사하는 방법은 남녀가 서로 다르다.

여자는 남자가 하는 어떤 일도 다 할 수 있다. 하지만 남자는 할 수 없는 것이 하나 있다. 출산이다.

세상의 모든 여인들이여, 결혼하기 전까지는 어떤 일을 해도 좋다.

그러나 아무도 그대를 대신할 수 없는 일이 있으니 곧 아이를 낳고 기르는 일이다. 생명을 잉태하고 낳는다는 일이 얼마나 신성한 일인가.

여자의 가장 중요한 임무는 아이를 낳고 기르고 교육하는 것임을 잊지 말라. 그리고 남자들이여, 아내의 일을 도우라. 집안일에 바쁜 아내 옆에서 남자라고 해서 빈둥빈둥 노는 일이야말로 남자답지 못하다.

가정이 화목하지 않으면 절대 행복할 수 없다. 가정에서 행복하지 못한 사람이 세상 어디에 가서 행복을 느낄 수 있겠는가.

오성 悟性

3日

인생의 법칙을 무시하고 지키지 않는 인간은
육신의 죽음으로 자신의 존재도 끝이라고 생각한다.

육체가 죽은 후에도 영혼은 남는다. 인간은 지상에서 생의 반을 살지만 영혼은 더 높은 세계에서 영원히 거한다. 물론 죽음 이후의 삶이 어떤 것인지 나는 모른다. 나의 두뇌는 제한되어 있고 무한한 세계를 도저히 이해할 수가 없다.

그러나 나는 죽음 이후의 세계와 불멸을 확실히 믿는다. 기억할 수 없는 먼 과거에도 그대는 존재했고, 이 땅에서 육의 몸으로 존재하고 있으며, 그리고 앞으로도 존재할 것이라는 사실을 의식하라.

생명은 어느 순간 물거품처럼 사라지는 것이 아니다. 다만 이 세상에서의 삶이 한낱 물거품일 뿐이다. 그것을 이해할 때, 인간은 비로소 불멸을 생각하게 된다.

생명은 탄생과 동시에 시작되는 것이 아니며 또한 죽음과 동시에 끝나는 것도 아니다. 그 사실을 깨달은 자는 모든 것으로부터 자유로워진다.

사교 邪教

4日

기만적인 신앙을 강요하는 이들로 인해
우리 인생은 때로 사교도보다 못한 삶을 살기도 한다.

신앙은 무조건 믿는 것이 아니다. 그럼에도 '무조건 믿어라, 그렇지 않으면 비방하라' 는 천박한 관념이 우리를 올무에 묶어버리곤 한다.

그러나 그런 관념 속에는 무서운 죄악이 내포되어 있다. 덮어놓고 교리를 강요하고, 사색을 의심으로 매도하고, 그저 맹종을 요구하는 것은 인간의 자유의지와 사고를 마비시킬 따름이다.

때로는 그릇된 가르침으로 인해 참혹한 사건들이 일어난다. 사교도들은 맹종과 굴종을 요구할 뿐이다. 그러나 신은 우리에게 분명 자유의지를 주었다. 선과 악을 택하는 것도 우리의 의지이다.

다만 신은 우리가 선한 자가 되기를 원할 뿐이다.

외계 外界

5日

눈에 보이는 것이 전부라고 여기지 말라.
눈에 보이지 않는 더 큰 세계가 존재하고 있음을 잊지 말라.

눈을 뜨면 보이는 것들도 눈을 감으면 아무것도 보이지 않는다. 그러나 눈을 감았다고 해서, 보이지 않는다고 해서 '없다' 라고는 하지 않는다. 비록 눈에 보이지 않지만 감각으로 얼마든지 느낄 수 있기 때문이다.

가령, 어떤 장소에 책상이 있다고 하자. 내가 그 책상을 보지 않았다 해도 책상은 존재한다. 그렇듯이 사후의 세계도 내가 보지 않았다고 해서 부인할 수 없는 것이다.

나는 가끔 수평선을 바라보며 사후의 세상을 생각하곤 한다. 우리가 눈으로 본 것만이 전부가 아니라, 관념과 의식 속에 존재하고 있는 것들이 있듯이, 눈에 보이지 않는 수평선 저 너머에 분명 다른 세계가 있을지 모른다.

인과 因果

6日

죄악은 누구보다 먼저 자신에게 상처를 입힌다.
참된 행복을 빼앗을 뿐만 아니라 결국 응보로 되돌아오기 때문이다.

공중으로 던진 돌은 반드시 땅으로 떨어진다. 그렇듯이 사람이 행하는 모든 행위에는 결과가 따른다. 선을 쌓은 자는 기쁨을 누릴 것이요, 악을 쌓은 자는 그 악으로 망하게 되어 있다.

사람들이여, 어떠한 악도 자기와는 관계없다고 말하지 말라. 한 방울 한 방울의 물이 물통을 채우듯이 알게 모르게 저지른 악이 쌓이고 쌓여 악의 소굴이 되는 것이다.

악은 바람에 날리는 먼지와 같이 악을 범한 자에게로 되돌아간다. 어느 곳에 숨더라도 인간은 자기가 범한 악에서 벗어날 수 없다.

악을 범하지 말라. 아무리 불행하다 하더라도, 그 때문에 악을 범해도 좋다는 구실은 되지 않는다. 악을 범하면 그로 인하여 더욱 불행해질 것이다.

악은 맹수를 희롱하는 것이나 마찬가지이다. 희롱을 당한 맹수가 가만히 있기만을 바랄 것인가.

미덕 美德

7日

자신에게 엄격하라. 벗들에게는 겸손하게 대하라.
그럼 그대의 적은 이미 사라질 것이다.

행복해지기 위하여 우리가 가장 먼저 배워야 할 것은 겸손이다. 겸손함 뒤에는 행복이 깃들어 있다. 겸손은 사람을 아름답게 하고, 세상을 포근하게 한다.

인간의 마음속에는 교만이 뱀처럼 똬리를 틀고 있다. 그러나 교만과 허영은 겉으로 볼 때에 대단한 것 같아도 속은 텅 비어 있게 마련이다. 교만한 인간은 자기가 완벽한 사람이라 착각하지만 아무런 실속이 없다.

지혜로운 자는 늘 겸손하다. 자기 지식을 자랑하지도 않고, 선행을 할 때도 오른 손이 하는 일을 왼손이 모르게 한다. 겸손은 또한 희생이다. 자신의 모든 것을 희생할 각오를 가진 사람에게는 진정한 평화가 있다.

그 평화를 깨트리는 것이 바로 교만이다. 어떤 핍박과 오해를 받을지라도 항상 공손하며, 겸손한 자세로 사람들을 대하라. 겸손은 미덕이지만 교만은 뱀의 허물에 지나지 않는다.

보답 報答

8日

마음에 미움이 남아 있는가. 사랑으로 보답하라.
아직 증오가 남아 있는가. 선으로 보답하라.

어떤 사람이 공자에게 물었다.

"은덕으로 원수를 대하면 되겠는지요?"

공자가 대답했다.

"그렇다면 은혜에는 무엇으로 대하겠는가? 강직으로 원수를 대하고 은혜는 은덕으로 갚아야 한다."

선을 가장하지 말라. 그보다 더 나쁜 것은 없다. 선을 가장하고 행하는 척하는 것은 위선이요, 악과 같이 배척할 일이다.

가끔 줄기만 자라고 꽃이 피지 않을 때가 있다. 또 꽃만 피고 열매를 맺지 않을 때가 있다. 진실을 알고 있는 자는 진실을 사랑한다고 말해도 좋다. 그러나 진실을 사랑하면서도 실천이 없다면 역시 위선에 지나지 않는다.

진실은 절대적인 사랑이요 선이다. 그리고 진실을 안다면 당연히 실천이 따라야 한다.

제도 制度

9日

제도가 완벽하다고 해서 인간 사회가 완벽한 것은 아니다.
제도는 곧잘 인간을 예속하기 때문이다.

대개 인간이 만든 제도는 어리석기 짝이 없다.

뿐만 아니다. 우리가 문화라고 부르는 모든 것, 인간 생활을 윤택하게 한다는 과학과 기술발전도 결국은 인간의 도덕적 요구를 기만하기 위한 속임수에 지나지 않는다. 또 의학, 위생학이라 부르는 것은 인간의 생리적 요구를 기만하기 위한 속임수이다.

현대의 사회제도는 인간을 예속시키고 병정놀이를 하듯이 인간을 움직이려 한다. 그리고 범죄를 예방하고, 범죄자를 다스리는 형벌조차 어리석게도 우를 범하고 있다.

나귀 등에 짐을 잔뜩 싣고 가다가, 나귀가 가엾다면서도 다른 보따리를 더 얹힌다면 얼마나 어리석은 일인가. 그렇게 어리석은 게 바로 제도와 법이다.

동물 動物

10日

동물을 학대하지 말라. 동물의 힘을 이용하되, 지쳤을 때는 놓아 주라. 동물도 물을 마시고 쉴 시간이 필요하다.

선량한 자라면 동물에 대해 당연히 동정심을 가질 것이다. 동물을 학대하는 자는 인간에 대해서도 잔인하게 군다.

사람은 만물의 영장이다. 때문에 모든 생명 있는 것들의 괴로움도 같이 나누어야 한다. 그럼에도 동물을 괴롭히는 것은 참으로 무자비한 일이다.

동물은 우리들과 같이 공기를 호흡하며 물을 마시고 살아간다. 그리고 죽음을 당할 때에는 공포에 사로잡혀 발버둥을 친다. 인간과 똑같이 고통을 느끼는 것이다. 그런 동물에게 위해를 가할 권리가 우리에게는 없다.

동물도 사람과 같이 그 생명을 보호받아야 한다. 동물도 이 거대한 자연 속의 일부이기 때문이다. 사냥이나 육식이 주는 기쁨보다 동물을 사랑함으로 얻는 기쁨이 더욱 크고 소중하다.

다른 사람을 심판하는 자는 행복할 수 없다. 그대가 아무리 선하다 할지라도 그 심판에 의해 그대 자신 또한 심판받을 수 있기 때문이다.

심혼 心魂

11日

몸이 있되 넋이 없다면 우리는 고목과 다를 바가 없다.
또 질서 없는 심혼은 우리를 혼란에 빠트릴 것이다.

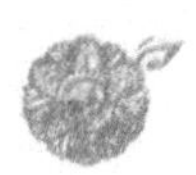

위대한 사상은 심혼 속에서 탄생한다.

심혼의 변화와 느낌이 없었다면 사상은 신기루에 지나지 않을 것이다.

마음의 소리에 귀를 기울이라. 그대가 나태해지고 싶을 때 마음은 분명 '아니다' 라고 할 것이다.

육신의 향락과 유혹에 빠지고 싶을 때 마음은 분명 '아니다' 라고 할 것이다. 그때 마음의 소리에 순종하라.

돈주머니를 잃어버리면 얼마나 허망하고 애석한가. 그런데 마음의 소리를 잃어버렸을 때는 너무나 무감각하다. 심혼의 소리는 그대에게 다른 무엇보다 소중하고 귀하다.

대지 大地

12日

대지는 신이 모든 인간에게 베푼 은택이었다.
그러나 토지의 사유는 신이 내린 자연의 상속권을 빼앗아가고 말았다.

우리는 누구나 이 세상의 순례자이다. 가진 것은 아무것도 없다. 아니, 소유할 필요도 없다. 잠시 지나가는 나그네에게 소유는 거추장스러울 뿐이다.

그런데 북으로 가나 남으로 가나 어디를 가든 '여기는 내 땅' 이라며 그대를 쫓아내는 사람을 만날 것이다. 천지사방에 몸 둘 곳이 한군데도 없다.

모두가 나그네일 뿐인데, 인간은 땅을 차지하고서 부른 배를 두드리며 가난하고 주린 자들을 애써 못 본 척 한다. 이는 신의 뜻을 어기는 것이다. 하늘의 태양과 고른 비가 모두에게 은택이듯이 대지도 또한 모든 인간에게 은택이어야 한다.

자신과 가족이 사는 데 필요한 토지 외에, 그 이상을 소유하고 있는 자들은 곰곰이 생각해 보아야 한다. 필요 이상으로 차지한 땅으로 인하여 고통당하고 있는 사람들이 있음을 기억해야 한다.

드넓은 땅을 차지하고 군림하는 자들은 남의 음식과 의복을 빼앗는 것과 다를 바가 없다. 그러나 그대의 소유를 나누면 나눌수록 더 큰 부유가 하늘에 쌓일 것이다.

이성 理性

13日

욕망과 감정은 용수철과 같다.
그것을 조절하는 브레이크는 이성밖에 없다.

진실한 인간은 허례와 허식을 버린다.

그것은 한낱 껍데기에 지나지 않기 때문이다. 그럼에도 순간의 욕망에 매달려 자신을 껍데기로 만들어버린다. 그 순간 자신의 존재가치는 쓰레기로 전락할 것이다.

추한 욕망을 다스릴 수 있는 건 이성뿐이다.

자신 안에 내재되어 있는 이성과 가까이 하라.

단순한 감정에 사로잡혀 헤어나지 못하는 것은 거센 폭풍우 속에 내맡겨진 돛단배와 같다.

이성으로 폭풍우를 잠잠케 하라.

과오 過誤

14日

잘못을 저지르고 뉘우친 자에게는 다시 그 죄를 묻지 말라.
뉘우친 자는 이미 거룩한 사람이다.

내 눈의 티는 보이지 않아도 다른 사람 눈의 티는 보이는 것이 사람이다. 그래서 눈에 불을 켜고 남의 과오를 들추어내기 좋아한다. 그것은 내 안의 선보다 악이 승하기 때문이다.

어떤 노인이 천국에 가는 꿈을 꾸었다.

그런데 그 천국에 너무나 보잘 것 없는 자신의 이웃이 살고 있는 것이었다. 노인은 자신의 눈을 의심하였다.

'가난하고 보잘 것 없는 자가 어떻게 천국에서 저리 행복을 누릴 수 있는가?'

그때 어떤 소리가 들려왔다. 그 이웃은 살아생전에 어떤 누구도 비방한 일이 없었기에 천국의 복을 누린다는 것이었다.

그렇다. 다른 사람을 심판하는 자는 행복할 수 없다.

그대가 아무리 선하다 할지라도 그 심판에 의해 그대 자신 또한 심판받을 것이다.

다른 사람을 심판하는 자는 행복할 수 없다. 그대가 아무리 선하다 할지라도 그 심판에 의해 그대 자신 또한 심판받을 수 있기 때문이다

완전 完全

15日

완전하다는 것은 아무것도 덧붙일 수 없을 때가 아니라
아무것도 떼어낼 것이 없는 상태를 말한다.

사람은 불완전하기에 서로 사랑한다. 사람이 완전하지 못하다는 것은 이미 하늘이 정한 일이다. 그러므로 인간은 서로서로 완전에 가까워지기 위해 노력하는 것이다. 완전하다는 것은 오로지 신만이 가지고 있고, 다만 사람은 조금 가까이 갈 수 있을 뿐이다.

사랑으로써 봉사하라. 그리고 그대가 섬기는 신을 두려워하라. 신을 두려워한 자는 죄를 범하지 않고, 또한 신을 사랑하는 자는 진실만을 좇는다.

신에 대한 참된 사랑은 완전해지고자 하는 의지에서 비롯된다. 때문에 신에 대한 사랑은 도덕, 정의, 선과도 일치한다.

가치 있는 사랑, 완전한 사랑에 이르기 위해 끊임없이 노력하라.

향상 向上

16日 세상을 올바르게 만드는 것은 제도가 아니라
사람들의 도덕적 향상이다.

국가의 목적은 올바른 사상과 완전한 정의에 의해 다스려지는 것이다. 그러나 국가의 목적과 사상과 정의가 같을 수 없고 때로는 서로 부딪친다.

때문에 세상을 올바르게 만드는 것은 국가도 제도도 아니다. 모든 사람들이 도덕적으로 얼마나 향상되었는가에 따라 사회가 달라진다.

노동자와 자본가가 서로를 이해하며 존중하는 것은 제도가 아니라 도덕이다. 도덕적으로 향상되기 전까지는 모세가 말한 대로 '눈에는 눈으로, 이에는 이로' 하는 수밖에 없다.

서로가 다름을 인정하고 사랑의 가르침을 실현해야 한다. 세상의 악과 싸워 이기려면 단 하나의 방법밖에 없다. 그것은 도덕적 향상이다.

다른 사람을 심판하는 자는 행복할 수 없다. 그대가 아무리 선하다 할지라도 그 심판에 의해 그대 자신 또한 심판받을 수 있기 때문이다.

참화 慘禍

17日

전쟁을 일으킨 자들이 내세우는 이유는 참 가지가지이다. 그러나 전쟁을 일으킨 진짜 동기는 사악하게 감춘다.

전쟁은 어리석고 우매한 짓이다. 그럼에도 국가가 벌인 전쟁으로 선량한 국민들이 동원되고 귀한 생명을 잃는다. 정의는 사라지고 오로지 승자만이 남는다.

"문명한 세상에 아직도 전쟁이 필요한가?"

이렇게 묻는 사람이 있다면 나는 대답하겠다.

"문명을 떠나서 전쟁은 필요 없는 것이고, 앞으로도 결코 필요하지 않다."

전쟁은 언제나 죄 없고 선량한 사람들의 목숨을 담보로 하여 정의를 짓밟고 인류의 결속을 방해해 왔던 것이다.

전쟁의 결과로 설사 어떤 이익이 있다 해도 해독은 그 몇 십 배가 된다. 때문에 어떤 이유로도 전쟁을 미화하지 말라. 그것은 인류에 대한 범죄이다.

신성 神性

18日

인간을 교만케 하는 것은 지식이다.
다만 지식에 덕성을 겸비한다면 신성에 이를 수 있다.

인간의 가치는 이성과 양심에 의해 빛을 발한다. 아무리 천한 신분일지라도 인간은 선을 위해 태어난 존재이다.

따라서 정신적 근본은 시간과 공간을 초월하고 영원불변의 진리에 있다. 물론 그 진리는 완전한 신의 빛이다.

사람이 하늘의 순리에 눈을 뜰 때, 새롭고 신비하고 초자연적인 아름다움이 펼쳐진다. 그럴 때 우리는 자신보다 더 높은 존재가 있다는 사실을 깨닫게 된다. 그 존재는 무한하다.

우리의 영혼 속에 존재하는 그 무엇. 우리가 주의만 기울이면 그 무엇의 존재는 놀랄 만한 위력을 발휘한다. 그 무엇은 우리의 정신 속에 들어 있는 근원이며 하늘의 순리이다.

다른 사람을 심판하는 자는 행복할 수 없다. 그대가 아무리 선하다 할지라도 그 심판에 의해 그대 자신 또한 심판받을 수 있기 때문이다.

양심 良心

19日

양심은 정신적 근원에 있는 의식이다.
그 근원을 명확하게 의식할수록 삶의 지표도 아름답다.

양심은 정신적 본질 중에서 가장 중요한 것 중의 하나이다. 양심은 나침반과도 같다. 한쪽 끝은 항상 옳은 것을 가리키고 다른 한쪽 끝은 그릇된 것을 가리키는 것이 양심이다.

그대는 젊고 정념과 욕망에 붙들려 있다. 그에 못지않게 양심이 두드리는 소리도 클 것이다. 신은 그대에게 자유의지를 주었고, 또한 양심도 주었다.

무엇이 옳은 길인가. 무엇이 신이 바라는 길인가. 그대의 정념 때문에, 욕망 때문에 양심에 어긋나는 일이 없도록 하라.

관습 때문에 또는 법과 제도 때문에 양심을 외면해서는 안 된다. 자신의 행동과 양심이 항상 일치하고 있는지 자문하라.

결합 結合

20日

사랑은 사람들을 결합시킨다.
그리고 이성은 그 결합을 완성시킨다.

그대가 총명하다면 삶의 목적이 분명할 것이다. 그리고 삶의 목적이 분명하다면 '정신'을 생각할 것이다.

하지만 대부분의 사람들은 삶의 목적을 잃고 그날의 기분에 취해서 산다. 자신의 취미대로 춤에 대하여, 음악에 대하여, 노래에 대하여 자신에게 기쁨을 주는 것만을 생각하며 살아간다. 그러면서 더 높은 지위, 더 많은 재물을 가진 자들을 부러워한다.

어떤 것이 더 인간적인 삶인가. 어떤 삶이 더 진지하고 아름다운가. 인생의 목적은 사랑의 실천에 있다. 기쁨을 즐기고 소비하는 것이 아니라, 내 삶을 통해 사랑의 향기를 전할 수 있어야 한다.

다른 사람을 심판하는 자는 행복할 수 없다. 그대가 아무리 선하다 할지라도 그 심판에 의해 그대 자신 또한 심판받을 수 있기 때문이다.

고난 苦難

21日

인생을 살면서 얼마든지 고난을 겪을 수 있다.
고난은 더 큰 삶을 위한 과정일 뿐이다.

나는 도둑들과 다름없이 부끄러운 생활을 해왔다. 그리고 남들도 도둑들과 똑같다, 라고 경멸해 왔다.

그리고 죄악과 혼란에서 벗어나는 길은 죽음뿐이라고 여겼다. 세상은 무의미한 고통과 죄악으로 가득 차 있고, 죽음의 암흑이 우리를 기다리고 있는 것이라 생각했다.

한마디로 나는 이 세상을 어떻게 살아야 하는지 제대로 이해하지 못했다. 그래서 나는 고통스러웠다. 그러나 나는 이 세상의 삶을 통해 구원이 있음을 알았다. 최선의 삶과 도덕이 나를 구원에 이르게 하고, 죽음 이후의 세상에 큰 평안이 기다리고 있음을 알았던 것이다.

고통과 고난을 통해 인간은 그렇게 완성되어 간다.

차이 差異

22日

인간은 서로 다르다. 서로 다름을 인정하라.
세상은 서로 다른 것들의 조화이다.

어떤 사람은 태어나면서부터 부자로 태어나고, 어떤 사람은 날 때부터 천재 소리를 듣는다. 태어날 때부터 불평등하다.

그러나 도덕이 있고 양심이 살아있는 사회라면 그 부자와 천재는 특권이 아니다. 그들은 가난하고 무지한 자들을 위해 헌신하라는 것이다. 그것이 신이 원하는 이 세상에서의 천국이다.

혼자만 진실하고 남들은 허위라고 말하지 말라. 타인의 모습을 통해 자신이 얼마나 허위의 존재인가를 알게 될 것이다.

또한 나와 다르다고 해서 차별하거나 억압하지도 말라. 특히 사랑은 서로 달라도 무방하다. 사랑하는 사람의 마음이 나와 똑같으리라고 품는 기대처럼 어리석은 게 없다.

다른 사람을 심판하는 자는 행복할 수 없다. 그대가 아무리 선하다 할지라도 그 심판에 의해 그대 자신 또한 심판받을 수 있기 때문이다.

신종 信從

23日

자유를 잃은 인간은 자신의 본성을 배반한다.
뿐만 아니라 신의 명령까지도 배반한다.

평화처럼 아름다운 것이 없다. 그러나 예속은 '파괴'와 다름이 없다.

평화란 결코 파괴되지 않는 자유이다. 그러나 예속은 인간의 자유 의지를 꺾고 굴종만을 강요한다. 악 중에서도 가장 해로운 악이다.

관습과 무지에 예속되지 말라.

나는 양심의 소리에 따라 행동하는 사람을 진정한 자유인이라고 부르고 싶다.

또한 습관에 예속되지 않고 낡은 세대의 도덕에 만족하지 않으며, 새로운 문제를 고민하면서도 즐거움을 느끼는 사람을 자유인이라 부르고 싶다.

현실에 만족하고 안주하는 자는 이중으로 예속되어 있다. 육체뿐 아니라 정신도 예속되어 있는 것이다.

휴식 休息

24日

일만 알고 휴식을 모르는 사람은
브레이크가 없는 자동차와 같다.

놀고먹는 것을 부러워하지 말라.

정념도 없이, 할일도 없이, 의욕도 없이, 그야말로 하는 일 없이 빈둥거리는 자들은 결코 평안을 누리지 못한다. 오히려 무력감과 허무만이 쌓일 뿐이다. 권태, 우울, 비애, 고뇌, 회한, 절망이 한꺼번에 쏟아져 숨이 막히고 말 것이다.

반면에 일에 빠진 중독자들이 있다. 혼자서만 부지런하다. 건강도 가정도 친구도 돌보지 않는다. 그러나 자신에게 뿐만 아니라 타인에게도 '횡포' 라는 사실을 유념하라.

사람에게는 어떤 생각과 일로 머리가 가득 찰 때가 있고, 적당히 휴식을 취하며 새로운 힘을 비축해야 할 때가 있다. 쉴 때가 오면 신이 허락한 휴식 시간으로 생각하고 감사하는 마음으로 받아들여라.

다른 사람을 심판하는 자는 행복할 수 없다. 그대가 아무리 선하다 할지라도 그 심판에 의해 그대 자신 또한 심판받을 수 있기 때문이다.

허영 虛榮

25日

고대에는 잔혹이 악이었다. 그런데 현대는 허영이 악이다.
허영은 인류 최후의 병이 될 것이다.

미덕을 갖춘 사람이라도 허영심에 사로잡히면 모든 것이 흔들리고 만다. 허영은 진실을 가리고 부패시키기 때문이다.

당신의 눈물, 그리고 슬픔이 어디서 오는지 곰곰이 생각해 보라. 다른 여러 가지 이유가 있겠지만 대개는 허영심에서 비롯된 괴로움이다. 헛된 욕심과 허영을 버리면 우리는 당장이라도 밝고 명랑해질 수 있다.

허영심은 자신을 기만하고 결국은 영혼까지 파탄시킨다. 그처럼 무서운 악이 허영심이다. 진실의 밝은 햇살이 비출 수 있도록 허영의 장막을 거두어라.

이해 理解

26日

인간은 약한 갈대에 지나지 않는다.
그 갈대끼리 기대어 사는 것이 인간이다.

태양은 그 빛을 온 세상 구석구석까지 비친다. 선인과 악인을 구별하지 않는다. 그 빛은 어떤 방해물을 만나더라도 겁내지 않고 성내지 않고 골고루 비추어준다. 세상 살면서 누군가를 이해하고 받아들인다는 것은 바로 태양이 빛을 비추는 것과 같다.

인간은 혼자서는 살 수 없는 존재이다. 서로 지혜를 모으고 도와야 한다. 그런데 어떤 사람은 남을 이해하려는 노력 속에서 행복을 찾지만, 대다수의 사람들은 타인을 멸시하고 자신의 우월감을 내세우고자 한다.

이해의 빛이 가리키는 대로 행동하는 자는 행복을 얻는다. 그 행복은 또한 모든 사람들을 행복하게 한다.

다른 사람을 심판하는 자는 행복할 수 없다. 그대가 아무리 선하다 할지라도 그 심판에 의해 그대 자신 또한 심판받을 수 있기 때문이다.

비밀 秘密

27日

신에게 이르는 크고 은밀한 비밀이 있다.
그 비밀의 문은 누구에게나 열려 있다.

깊은 밤중에 언덕 저편에 불을 밝힌 창들을 보라. 창문들마다 저마다의 비밀에 잠겨 있고, 그 창 아래는 또 저마다의 사연을 가진 수많은 사람들이 고단한 몸을 눕히고 있을 것이다.

인간은 신의 비밀이다. 신의 작품이다. 신이 빚은 솜씨이다. 그럼에도 우리는 신을 의심하고 오히려 배척한다. 인생의 비밀을 풀고 싶은가? 신에게 그 해답을 구하라. 신의 비밀로 창조된 것이 인간이기 때문이다.

자연과 세상의 이치를 연구하면 할수록 측량할 수 없을 만큼 깊고 깊은 비밀을 만날 것이다. 우리 인간이 아무리 심오한 세계로 다가선다 해도 신의 비밀은 캘 수가 없다. 그래서 이 우주와 자연만물은 비밀 속에서 살아간다.

다만 분명한 것은 사랑의 마음을 여는 열쇠, 그것이 비밀이다.

가정 家庭

28日

피곤한 가장에게 따뜻한 차 한 잔과 읽을 만한 책 한 권을 권하라.
비록 누추하더라도 그 가정은 온화한 기쁨으로 밝아지리라.

왕이라 해도 가정의 행복이 없으면 그 삶은 지옥과 다를 바가 없다. 가정에서 기쁨을 찾지 못한 자는 세상 어디를 가든 행복을 구할 수 없다.

그러나 가정 이기주의처럼 무서운 것도 없다. 자신의 행복을 위해 남의 행복을 짓밟는 것은 죄의식을 느끼면서도 '가정의 행복을 위해' 남을 불행에 빠트리는 것쯤은 당연하게 여긴다.

가정은 이해와 사랑의 집단이다. 함께 있는 곳이 아니라 합쳐서 함께 사는 곳이다. 결혼을 하고 함께 새로운 생명을 탄생시키는 곳이다. 영육이 합쳐진 곳이다. 그래서 가정은 신성하다.

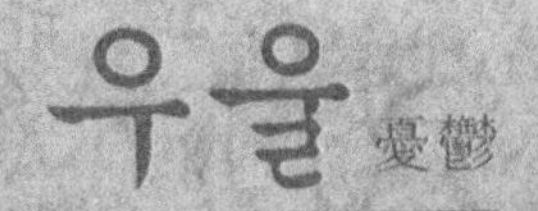

우울증처럼 마음의 깊은 병은 없다.
삶의 이유도 존재의 가치도 느끼지 못할 때 오는 병이기 때문이다.

29日

사람들이 싫고, 세상은 더러워 보이는가? 아니 모든 것이 부질없고 어리석다고 생각하는가? 그대는 벌써 심각한 우울증에 걸려 있다.

그러나 모든 것이 암담해 보이고 심사가 사나울 때는 자신을 너무 의존하지 말라. 혼란이 사라질 때까지 조용히 기다려라.

달팽이가 껍질 속으로 들어가듯, 가만히 자신의 내면으로 깊이 들어가 숙면을 취하는 것이 좋다.

우울한 원인을 지나치게 분석할 필요는 없다. 지나가도록 내버려두라. 그러면 다시 기분이 회복되어 살아갈 의욕을 느낄 것이다.

사건 事件

30日

사건에 휘말리지 말라.
사건은 우연히 일어나는것이 아니라 스스로 만든 것이다.

경찰서와 법정에 가보라. 형사사건의 대부분은 극히 사소한 것에서 비롯되었다. 술집에서의 허세, 가정에서의 언쟁, 논쟁을 하다 무심코 던진 모욕적인 언사와 비난, 또는 감정을 이기지 못해 휘두른 주먹…….

그렇게 사소했던 것이 폭행과 살인을 불러일으킨다. 그 사소한 것 속에 내재되어 있는 것은 무엇인가. 자존심과 허영심이다. 사건을 일으키는 요인이 바로 거기에 있다.

지극히 사소한 것에 목숨을 걸었으니 인간이란 얼마나 어리석은 존재인가. 선에 의지하고, 마음의 소리에 늘 귀를 기울이는 자는 그런 어리석은 우를 범하지 않는다.

신의 가르침에 따르고, 그 가르침에 따라 자기 자신에게 더욱 철저하라. 그럼 어떤 사건도 그대를 비켜갈 것이다.

말이 많은 자는 실천을 하지 않는다. 그러나 현자는 말보다 실천이 따르지 않을까 두려워한다. 언행이 일치하기에 현자는 헛된 말을 하지 않는다.

비애 悲哀

1日

슬플 때는 슬퍼하라. 슬픔의 눈물은 보석과도 같다.
그러나 그 슬픔에 완전히 빠지지는 말라.

우리는 인간만이 기쁨과 슬픔을 표현할 줄 안다고 생각한다. 그러나 인간을 포함하여 모든 동물들도 고통과 비애를 겪는다.

진晉나라의 환온桓溫이 촉蜀나라로 가는 도중 삼협三峽을 지날 때였다. 수행원이 새끼 원숭이 한 마리를 붙잡아 배로 데리고 왔다. 그런데 어미 원숭이가 뒤를 쫓아오다 물을 건널 수 없자 언덕에서 슬피 울었다. 그러다 배가 떠나자 어미 원숭이는 언덕을 따라 계속 배를 쫓아왔다. 배가 언덕 가까이 가자 어미 원숭이는 필사의 힘을 다하여 배에 뛰어올랐지만 그대로 절명해 버리고 말았다. 그 원숭이의 배를 갈라 보았더니 너무나 심한 슬픔 때문에 창자가 가닥가닥 끊겨져 있더라고 한다.

이로부터 참을 수 없는 슬픔을 '단장斷腸'에 비유하는데, 사람도 원숭이도 사랑하는 자식을 잃었을 때의 심정은 같은 모양이다.

세상을 살아가다 보면 비애를 느낄 때가 많다. 그러나 비애에 빠져서는 안 된다. 슬픔을 딛고 일어서야 한다. 때로 사랑하는 사람과는 헤어져야 하고, 미운 사람과는 살아야 하는 것이 인생이다.

창조 創造

신은 우주만물과 인간을 창조했다.
그리고 인간은 그 신비를 창조한다.

예술이란 대자연이 내포하고 있는 사상을 추출해내는 정신적 창조이다. 예술의 영감으로 대자연의 비밀이 선명해지고 인생의 모호한 것들이 명백해진다. 그래서 위대한 예술가들은 그 신비를 단순화시켜서 표현할 줄 안다.

과학과 예술은 폐와 심장에 비유할 수 있다. 만일 한 쪽의 기관이 손상을 입으면 나머지 기관도 상하게 된다.

예술은 과학으로 설명할 수 없고, 과학은 예술을 증명할 수 없다. 그러나 영감에 의해 창조된 예술작품과 과학의 증거들은 인류에게 감동과 윤택을 선사한다.

칭찬 稱讚

3日

그대를 비판하는 사람을 가까이 하라.
그대에게 칭찬을 늘어놓은 사람은 멀리하라.

어떤 사람이 친구에게 말했다.

"왜 자네는 마음에도 없는 일을 계속하는가?

"남들도 모두 그렇게 하고 있으니 어쩔 수 없지 않는가."

"남들이 하니까 자네도 한다? 그렇지 않은 사람도 있다네……."

"다른 사람도 있겠지. 하지만 대부분의 사람들이 그렇지 않은가?"

"말해보게. 세상엔 못난 사람이 많은가. 똑똑한 사람이 많은가?"

"당연히 못난 사람이 더 많겠지."

"그럼, 자네는 지금 그 못난 사람들 흉내를 내고 있다네."

친구는 아무 말도 하지 못했다.

'남들이 하니까 나도 한다' 고 말하는 것은 자신이 우매하다는 것을 말할 따름이다.

친구의 비판에 귀를 기울이라. 그럼 자신이 지금 어디에 있으며 어디로 가는지를 알 수 있다.

죄벌 罪罰

4日

죄를 지은 사람은 벌을 받아 마땅하다.
그러나 그 벌이 앙갚음이라면 또 다른 죄를 짓는 것이다.

감옥에 갇힌 자, 교수대의 이슬로 사라지는 자들은 죄의 잘못을 떠나 불행한 인간들이다. 그런데 사람들에게는 벌부터 주고자하는 저급한 욕망이 도사리고 있다. 그것은 동물적인 감정이다.

형벌은 범죄를 예방하고 사회질서를 세우기 위해 만들어졌다.

그러나 형벌이 그저 벌을 주기 위한 것이라면 세상을 질식시키고 말 것이다.

죄로부터 자유로운 인간은 아무도 없기 때문이다.

죄는 미워하되 사람은 미워하지 말라. 형벌은 잠시의 올무일 뿐이다.

불행 不幸

5日

모든 불행 중에서 가장 큰 불행은 옛날에 행복했다는 것이다. 옛날의 행복에 매달릴수록 그 불행은 더 커진다.

그대의 불행을 남의 탓으로 돌리지 말라. 불행의 원인은 늘 그대 자신에게 있다. 몸을 굽히면 그림자도 굽어진다. 자신이 몸을 굽힌 것을 생각지 않고 어찌 그림자가 굽었다고 한탄할 것인가.

불행은 자신만이 치료할 수 있다. 마음을 평화롭게 가져라! 그러면 그대의 표정도 평화롭고 자애로워질 것이다.

불행은 참 이상하다. 불평하면 불평할수록 불행은 점점 더 커진다. 불행 앞에 우는 사람이 되지 말고 새로운 출발점으로 삼으라.

불행은 예고 없이 도처에서 우리를 기다리고 있다. 아무리 총명한 사람이라도 오는 불행을 막을 길이 없다. 그러나 불행을 밟고 그 속에서 새로운 길을 발견할 힘은 우리에게 있다.

기억 記憶

6日

좋은 기억이란 지나가 버린 것에 대한 사랑이요,
마음의 귀향이라고 할 수 있다.

기억도 번식을 한다. 하나의 뚜렷하고도 섬세한 현상으로 시작하였다가 필름이 스르르 돌아가듯 영상처럼 떠오른다.

철학자 케벨의 스승은 늙어서도 그리스어와 라틴어로 된 책을 매일 조금씩 읽는 습관이 있었다. 어느 날 케벨이 스승에게 말했다.

"이제 연로하셔서 힘에 겨우실 텐데 그렇게 애쓰실 필요가 있습니까?"

그러자 그의 스승은 대답했다.

"모르는 소리 말게. 기억력이라는 놈은 항상 감시를 하고 단련을 시키지 않으면 언제 달아날지 모른단 말이야. 내가 너무 늙었다고 이 놈이 얕볼 테니 훈련을 게을리 하지 말아야지."

기억력의 창고는 창의創意의 창고보다 더 가득 차 있는 법이다. 그리고 기억력이 나쁜 머리는 수비병이 없는 광장과 같다.

부정 否定

7日

정신적이며 이지적인 감정을 부정하는 것은
자기 자신의 존재 자체를 부정하는 것과 같다.

나폴레옹은 말했다.

"나의 사전에 불가능은 없다."

그러나 가능성을 믿지 못하고, 한번 불가능하다고 여기면 사람들은 가능성이 현실로 드러나도 좀체 믿지 않으려고 한다.

증기선이 처음 만들어졌을 때, 한 의심 많은 사람이 말했다.

"저 배는 움직이지 않을 거야."

그런데 증기선이 구름 같은 연기를 뿜고서 서서히 움직이자 그는 다시 외치는 것이었다.

"저 배는 멈춰 서지 못할 거야."

'노' 라고 말했지만 '예스' 가 정답일 때, 사람들은 정답을 알고도 '예스' 라고 말하지 않는다. 터무니없는 자존심 때문에 끝까지 '노' 를 고집한다. 그러나 그대는 진실 앞에서 무조건 '예스' 라고 말하라.

몰아 沒我

8日

인간의 가장 큰 감정은 사랑이다.
사랑 앞에서는 모든 모순이 해결되고 더없는 행복과 충만감을 안겨준다.

사랑의 길에 서라. 그리고 사랑을 행하도록 하라. 그대 비록 모든 삶의 진리를 터득했다 할지라도 사랑만이 그대에게 행복을 가져다 줄 것이다.

마음속에 사랑이 살고 있는 자는 결코 어둠의 나락으로 떨어지지 않는다.

어떠한 악도 사랑에 빠져 있는 선량한 사람을 범하지는 못한다.

사랑은 죽음을 소멸시킨다. 사랑은 무의미한 삶을 의미 있는 것으로 바꿔 놓으며 불행을 행복으로 바꾸어놓는다.

사랑은 인간에게 몰아를 가르친다. 사랑은 인간을 고통에서 구출해 준다. 사랑을 모르는 인간에게 기댈 것은 아무것도 없다.

박학 博學

9日

많은 지식이 있다고 자랑하지 말라.
중요한것은 지식의 분량이 아니라 그 질이다.

소크라테스는 둔한 것과 똑똑한 것은 대립하지 않는다고 했다. 그러나 자기 자신을 모르는 것, 자신도 모르는 것을 알고 있는 양 떠들어대는 자들을 가리켜 광인이라 불렀다.

대단치 않은 지식을 갖고 무엇이든 알고 있는 것처럼 행세하는 사람들보다 잘 모르지만 자신의 무지를 자각하는 사람이 훨씬 우월하다. 그래서 '너 자신을 알라' 고 눈을 부릅뜨고 말하지 않았는가.

독서의 양이 많다고 지식이 늘어가는 것도 아니다. 깊은 사색이 따라야 한다. 무엇을 어떻게 사색할 것인가 고민하라. 모든 거짓된 지식은 소멸할 것이다.

속박 束縛

10日

아무리 황금을 좋아하는 사람일지라도
황금으로 된 족쇄를 좋아하지는 않는다.

인간은 자유로운 존재로 태어났다. 하지만 눈에 보이지 않는 쇠사슬에 묶여 있다. 인생의 무의미와 속박은 우리를 곧잘 절망에 빠트린다.

그 절망에서 벗어날 수 있는 유일한 길은 지혜의 터득이다. 그 지혜의 길은 신에게 닿아 있다. 인생이 한 번의 죽음으로 끝난다면 얼마나 허망한 일이겠는가.

죽음은 우리를 속박하지만 지혜를 터득한 자는 새장을 박차고 나온 새처럼 자유로울 것이다.

사람은 배고픔도 못 참지만 남에게 얽매이는 것도 싫어한다. 배를 곯더라도 감옥에서 배불리 먹기를 원하는 자는 없다. 배가 고플 때는 자유를 팔아서라도 목숨을 부지하지만 한 끼 밥을 먹고 나면 다시 자유를 원하는 게 인간이다.

자비 慈悲

11日

인간이 가진 힘은 약한 자를 학대하기 위해서가 아니라,
약한 자를 지원해 주기 위해서 있다.

자비와 자선은 풍족해서 남에게 베푸는 것이 아니다.

속담에 '땀 흘리지 않은 손은 물건을 더럽히고, 땀 흘린 손은 물건을 더럽히지 않는다' 는 말이 있다. 자선은 땀 흘린 손으로 하라.

목마른 자에게 물을 주는 것, 이것도 자선이다. 길가에 있는 돌을 치우는 것, 이것도 자선이다. 남에게 좋은 사람이 되도록 타이르는 것, 이것도 자선이다. 길가는 나그네에게 길을 가르쳐 주는 것, 이것도 또한 자선이다. 눈이 마주칠 때 미소를 띠는 것, 이것 역시 자선이다.

그대에게 바라는 것이 있는 모든 자에게 베풀라. 설사 그대의 것을 빼앗아 갔다 해도 돌려달라고 요구하지 말라.

자선을 모르는 인간에게서 무슨 가치를 찾을 수 있을 것인가? 자선은 진정한 은혜이다. 선인이 되느냐, 악인이 되느냐, 이는 그 사람의 마음 하나에 달려 있다.

동포 同胞

12日

동포는 함께 사는 법을 배워야 한다.
나만 살겠다고 한다면 모두 죽는 수밖에 없다.

무릇 사람과 사람을 융합시키는 것은 선과 아름다움이다. 사람과 사람을 서로 배반하게 하는 것은 악과 추함이다.

사람은 누구나 다 이 진리를 알고 있다. 그것은 우리의 마음속에 새겨져 있다.

그러나 서로 사랑해야 마땅한데도 나를 미워하고 괴롭히는 동포들 때문에 고통을 겪는다면 얼마나 무서운 일인가. 이것은 자살을 강요당하는 것과도 같다. 그와 같은 괴로움을 도저히 견뎌낼 수 없다.

인간은 본능적으로 이기적이다. 아무리 그렇다 해도 동포를 불행에 몰아넣고 자기 이익만 취할 수는 없다. 혼자 사는 것이 아니라 더불어 살아야 행복도 나눌 수 있다.

교의 教義

13日

신의 계율을 따르는것이 쉬운 것 같이 보인다.
그러나한 발자국도제대로 따라가지 못하는 것이 우리 인간이다.

종교는 도덕이다. 교리는 끊임없이 변하지만 인간이 갖추어야 할 기본적인 신념은 변할 수 없다.

사람들이 신의 계율만을 따른다면 지상은 낙원이 될 것이다. 무엇을 두려워할 것이며 누구를 미워할 것인가. 기쁨과 사랑이 넘치는 세상이 아닌가.

영겁불변의 진리를 어찌 모른다 하겠는가. 계율을 지키고 실천하기 위해서는 노력이 필요하다. 노력만 계속한다면 걸음이 아무리 느리더라도 우리는 진리에 가까이 갈 수 있으리라.

천국 天國

14日

신의 계율이 그대로 지켜지는 나라가 천국이다.
천국은 하늘에 있는 게 아니라 지상에서 얼마든지 이룰 수 있다.

모든 사람들이 먼저 신의 나라, 신의 정의를 찾는다면 빈곤은 사라지고 말 것이다. 신의 계율을 따르면서 어찌 가난한 자의 것을 빼앗고, 혼자서만 배부르겠는가. 어찌 선한 자를 억압하고 악을 행하겠는가.

천국이 아주 멀리 있는 게 아니라 바로 지상에 있음이다. 그러나 우리의 욕심이 천국을 지옥으로 떨어뜨리고 있다.

천국, 즉 신의 나라가 지상에 나타날 때 우리의 생활이 신앙으로 가득 차며, 신의 가르침을 실천하며, 이웃을 도우며, 멸망해 가는 자를 건져 주며, 그리하여 참된 사랑으로 가득 찰 때가 올 것이다.

신의 나라는 그대 마음속에 있다. 신의 나라를 그대 속에서 찾으라. 우주의 운행에서 지상의 천 년은 천국의 하루에 지나지 않는다.

육체 肉體

15日

건전한 육체는 정신의 훌륭한 거처가 되고
병약한 육체는 정신의 감옥이 된다.

나의 육체는 고통과 죽음이 딸려 있다. 아무리 노력해도 이 육체의 고통과 죽음에서 벗어날 길이 없다.

그러나 나의 정신생활에서는 고통도 죽음도 없다. 정신적 자아 속에 나의 의식을 옮겨놓았을 때 고통과 죽음에서 나 자신을 해방시킬 수 있었던 것이다.

육체가 무엇을 먹고 말 것인가를 말한다면 양심은 인간에게 추구해야 할 욕구와 버려야 할 욕구를 말해준다. 그렇듯이 육체의 욕구는 금세 드러난다. 그래서 눈에 보이지 않는 신을 직접 보고자 우상을 만들었던 것이다.

보고 만질 수 없는 사랑을 볼 수 있고 만질 수 있게 하고 싶은 인간의 고독이 육체를 만들어낸 것인지도 모른다. 인간의 육체란 허무의 공간에 투영된 고독의 그림자인 것이다.

다변 多辯

16日

침묵 속에 있는 자는 신에게 가까이 가기 쉽다.
그러나 경망한 자는 말이 많고, 고독과 초조를 느낀다.

잡담만큼 부질없는 것도 없다. 그래도 사람들은 무료함을 견디려고 끊임없이 말을 해댄다. 답답증을 풀려고 아무 소용없는 잡담이라도 하며 시간을 흘려 보내는 것이다.

그러나 어떤 말을 하든지 먼저 생각하라. 그 다음에 말하라. 그리고 사람들이 싫증내기 전에 그치라.

인간은 자신의 의사를 말로 표현하므로 동물보다 우월한 존재이다. 그러나 말이 아무 유익이 없다면 동물보다 더 못한 존재이다. 어리석은 자가 되지 않으려면 어리석은 자의 말에 대꾸하지 말라.

모멸 侮蔑

17日

그 어떤 신성한 것이라도 모멸을 참으라고 명령할 수는 없다.
다만 인간을 모멸하는 자들은 반드시 모멸을 받을 것이다.

인간의 자존심을 무시하고, 폭력과 힘으로 사람을 다스릴 수 있다고 생각하는 자들은 말馬의 눈을 가리고 앞으로 끌고 가려는 어리석은 마부와 같다.

오로지 폭압에 의해 움직이고 질서가 유지된다면 인간의 이성은 아무짝에도 쓸모없을 것이다. 폭압은 어떤 경우라도 악을 바로 잡을 수 없다.

무릇 사회제도는 불완전에서 완전을 지향하고 있다. 완전을 지향한다고 해서 폭압을 행사해서는 안 된다. 그럴 때는 폭압이 아니라 이지적인 판단에 호소하라.

정신이 올바르게 살아 움직이면 어떤 악도 제거할 수 있다. 참된 정신을 추구하지 않고, 힘과 권력으로 다스리려 할 때 언젠가는 모멸을 당할 것이다.

공존 共存

18日

세 겹으로 줄을 꼬면 쉽게 끊어지지 않는다.
그렇듯이 혼자서 막지 못할 원수도 둘이서는 막을 수 있다.

얼룩소, 검은 소, 붉은 소 세 마리가 언제나 함께 다녔다. 사자는 그 소들을 잡아먹고 싶어 매일같이 기회를 엿보고 있었다. 하지만 세 마리의 소가 언제나 같이 다니기 때문에 쉬운 일이 아니었다.

그런데 하루는 얼룩소가 풀밭에 혼자 있었다. 사자는 가까이 다가가 은근한 목소리로 말했다.

"붉은 소가 너희들 중 자기가 힘이 제일 세다고 뽐내더라."

얼룩소는 기분이 좋지 않았다. 사자는 이번에는 붉은 소와 검은 소에게 가서 말했다.

"얼룩소가 너희들 중에 자기가 힘이 제일 세다고 자랑하던데 그게 정말이냐?"

그리하여 얼룩소와 붉은 소는 뿔이 빠지도록 싸웠다. 검은 소가 말렸지만 소용없는 일이었다. 그 이후로 세 마리의 소는 같이 놀지 않았다. 사자는 회심의 미소를 지으며 얼룩소, 붉은 소, 검은 소를 차례로 잡아먹었다.

하나로 뭉치면 작은 나라라도 번성하지만 싸우고 헐뜯는 나라는 아무리 나라가 크다고 해도 곧 망한다.

민중 民衆

19日

민중들에게 현실은 사상과 생명이 넘친다.
왜냐하면 바로 그들의 삶이기 때문이다.

세상에는 우리도 모르는 사이에 위대한 행위나 거룩한 희생이 행해지고, 고귀한 사상이 생겨나고 있다. 그 주체는 바로 민중들이다. 나는 이 땅의 보통 사람들이 훌륭하게 고난을 참고 견디어내는 것을 수없이 보았다.

낙관적이고 꾸밈없는 태도, 굳은 신앙, 자기 것을 기꺼이 나누어 주는 관대한 마음을 보았다. 단순하고 무지하고 교양 없다고 하는 민중들이 어떤 학자나 정치가보다 더 역사적 사명을 인식하고 있음이다.

반면에 많은 것을 가진 자들이 사욕을 버리지 못하고 오히려 비겁한 행동을 일삼는다. 그들은 정의를 말하면서도 정작 불의에 가득 차 있고, 진실을 말하면서도 허위와 거짓으로 사람들을 속일 따름이다.

위대한 사상을 찾으려거든 민중 속에서 찾으라. 민중은 참되고 꾸밈이 없다. 다만 그들은 자신들이 위대하다는 것을 의식하지 못할 따름이다.

소득 所得

소득이 인생의 목적은 아니다.
그러나 도덕적 생활을 위해서는 최소한의 조건이다.

20日

일을 하면서 싫증내고 짜증내지 말라. 그것은 게으름보다 훨씬 나쁘다. 다른 사람의 일까지 방해하기 때문이다. 참된 근로는 묵묵히 꾸준하게 수행하는 도와 같다.

자신이 할 수 있는 일은 자신이 하라. 노력 없이는 아무 소득이 없다. 얻고 싶은 것을 얻으려면 남이 그것을 얻기 위해 바친 노력만큼 그대도 노력하라. 소득은 노력의 대가여야만 성취감과 기쁨을 안겨준다.

팔짱을 끼고 가만히 앉아서 남이 하는 일에 시비를 걸고, 남이 열심히 일해서 얻은 것을 손가락질 하지 말라. 무엇보다 남이 노력해서 얻은 것을 그냥 바라지 말라.

현재 現在

21日

과거도 미래도 지금의 현재가 있기 때문이다.
현재를 사랑하고, 세상을 향해 사랑을 베풀라.

사랑은 타인을 행복하게 한다. 그래서 거룩하다. 위대한 존재자들의 삶은 곧 사랑이었다. 아무리 실천하고 베풀어도 부족한 것이 사랑이다.

그러나 우리는 말로만 사랑, 사랑을 외칠 뿐이다. 사랑에 너무 인색하다. 동냥을 원하는 거지를 보고도 애써 못 본 척 한다. 나중에 돈을 많이 벌어서 베풀겠다고 한다면 그것은 위선이다.

사랑의 행위에 나중은 없다. 지금 현재에 사랑이 필요한 자에게 주는 것이 사랑이다. 과거의 위대한 사랑의 실천자들을 들먹일 필요도 없다.

우리는 가끔 후회에 잠긴다. 어째서 그런 일을 했을까, 어째서 그때 사랑을 베풀지 못했을까, 어째서 나에게 도움을 청하러 온 사람에게 도움을 주지 못하고 거절했을까.

후회만 하고 지내기에는 인생이 너무 짧다. 지금 이 순간이 바로 사랑을 실천할 때이다.

교도 教導

22日

올바른 삶은 학교에서 가르치는것이 아니다.
인생을 살아가면서 배우는 것이다.

놀고먹으며 지내는 사람이 있는가 하면 죽도록 일만 하는 사람이 있다. 싫증나도록 포식하는 사람이 있는가 하면 배가 고파 쓰레기를 뒤지는 이들이 있다.

가난한 사람을 도우라. 왜 가난하냐고 따지지 말고 무조건 도우라. 오히려 남을 도울 수 있음에 감사하라. 그것이 참된 선행이다.

남의 과오를 찾아내기는 쉬우나 자기의 과오를 찾아내기는 어렵다. 남의 과오를 들추기 좋아하고 자기 과오를 감추려고 하는 사람은 진실하지 못한 사람이다.

단순히 먹고 입고 잠자기 위해서는 그리 많은 것이 필요하지 않다. 내가 가진 것을 이웃과 나누라. 배고픈 사람에게 먹을 것을 주고 헐벗은 사람에게는 여분의 옷을 주라.

말이 많은 자는 실천을 하지 않는다. 그러나 현자는 말보다 실천이 따르지 않을까 두려워한다. 언행이 일치하기에 현자는 헛된 말을 하지 않는다.

장애 障碍

23日

남에게 칭찬을 듣고, 명예를 얻고, 유명해지고 싶은가.
그런 것은 참된 선을 행하는 데 장애물일 따름이다.

성자의 생활 규율이 자로 잰 듯 명확한 것 같지만 아니다. 하지만 성자의 삶을 따르다보면 차츰차츰 모든 것이 명확해진다.

선이란 자기 의무이자, 도덕을 완성하는 확고한 목표이다. 또한 도덕이란 우리 인간의 공통된 목적을 향하여 나아가는 의지의 진행이다. 그런데 확고한 것이 너무 지나쳐 일상의 습관이 되어서는 안 된다. 날마다 새롭게 자신을 돌아보아야 한다. 그래야 본질적으로 인간의 영혼에서 우러나올 수 있다.

건강하다면, 그대의 힘을 남을 위해 봉사하도록 노력하라. 그대가 병들어 있다면 그 병 때문에 남에게 방해가 되지 않도록 노력하라.

그대가 가난하다면 남에게 적선을 받지 않도록 힘쓰라. 그대가 남에게서 모욕당했다면 그 모욕을 준 자를 사랑하도록 노력하라.

사명 使命

24日

누구에게나 신이 내린 삶의 사명이 있다.
그 사명을 인식한다는 것은 신성에 대한 깨달음이다.

두 사람의 학자가 있었는데 그들은 서로 너무 달랐다. A는 엄하기 짝이 없었고, 사소한 일에도 화를 냈다. 그러나 B는 선량하고 온순했다.

어떤 사람이 A에게 찾아와서 말했다.

"나는 참된 신앙을 갖고 싶다. 내가 한 쪽 발로 한 바퀴 돌 동안 당신이 가르쳐 주어야 한다."

A는 화를 벌컥 내며 그를 쫓아버렸다. 그러자 그 사람은 B를 찾아갔다. B는 이렇게 답했다.

"내가 원하는 일을 남에게 하라."

B의 짧은 한 마디에 모든 가르침이 다 함축되어 있었다.

이기적인 사람들은 삶의 사명이 무엇인지 모르고 도덕도 결여되어 있다. 그대는 자신이 원하는 일을 남에게 하라. 이처럼 위대한 가르침은 없다.

원인 原因

25日

마음이 괴롭고 아픈 사람을 동정하기 전에
자신이 혹시 그를 아프게 한 것은 아닌지 생각하라.

선하게 대했는데 악으로 갚는다고 사람들은 곧잘 투덜거린다. 그러나 진정으로 누군가를 사랑했고, 행복했다면 이미 보답은 받은 셈이다. 악으로 되받은 것만을 생각한다면 우리들 인생은 너무 괴롭고 자유롭지 못하다.

그대가 사는 일에 고통을 느낀다면 고뇌의 원인이 자신의 과오 속에 있는 것은 아닌지 먼저 살피라. 그 과오를 없애고자 노력할 때 인간은 자유로워지며 기쁨을 누릴 수 있다.

남을 탓하지 말라. 오직 그대가 괴로워하는 악업의 근원을 자기 속에서 찾으라. 악업이 그대 행위의 직접적인 결과일 수 있으며, 악업이 까마득히 잊혀졌더라도 언젠가는 그대에게로 돌아올 것이다.

시련 試鍊

26日

시련을 두려워하지 말라.
인생에 시련이 없다면 을씨년스럽기 짝이 없다.

그대를 괴롭히고 슬프게 하는 일들을 하나의 시련이라고 생각하라. 쇠는 뜨겁게 달군 후에야 더 강해진다. 그렇듯이 지혜로운 자는 시련을 통해 더 강하고 자유로워지리라.

독수리는 푸른 하늘을 자유자재로 날아다니기까지 숱한 시련을 겪었으리라. 강풍에 날개가 꺾이기도 하고, 추위와 굶주림에 지치기도 했을 터. 그러나 독수리가 그런 시련을 견디어내지 못했다면 지상을 기어 다니는 하찮은 존재로 전락하고 말았을 것이다.

시련을 겪지 않고는 참다운 인간이 되지 못한다. 이 시련이야말로 자신의 존재를 스스로 깨닫게 한다. 세상을 살면서 겪는 그 모든 괴로움은, 모든 사람이 이겨나가야 할 과정일 따름이다.

목적 目的

27日

목적은 목표를 달성하기 위한 의지의 행위이다.
삶의 목표가 없다면 곧 삶의 의지가 없다는 말이다.

목표가 분명한 사람은 목적도 분명하다. 목표도 목적도 없는 삶은 이미 죽어 있는 삶이나 마찬가지이다. 왜, 어떻게 살아가야 하는지를 모르기 때문이다.

목적은 행복한 인생을 위해 불가결의 조건 중 하나이다. 목적이 구체적으로 실현되면서 목표를 이룰 수 있다.

지금 어떤 지점에 놓여 있다는 것은 중요하지 않다. 어느 자리라도 숭고한 목표에 도달하기 위한 출발점이다.

남들과 비교하지 말라. 그대에게 주어진 자리가 가장 최선의 조건이다.

참회 懺悔

28日

참회가 무엇인지를 모르는 사람은
자신의 인생도 사랑하지 않는 사람이다.

마음에서 우러나는 참회의 기도는 다음과 같을 것이다.

"모든 것은 나의 잘못으로 비롯되었습니다. 저는 선의 계율을 지키는 대신 변덕스럽고 거짓된 율법을 따랐기에 이 지경이 되고 말았습니다!"

푸쉬킨은 참회의 심정을 다음과 같이 토로하고 있다.

"소란하던 그날이 죽은 듯 잠잠해지고 벙어리 된 거리의 벽 위에 밤의 어둠이 기어오른다. 한낮의 수고에 대한 보답으로 꿈이 찾아올 때, 나는 적막 속에서 혼자 눈을 뜨고 고민하노라.

할 일 없는 밤이기에 마음속에서 뉘우침의 그림자가 뱀처럼 꿈틀거리고 모든 환영의 무리는 쓸쓸하고 무겁게 마음을 억누르며 부질없는 공상이 아우성친다. 혹은 추억이 내 앞에 묵묵히 긴 화첩을 드리우고, 나는 시들한 마음으로 그 속에 내 과거의 그림자를 비춰보고는 무서움에 떨면서 저주한다. 끝내는 한탄에 사로잡혀 눈물짓는다. 그러나 나의 슬픔은 가실 줄을 모른다."

악용 惡用

29日

악용의 매력은 달콤하다. 달콤한 만큼 유해하다.
지혜를 악용했을 때 인간의 불행은 시작된다.

지혜를 쓸데없는 데 쓰는 사람은 어둠 속에서는 볼 수 있으나 햇빛 속에서는 장님인 밤새들과 같다. 그들의 지혜는 때로 반짝이나 진리 앞에서는 눈이 멀어 버리는 것이다.

잠들지 못하는 자에게 밤은 너무 길다. 피로한 자에게는 한 걸음도 너무 멀다. 무지한 자에게 인생은 지루하기 짝이 없다.

지혜의 힘은 위대하다. 그러나 지혜가 정욕의 무기가 되고 허위의 비호자가 된다면 그것은 정의와 허위, 선과 악, 공평과 편파를 구별하는 능력마저 잃을 것이다. 때문에 지혜를 악용하여 진리를 은폐시키거나 선한 사람을 괴롭힌다면 그처럼 무서운 죄악은 없다.

행동 行動

30日

마음이 비뚤어진 사람은 그 행실로 쓴맛을 되씹고
착한 사람은 그 행동으로 단맛을 한껏 즐긴다.

인간의 행동은 기회, 본능, 강제, 습관, 이성, 정열, 희망에서 비롯된다. 따라서 이성과 철학의 힘으로 확고부동한 목적을 가졌을 때만이 올바른 길을 갈 수가 있다.

행동이란 그 자체만으로 고결하고 의로워야 한다. 그러기 위해서는 그 바탕에 진리와 신념이 분명해야 한다. 행동의 원동력이 된 덕이니 명예니 하는 것들도 또 고결한 행동도 천하게 변할 수 있다.

그와 반대로 지식과 이성에 굳게 뿌리를 둔 결심은 비록 행동이 실패로 돌아갈지라도 변하지 않는다.

대개 사람들은 행동을 어떻게 했는가보다 남의 평가에 상처를 받고, 남들에게 모욕 받는 것을 더 괴로워한다. 그대의 양심이 올바르다면 그대의 행동 또한 올바를 것이다.

인인 隣人

31日

네 이웃에게 사랑 받으려 하지 말고 그저 사랑하라.
그래야 진정한 사랑을 얻을 수 있으리라.

네 이웃의 아픔을 외면하지 말라.

그가 춥거든 옷을 입히고, 그가 아프거든 위로하고, 부족한 것이 있으면 그대의 것을 나누어라.

사랑은 사랑을 베푸는 자에게 정신적이며 내면적인 기쁨을 준다. 그 기쁨으로 사랑을 하면 할수록 우리의 이웃도 더욱 아름다워질 것이다. 그것이 사랑의 무한한 힘이다.

잠시의 괴로움에 한탄하지 말고 순한 마음으로 대하라.
배은망덕을 은혜로, 모욕을 관용으로 바꾸어 놓으라.
그것은 고귀한 영혼을 가진 자들의 성스러운 연금술이다.

운명은 때로 두 가지 형태로 우리를 파멸시킨다. 우리가 원하는 것을 거부함으로써 파멸시키고, 우리가 원하는 것을 허락함으로써 파멸에 이르게 한다. 과연 운명의 장난이다.

분별 分別

1日

인간을 진실로 자유롭게 할 수 있는 건 이성뿐이다.
이성을 잃으면 사람은 자유마저 잃는다.

이지理智를 가진 사람은 자기가 원하는 대로 살아간다.

그는 얻을 수 있는 것만을 원하기 때문이다. 얻을 수 없는 것들은 아예 원하지 않는다.

자기 의무를 수행하며 즐거움을 느끼는 사람, 억지로 하는 것이 아니라 자기의 판단과 의지로 인생을 살아가는 사람, 그런 사람에게 인생은 자유롭다.

그대가 언제 어디에 있든, 자기의 존재 이유에 대해 신념을 가질 때 그대는 자유와 힘을 가지게 될 것이다.

운명은 때로 두 가지 형태로 우리를 파멸시킨다. 우리가 원하는 것을 거부함으로써 파멸시키고, 우리가 원하는 것을 허락함으로써 파멸에 이르게 한다. 과연 운명의 장난이다.

종말 終末

2日

종말이란 꼭 비극을 의미하는건 아니다.
종말은 전혀 새로운 시작을 뜻하기도 한다.

인간이 육체적 존재에 불과하다면 죽음은 곧 종말을 의미한다. 그러나 인간이 정신적 존재이며 육체는 단지 외피에 불과한 것이라면 죽음은 변화에 불과할 것이다.

그래서 나는 죽음이 두렵지 않다. 왜냐하면 죽음이란 보다 높은 단계로의 변화라고 생각하기 때문이다.

죽음에 대해 이러쿵저러쿵 말하지 말라. 우리는 그저 열심히 잘살면 된다. 잘사는 방법을 아는 사람은 훌륭한 죽음을 맞을 수 있다.

'불멸' 을 확신하는 에머슨을 보고 사람들이 물었다.

"이 세상이 파멸할 때 그대는 어떻게 되는가?"

에머슨이 대답하였다.

"불멸은 이 세상을 필요로 하지 않는다."

시간 時間

3日

시간은 도망자이다. 그 도망자는 도망을 치면서
우리의 감정을 해치기도 하고 죽이기도 한다.

시간은 모든 권세를 침식, 정복한다. 시간은 조급하지 않고 신중하고 성실히 살아가는 사람의 벗이지만, 때가 아닌데 조급히 서두르는 사람에게는 최대의 적이다.

시간은 흐르는 강물이며, 흐를수록 물살이 세진다. 그리하여 어떤 사물이 나타났는가 하면 스쳐가 버리고, 다른 것이 그 자리를 대신 차지한다. 새로 등장한 것도 또한 곧 스러져 버리고 말 것이다.

그대 몫으로 할당된 시간이란 짧은 것이니, 이치에 맞게 살다가 즐겁게 죽음을 맞이하라. 올리브 열매가 자기를 낳은 계절과 자기를 키워 준 나무로부터 언젠가는 떨어져 나가듯…….

과거, 현재, 미래로 시간을 구분 짓는 것은 별로 타당치 못하다. 더욱 정확하게 말한다면 과거의 것의 현재, 현재의 것의 현재, 미래의 것의 현재라는 세 가지 시간이 있다고 보아야 한다.

그 이유는 우리 정신에는 이 세 가지가 존재하며 과거의 것의 현재는 기억이며, 현재의 것의 현재는 직관이며, 미래의 것의 현재는 예지인 까닭이다.

전환 轉換

4日

자기부정이란 말 그대로 부정만 하는 것이 아니다. 자신의 자아를 정신세계로 끌어올리는 것을 의미한다.

역설적이게도 자신의 특별한 개성을 부정함으로써 그 개성을 살릴 수가 있다. 타인을 이해하고 배려하는 생활을 통해 우리는 인생의 참된 의미를 알 수 있다.

광명이 사라질 때, 검은 그림자가 그대를 덮친다. 그 검은 그림자를 경계하라. 그대 마음속의 이기적인 관념을 추방하지 않는 한, 어떠한 지혜의 빛도 비추지 못한다.

개인적인 행복만을 추구하겠는가. 그대를 더욱 불행의 나락으로 빠트릴 것이다. 이기적인 생각과 욕심을 버려라. 그래야만 참된 삶이 비로소 시작된다. 정녕 자기를 위한다면 먼저 남을 위하라.

허위 虛僞

5日

실천이 없고 말뿐인 자비는 허위에 지나지 않는다.
진리가 없는 사상이 그렇듯 오로지 해를 끼칠 따름이다.

우리는 주변 사람들을 끊임없이 의식한다. '저 사람이 나를 어떻게 생각할까. 나를 좋아할까 싫어할까.' 그러면서 은연중에 자신을 과시한다. 그러나 허위에 지나지 않을 뿐이다.

또 우리는 남에게 영향을 주려고 한다. 자신의 생각과 생활습관이 잘못되어 있음에도 결코 잘못을 인정하지 않는다. 오히려 잘못된 것을 따르지 않는다고 공격한다.

악습만큼 전염되기 쉬운 것은 없다. 악습은 우리 마음에 그대로 전달된다. 그리하여 악습의 영향을 받으면 우리는 결코 하지 않았을 행위까지도 범하고 마는 것이다.

사회 일반의 통념에 맞추어 생활하는 것은 무척 쉬운 일이다. 그러나 지혜 있는 사람은 자신의 말과 행동에 대하여 엄격하다.

유일 唯一

6日

오늘이 있기에 미래를 꿈꿀 수 있다.
오늘은 유일하다. 오늘은 내일 다시 오지 않는다.

인간이란 식물과도 같은 존재이다. 땅에 뿌리를 내리고, 땅에서 양분을 흡수하며 성장하고, 때가 되면 시들어 버린다.

그러나 만물의 영장이라는 인간이 식물만도 못할 때가 많다. 삶의 목표 없이 방황을 하고, 세상에 유익이란 것은 하나도 남기지 못하고 남을 괴롭히는 인간들이 그렇다.

오늘은 유일한 시간이다. 시계바늘은 다시 되돌릴 수 있어도 째깍하고 사라진 시간은 결코 되돌릴 수 없다. 이 유일한 시간을 쓸모없이 버리겠는가. 또 오늘에 그저 만족하겠는가. 시간을 아껴서 내일을 위해 담금질을 해야 한다.

인간이 미래에 대한 희망을 품고 발전하려는 의지를 갖지 못하고 현재라는 테두리 속에 갇혀 있다면 그대의 인생은 이미 멈추어 버린 것과 같다.

운명은 때로 두 가지 형태로 우리를 파멸시킨다. 우리가 원하는 것을 거부함으로써 파멸시키고, 우리가 원하는 것을 허락함으로써 파멸에 이르게 한다. 과연 운명의 장난이다.

귀속 歸屬

7日

존엄성을 무시당했을 때만큼 괴로운 일은 없다.
타인에게 예속되어 사는 것만큼 천한 일도 없다.

인간으로서의 존엄성, 그리고 자유는 사람에게 당연한 권리이다. 존엄성과 자유를 지켜라. 두 가지를 위해서라면 목숨이라도 바쳐야 한다.

그러나 자유와 방종은 구별해야 한다. 폭압과 굴종에서 벗어났다 할지라도 무지, 죄악, 이기주의, 공포에 휘둘린다면 자유가 무슨 소용이 있겠는가.

교만, 분노, 태만이나 자기주장에 사로잡히지 않아야 한다. 사랑과 행복을 위해 희생할 용기가 있는 사람만이 진정 자유로운 사람이다.

다른 사람의 노예가 되지 않도록 경계하라. 자유 없는 인생이란 한낱 유기체에 지나지 않는다.

운명은 때로 두 가지 형태로 우리를 파멸시킨다. 우리가 원하는 것을 거부함으로써 파멸시키고, 우리가 원하는 것을 허락함으로써 파멸에 이르게 한다. 과연 운명의 장난이다.

작가 作家

8日

허구의 이야기에 우리는 감동하고 위대함을 느낀다.
그러나 작가라고 해서 다 진리를 말하는 것은 아니다.

위대한 작가들의 글과 특히 유명한 작품들이 참된 진리를 도리어 왜곡하는 경우가 많다. 위대하고 신성한 책이라고 여기지만 실제로는 허위의 사상만 가득한 것이다.

진리는 복잡한 것이 아니다. 진리는 아이들이 무심코 하는 표현처럼 단순한 것에 깃들어 있다.

우리는 곧잘 전통과 고전을 추앙한다. 의심할 바 없이 진리라고 여긴다. 그것은 우리의 판단력을 요구하지 않는다.

〈성서〉나 〈코란〉이나 〈우파니샤드〉가 말하는 것들, 그것은 신성한 책의 전형이기 때문에 진리인 것은 아니다.

그런 생각은 어떤 면에서 보면 책에 대한 우상숭배이다. 그것은 다른 모든 우상숭배 못지않게 위험한 것이다. 자신의 눈으로, 가슴으로 진실을 확인하고 받아들일 때 진정한 진리가 된다.

의지 意志

9日

인간의 의지는 천사와 악마 사이에 있는 짐승과 같다.
방랑한 길에서 망가지는 것은 육체가 아니라 의지이다.

사람은 희망보다는 절망에 속는다. 무슨 일에 실패하면 스스로 절망에 빠져버린다. 인생이 끝장이라고 생각해 버린다. 그러나 어떠한 실패라도 희망의 봄은 돌아온다. 문제는 의지이다.

위기라는 말에는 기회라는 말도 들어있음을 잊지 말라. 재난이 닥쳐올지라도 그것을 휘어잡는 의지 앞에서는 도리어 무한한 가능성으로 바뀔 수 있다. 우리가 상상하는 이상으로 우리 자신의 힘 속에 자신의 운명의 열쇠를 가지고 있는 것이다.

사람에게는 두 가지의 의지가 있다. 하나는 위로 올라가고자 하는 의지이고, 하나는 아래로 내려가고자 하는 의지이다. 이 두 가지가 우리 내부에서 서로 싸우고 있다. 한쪽에서는 향락을 즐기라고 말하고, 다른 한쪽에서는 쫓아버리라고 소리친다.

어느 쪽에 귀를 기울일 것인지는 순전히 그대의 의지에 달려 있다.

실재 實在

10日

호흡하며 느끼는 그 순간이 가장 경이롭다.
현재라는 시간이 있기에 인간은 늘 자유롭다.

어떤 이들은 말한다.

'인간은 자유롭지 않다. 왜냐하면 인간은 태어날 때부터 정해진 각본이 있고, 그 운명을 벗어날 길은 없다.'

그러나 운명은 스스로 만드는 것이지 정해진 각본은 없다. 이미 정해졌다면 인간의 삶이 얼마나 무의미하겠는가.

사람들이 어느 성자에게 물었다.

"인생에 있어서 어느 때가 가장 중요하며 어떤 사람과 또 어떤 일이 가장 중요한가?"

성자가 대답했다.

"가장 중요한 때는 현재이다. 왜냐하면 현재에 있어서만 인간은 자기 자신을 통제할 수 있기 때문이다. 가장 중요한 것은 그대가 현재 관계를 맺고 있는 사람이다. 가장 중요한 일은 그들과 사랑하며 화합하는 일이다. 왜냐하면 사람은 서로 사랑하기 위해서 이 세상에 태어났기 때문이다."

고독 孤獨

11日

고독할때 인간은 참다운자기 자신의 모습을 본다.
그러나고독에 빠져버리면 자기의 모습마저 아예 잃어버린다.

사람은 홀로 있을 때에 더 많이 또 더 무거운 죄를 짓는다. 악마가 에덴 동산에서 이브를 유혹한 것도 이브가 혼자 있었을 때였다.

살인, 강도, 도둑질, 그 밖에 모든 나쁜 일은 사람이 없는 곳에서 일어난다. 악마가 온갖 죄와 부덕을 저지르도록 부채질하기 때문이다.

그러나 많은 사람들이 있는 곳에서는 다른 사람들의 눈이 무서워 악행을 멈춘다. 악마가 예수를 시험에 들게 한 것도 황야에서였다. 또 다윗이 불의를 저지르게 된 것도 그가 홀로 있을 때였다. 사람이 혼자 있을 때 커다란 유혹과 절망에 빠질 때가 많은 것이다.

고독을 너무 사랑하지 말라. 고독을 사랑하는 마음은 자신의 좁은 생각에 갇혀 제멋대로 행동하기 쉽고, 선을 잊어버리게 된다.

8月

운명 運命

12日

운명의 여신이 미소를 보낼 때는 게으름을 두려워하고
운명이 등을 돌릴 때는 절망을 무서워하라.

운명은 때로 두 가지 형태로 우리를 파멸시킨다. 우리가 원하는 것을 거부함으로써 파멸시키고, 우리가 원하는 것을 허락함으로써 파멸에 이르게 한다. 과연 운명의 장난이다.

이 세상에 우연이란 없다. 가령 갑과 을이 뜻하지 않은 지점에서 마주친 것을 우연이라고 하지만 따지고 보면 우연이 아니다. 필연의 결과이다. 갑은 갑대로 그날 그 자리에 꼭 가야만 할 일이 있었고, 을은 그 자리에 가지 않으면 안 될 사정이 있었다. 그래서 두 사람은 그 자리에서 만났던 것이다. 그것이 운명이다.

다만 인간은 운명에 몸을 맡길 수는 있어도 그것에 관여할 수는 없다. 운명이라는 실을 감을 수는 있어도 그것을 자를 수는 없다.

어떤 이들은 성공과 실패를 쉽게 운명 탓으로 돌린다. 그런 운명을 거역할 수 없다고 생각한다. 그러나 운명이 우리를 행복하게도 불행하게도 만들지는 않는다. 인간은 자기 인생을 스스로 개척해 나가야 한다.

속세 俗世

13日

이 세상은 생각하는 사람에게는 희극喜劇이고
느끼는 사람에게는 비극悲劇이다.

세상은 흔히 제일 나쁜 사람이 제일 좋은 자리를 차지하고 있는 극장과 같다.

가령 우리가 움직이는 배 위에서 사람이나 물건을 바라보면 배가 움직이고 있다는 것을 잘 느끼지 못한다. 그러나 멀리 떨어져 있는 나무나 언덕을 바라보면 배가 움직이고 있음을 알 수 있다.

이처럼 인생도 모든 사람이 가는 길을 한 가지로 따라가고자 한다. 그것이 옳은지 틀린지 생각하지 않고, 그저 남이 가니까 나도 간다는 식이다. 때로 다른 길을 가는 사람을 비방하고 비웃는다. 그건 광기와 다를 바가 없다.

멀리 바라보고 가슴 깊숙이 생각하라. 그리고 예지에 배반되는 비방, 공격, 핍박을 슬퍼하지 말라. 그대 예지가 가리키는 곳으로 길을 가라. 그대 마음의 진실이 움직이는 곳으로 가라.

폭력 暴力

14日

폭력이 한순간 상대를 굴복시킬 수는 있지만 순종시킬 수는 없다.
폭력은 또 다른 폭력을 낳을 뿐이다.

폭력으로 정의를 세울 수도 있다. 그러나 폭력 자체가 이미 정의롭지 못하다. 때문에 어떤 폭력으로도 평화를 만들 수는 없다.

폭력은 무기이다. 즉 우매한 인간이 자기만을 따르게끔 강제하기 위하여 쓰는 무기이다. 그것은 거대한 강의 물줄기를 바꾸겠다는 것과 같이 무모한 일이 아닐 수 없다.

인간은 이지理智를 가진 실재이다. 폭력이 아니라 이지력에 따라야 한다. 흐르는 물의 방향을 되돌리려 할 것이 아니라 좀 더 잘 흐를 수 있도록 만들어주는 것이다. 그때에 비로소 평화가 온다.

법이라는 한자말을 보자. 물 수水 변에 갈 거去 자이다. 곧 물이 흐르는 대로 가게 하는 것이 법이다.

운명은 때로 두 가지 형태로 우리를 파멸시킨다. 우리가 원하는 것을 거부함으로써 파멸시키고, 우리가 원하는 것을 허락함으로써 파멸에 이르게 한다. 과연 운명의 장난이다.

자력 自力

15日

자신의 사유와 인식에 의해 얻은 지식만이,
곧 자신의 힘으로 얻은 지식만이 유일하고도 영원하다.

남의 말에 너무 신경 쓰지 말라. 재주가 능한 목수는 남들이 자신의 재주를 칭찬해 주지 않는다고 슬퍼하지 않는다.

누군가 그대를 중상한다 하더라도 그대의 마음까지 상처 입힐 수 있는 자는 아무도 없다. 나를 중상하고 내 마음에 못을 치려는 자에게는 초연한 태도로 임하라. 그들은 내가 어떤 사람인지, 또 내가 무엇으로 악에 대처하는지 분간하지 못하는 것이다.

'나는 누구인가' 라는 의문을 품고, 어디에다 물어 보더라도 그 대답을 들을 수 없다. 그것은 자기 자신에게 묻는 물음이기에 대답도 역시 자신에게서 나와야 한다. 때문에 사람은 무엇보다 자기 자신을 먼저 알아야 한다.

오직 자기 자신 속에서만 참된 사명을 다할 수 있는 힘을 발견하는 것이다.

상반 相反

8月 16日

**세상은 때로 서로 다른 것들끼리의 결합이다.
다르기에 조화를 이루는 것이다.**

우리는 흔히 사람을 품성이 좋은 사람과 나쁜 사람으로 구분한다. 그러나 따지고 보면 사람에게는 그 두 가지 면이 다 있다. 고통을 겪는 사람을 보면 어떤 때는 무한한 동정심이 솟으나 또 어떤 때는 야비하게도 기쁨을 느끼기도 하는 것이다. 그처럼 인간은 상반된 의식을 동시에 느낀다.

이기심과 배타적인 자세를 가지고 세상을 볼 때 세상 모든 존재가 낯설기 짝이 없다. 전혀 자기와 상관없는 것처럼 느껴진다. 그때 우리는 다른 존재에 대하여 무관심, 질투, 염오, 원한 등의 감정을 느낀다.

그러나 내가 세상의 모든 존재와 하나라는 인식을 가지게 되면 이야기는 달라진다. 눈에 비치는 모든 사물의 모습이 소중하고 사랑스러울 때 세상은 비로소 살 만한 곳이 되는 것이다.

운명은 때로 두 가지 형태로 우리를 파멸시킨다. 우리가 원하는 것을 거부함으로써 파멸시키고, 우리가 원하는 것을 허락함으로써 파멸에 이르게 한다. 과연 운명의 장난이다.

천성 天性

17日

천성은교육보다 더 큰 영향력을 갖고 있다.
천성을 한번 내쫓아 보라. 달음박질로 되돌아올 것이다.

습성이 아주 고약한 어떤 사람이 있었다. 그는 무엇이든 손에 잡히는 대로 집어던지는 습성이 있었다. 하루는 소파 위에 있는 걸레뭉치가 눈에 뜨이자 번쩍 들어 휴지통으로 집어던졌다. 그런데 갑자기 아기 우는 소리가 들리는 것이었다. 얼른 달려가 휴지통 속을 보니 그것은 걸레뭉치가 아니라 얼마 전에 낳은 자기 아들이었다.

사람에게 성격은 마치 볼품없는 과일만 열리는 과수와 같다. 울퉁불퉁하고 이끼에 덮여 벌레가 기어 다녀도 떡갈나무나 배나무는 변하지 않는다.

만일 인간이 자기의 성격을 바꿀 수만 있다면 스스로 마음에 드는 성격을 골라 만들 것이다. 하지만 타고난 천성을 어찌할 것인가. 그래서 '한 인간의 철학은 성격의 문제이다' 라는 말이 사실 일리가 있다.

교훈 教訓

18日

옛 성현들의 가르침을 따르라.
삶에 질적인 변화를 일으킬 것이다.

가르침은 청년에게는 제어된 기품을, 노인에게는 위안을, 가난한 자에게는 부富를, 부자에게는 장식품을 선사할 것이다.

흔히 노인들은 젊은이들에게 교훈을 말하고 싶어 한다. 그것은 자기 자신이 그렇게 살지 못했기에, 젊은 시절의 과오를 범하지 말라는 간절한 바람이 담겨 있다.

요컨대 좋은 가르침은 사람의 마음을 현혹시키지 않는다. 신분이 높은 사람이건 낮은 사람이건 부자이건 가난한 사람이건 교양이 있건 없건 모든 사람을 차별하지 말고 존경하라.

의사의 지시에 고분고분 따르듯 사람들은 좋은 가르침에 따를 수 있다. 자기 생애에 지표로 삼을 수 있는 교훈을 가슴에 지니는 것만큼 중요한 일도 없다.

운명은 때로 두 가지 형태로 우리를 파멸시킨다. 우리가 원하는 것을 거부함으로써 파멸시키고, 우리가 원하는 것을 허락함으로써 파멸에 이르게 한다. 과연 운명의 장난이다.

고통 苦痛

19日

사람은 자신이 남에게 준 고통은 쉽게 잊지만
타인이 준 아픔은 결코 잊어버리지 않는다.

마음이 괴로울 때에는 신에게 고백하라. 신 말고는 아무에게나 하소연해서는 안 된다. 차라리 침묵을 지키라. 그렇지 않으면 고뇌는 다른 사람에게로 옮아가서 그 사람을 괴롭힐 것이다. 침묵을 지키면 그 고뇌는 다 타 버리고 말 것이다. 고뇌를 통해 '완성'에 다가갈 수 있다고 생각하라.

덕성의 완성을 인생의 중요한 목적으로 삼는 사람들은 불운을 의연하게 견딘다. 그러나 정신적인 수양을 쌓지 못한 대부분의 사람들은 괴롭다고 비명을 지르는 것이다.

고통을 괴로워하지 말라! 고통과 고뇌는 우리의 인생을 완성해 나가는 데 없어서는 안 될 조건이다.

만약 이 세상에 고통이 없다면 죽음이 모든 것을 깎아 없애 버릴 것이다. 상처가 나에게 더 이상 고통을 주지 않는다면, 나는 그것을 고치려고도 하지 않을 것이며 그로 인하여 죽고 말 것이다.

자연 自然

20日

여자는 자연이 최고의 완성을 보전키 위해 연구한 것이고,
남자는 자연의 명령을 가장 경제적으로 끝내기 위해 연구한 것이다.

세상의 모든 일이 자연과 조화를 이루지 못한다면 인간이 영위하는 기술이나 과학은 조금도 진전을 보지 못하리라.

자연은 끊임없이 우리들과 대화하지만, 그 비밀을 고백하지는 않는다. 우리들은 자연 속에서 그 혜택을 누리며 살아가지만 그것을 지배할 아무런 힘도 없다.

인간은 자연에 대한 예속으로부터 이제는 자연을 지배하는 것처럼 보인다. 그럴수록 인간의 오만은 더해지고, 자연은 그 신성神性을 잃어가고 있다. 자연을 지배하는 게 아니라 자연을 파괴하고 있는 것이며, 곧 인간을 파괴하고 있음이다.

악마 惡魔

21日

그대는 악마가 우리를 유혹하고 있다고 생각하는가?
아니다. 우리가 악마를 유혹하고 있는 것이다.

사람을 유혹에 빠트리기 위해 악마는 여러 가지 미끼를 던진다. 그러나 게으른 자에게는 그것마저 필요하지 않다. 그들은 종종 미끼 없이도 걸려들기 때문이다.

악마는 위대한 예술가요 위대한 학자다. 또 악마는 치밀한 이론가이기도 하다. 그래서 악마는 현세와 관능으로만 나타나는 것이 아니라 아주 인간적인 얼굴을 하고 있다.

적어도 세계의 반은 악마가 만든 것이다.
선택은 오로지 그대의 몫이다.

학문 學問

22日

학문에 너무 집착하여 그것이 전부라고 믿지 말라.
학문이 완전을 말해 주지 않기 때문이다.

학문의 진정한 목적은 사람들로 하여금 행복을 가져오는 진리를 인식케 하는 것이다. 그러나 지금의 학문은 사람들을 기만하고, 허위를 정당화시키는 데 동원되고 있다. 특히 법학, 정치경제학, 신학 등이 대표적이다.

학문은 사람들에게 즐거움을 주지만 때로는 장식용에 불과할 때도 있다. 그래서 보통 사람들에게는 이론적이고 논리가 그럴듯하게 보인다.

그러나 학문에 지나친 시간을 소비하는 것은 집착이고, 장식은 허세에 지나지 않을 뿐이다. 하나에서 열까지 학문의 법칙으로 판단하는 것이 학자들의 버릇이다.

학문은 천품을 완성하고, 경험에 의하여 그 자체가 완성된다. 약삭빠른 사람은 학문을 경멸하고 단순한 사람은 그것을 숭배하고, 현명한 사람은 그것을 이용한다. 그러나 진정한 학문은 발전하여 인격이 된다.

광명 光明

23日

달을 보고 싶거든 연못을 보지 말고 하늘을 보라.
그렇듯이 곰팡이 핀 책 말고 사색을 통해 진리를 찾으라.

'광명'은 분명 이 세상에 있다. 그러나 사람들은 광명보다 암흑 쪽에 현혹된다. 이미 악에 물들었기 때문이다. 악한 일을 행한 자들은 빛을 싫어한다. 빛 속에서 자신의 악이 드러날까 두려운 것이다. 그러나 진리를 추구하는 자는 당당하게 광명 앞으로 나아간다.

진리는 시끄럽게 토론하는 데서 얻어지는 것이 아니다. 오직 수고와 성찰에 의해서만 얻을 수 있다. 그렇게 진리를 얻었을 때, 그대 속에는 또 하나의 진리가 자신도 모르는 사이에 싹틀 것이다.

진리를 가려잡으며 신념을 가지라. 사람들의 반응을 기다리지 말라. 편을 드는 소리가 낮으면 낮을수록 더욱 강하게 자신의 소리를 높이라.

진리는 세상의 어떤 것보다 굳센 것임을 믿으라. 그리고 항상 고뇌에 대비하라.

진전 進展

24日

길이 멀수록 걸음을 재촉하라.
그렇다고 성급하게 굴지 말고, 쉬지도 말라.

한 걸음 한 걸음 나아간다는 것은 행복을 추구하는 모든 인간의 몫이다. 인간 생활이란 끊일 새 없이 영혼과 육체의 투쟁이었다. 그 투쟁에서 항상 영혼이 승리하였다.

한번 승리했다고 해서 끝나는 게 아니다. 투쟁은 영원히 계속되기 때문이다. 인간의 내면에서는 이성과 정욕의 싸움이 끊이지 않고 벌어지고 있다. 이성과 정욕 중 그 어느 하나만 가졌다면, 인간은 도리어 편하게 지낼 수 있을 것이다.

하지만 인간에게는 그 두 가지가 동시에 존재하므로 갈등에서 벗어날 길이 없다. 이 두 가지가 서로 싸우고 있는 한 인간은 평화로울 수 없다. 인간은 항상 자기의 일부와 또 다른 자기의 일부가 대립하고, 모순 속에 있는 것이다.

그러나 눈에 보이지는 않지만 인간은 조금씩 완성을 향해 가까이 가고 있다. 그리고 그것이야말로 인간의 가장 큰 기쁨 중 하나이다.

행진 行進

25日

인생은 행진이다. 그러므로 인생의 행복은 어떤 상태가 아니라 행진하고있는 어떤 방향인 것이다.

혹자는 말하기를 행복이란 권력 속에 있다고 한다. 또 어떤 이는 학문 속에, 혹은 쾌락 속에 있다고 한다. 그러나 참으로 행복과 이웃하여 사는 사람들은 행복이 한정된 소수자의 전유물이 아니라는 것을 안다. 인간의 참된 행복은 모든 인류가 아무 차별 없이 가질 수 있는 것이다.

인간의 마음이 행복을 향하여 열릴 때 그 무언가 형언할 수 없는 아름다운 감정이 그를 사로잡는다. 그때 자기보다 한층 더 높은 것을 느낀다. 그것은 자기의 본질은 무한에 속해 있다는 것, 현재는 아무리 약하고 괴로워도 자신은 지고의 선과 완성을 위하여 태어난 존재라는 느낌이다.

그 무엇을 자기 혼자 독차지하고 싶다는 생각은 과욕이다. 참된 행복에 가까우면 가까울수록 그 행복을 남과 나누고 싶을 것이다.

경쟁 競爭

26日

도자기 장수는 도자기 장수를, 기술자는 기술자를, 가수는 가수를, 거지는 거지를 각각 시기한다.

닭들이 모이를 놓고 다투다 멈출 때는 모이가 충분하다는 사실을 깨달았을 때이다. 인간도 이와 마찬가지이다.

승부를 다투는 경쟁의 세계는 비정하다. 하지만 경쟁이 없고 승부를 다투지 않는 세상은 또 얼마나 무미건조할 것인가.

권력을 가진 자들이 더 큰 권력을 얻기 위해 다투고, 부자들끼리 으르렁거리는 모습은 마치 설탕 통에 개미들이 떼를 지어 몰려드는 것과 같다.

시비가 벌 떼처럼 일고, 득실得失이 고슴도치 바늘이 서듯 해도 냉정한 마음을 잃지 않으면 봄 햇살에 눈이 녹는 것처럼 자연스레 해소된다.

운명은 때로 두 가지 형태로 우리를 파멸시킨다. 우리가 원하는 것을 거부함으로써 파멸시키고, 우리가 원하는 것을 허락함으로써 파멸에 이르게 한다. 과연 운명의 장난이다.

만족 滿足

27日

인생이 즐겁지 않다면 그것은 그대의 이지가 그릇된 방향을 지향하고 있기 때문이다.

언제나 유쾌한 마음을 유지하려면 중요한 비결이 하나 있다. 그것은 작은 일에 노심초사하지 않으며, 그러나 어떠한 작은 의무일지라도 그것을 수행하면서 큰 만족을 느끼는 것이다.

그러나 만족만을 얻고자한다면 그것은 참다운 삶과 거리가 있다. 조금이라도 불만이 쌓이면 그릇된 길로 빠지기 쉽기 때문이다.

나를 미워하는 사람을 미워하지 않고 지낸다는 것은 어렵지만 사실 형언할 수 없는 행복이다. 원한이 없는 세상에 살 수 있다면 얼마나 행복할 것인가?

탐욕의 세상에서 탐욕을 모르고 산다는 것은 참으로 행복한 일이다. 탐욕을 버리면 그대는 자유를 얻을 것이다.

정의 定義

28日

삶을 정의하는 목적과 믿음이 없는 인간은
심장 없이 사는 것과 같다.

선량하게 사는 농부에게 어느 목사가 물었다.

"당신은 신을 믿습니까?"

농부는 강하게 부인했다.

"아니오, 믿지 않습니다."

"어째서 믿지 않습니까?"

"왜 믿지 않느냐구요? 목사님, 만약 내가 신을 믿는 데만 정신이 팔려 농사일을 팽개친다면 그나마 이런 생활을 부지해 나갈 수 있겠습니까? 목사님은 그저 때가 되면 드시고, 마시고, 자기 일에 관해서만 이야기 하느라 정작 신이나 불행을 당한 이웃은 잊어버리고 계시지 않습니까?"

목사는 할 말을 찾지 못하고 말았다.

신을 향한 믿음은 인간성의 한 중요한 특질이다. 또 인간은 그 무엇인가를 믿고 싶어 한다. 왜냐하면 자기가 알고 있는 것과 함께, 아직 자기가 알 수는 없지만 보다 높은 어떤 세계에 도달하고 싶다는 마음을 품고 있기 때문이다.

믿음이란 이 알 수 없는 것과의 관계를 말한다.

형제 兄弟

29日

형제는 수족手足과 같고 부부는 의복과 같다. 의복은 바꾸어 입을 수 있다. 그러나 수족은 한 번 없어지면 다시 붙일 수 없다.

한 형제가 길을 걸어가는데, 아우가 황금 두 덩이를 주웠다. 아우는 그것을 형과 사이좋게 한 덩이씩 나누어 가졌다.

그리고 배를 타고 강을 건너다가 아우는 제 손에 든 금을 물 속으로 던져 버렸다. 형이 깜짝 놀라 그 까닭을 물었더니 아우는 이렇게 대답했다.

"금덩이를 줍기 전까지는 형을 사랑하는 마음이 변함이 없었으나 금을 나누어 갖고 난 후부터 갑자기 형을 미워하고 시기하는 마음이 들었기 때문이랍니다."

형이 그 말을 듣고 아우의 말이 옳다고 생각하여 자기 손의 금덩이 역시 강에 던져 버렸다고 한다.

의좋은 형제는 요새와 같으나, 다투게 되면 그 앙심이 성문 빗장 같아 꺾이지 않는다. 네 형제가 잘못을 저지르거든 꾸짖고, 뉘우치거든 몇 번이라도 용서해 주어라.

형제는 몸은 달라도 기운을 같이 타고났으니, 비록 다툴 일이 생기더라도 형제의 우애는 폐하지 않는 것이다.

조화 調和

30日

서로 같은 것끼리는 아무리 어울려도 조화롭다고 말하지 않는다. 서로 다른 것끼리 어울릴 때 조화를 이루는 것이다.

청명한 날씨가 쾌적함을 안겨 주듯, 인생도 그 생활과 이상이 조화를 얻었을 때 건강하고 조용한 기쁨을 얻는 거라고 말하고 싶다. 조화롭지 않으면 모든 것은 분열되고 불안정하다.

조화란 다른 것이 아니고 어울림이다. 각 부분 부분이 서로 다르지만 어긋나지 않고 잘 어울려 하나를 이루는 것이 곧 조화이다.

우리는 아름다운 가구로 집을 장식하기에 앞서 먼저 아름다운 가정과 성실한 생활로 토대를 삼아야 한다.

미美는 도달점이지, 출발점이 아니다. 그리고 사물이 아름다운 것은 그것이 진실일 때뿐이고, 진실이 없으면 아름다움도 없다. 진실이란 완전한 조화를 뜻한다.

운명은 때로 두 가지 형태로 우리를 파멸시킨다. 우리가 원하는 것을 거부함으로써 파멸시키고, 우리가 원하는 것을 허락함으로써 파멸에 이르게 한다. 과연 운명의 장난이다.

가면 假面

가면처럼 인간적인 것은 없다.

31日 인간은 가면을 쓰고서야 자기의 속셈을 드러낸다.

과학과 문화가 진보할수록 사람들은 점점 더 배우가 되어간다. 말하자면 사람은 남에 대한 존경과 호의, 정숙함과 공평무사의 가면을 쓴다. 그러나 서로 모른 척할 뿐 아무도 그런 것에 속아 넘어가지 않는다.

가면만 쓰고 있으면 나는 팔려 가는 노예 계집이라든지, 잔 다르크든지, 늙은 왕이든지, 마법사든지 무엇이나 될 것 같았다. 나는 가면의 필요성을 이해할 수 있었다. 가면을 씌운 것처럼 털 바가지를 쓴 개를 보면 웃음이 나온다. 그 개의 털투성이 얼굴 뒤쪽에 숨어서 반짝이는 내부의 눈을 상상하고 말이다.

퍼스널리티(personality : 성격)의 어원은 가면, 즉 연기자가 쓰고 다닌 가면이라는 뜻이다. 가면은 언제나 굳어 버린 표정을 하고 있다. 그래서 가면은 거짓의 탈처럼 보인다.

세상의 지혜를 얻는 황금률

9月

어제 맨 끈은 오늘 허술해지기 쉽고 내일은 풀어지기 쉽다.
나날이 끈을 꼭 매주어야 하듯 사람도 나날이 결심하고 또 결심해야 한다.

주색 酒色

술과 향락을 즐기는 잡기는 마魔의 그물과 같다.
아무리 경험이 많은 새라도 마의 그물에 걸리고 만다.

1日

전투 중의 병사는 생사의 갈림길에서 항상 긴장하지만 보초를 서는 병사는 전장의 공포를 잊어버리고 한가롭기까지 하다.

많은 사람들은 전쟁터에서 보초를 서는 병사와 같다.

그들은 하릴없이 술, 여자, 도박 더 나아가 정치, 명예 같은 것들에 정신을 팔아버린다. 오로지 쾌락만을 추구하다 마약에 영혼을 파는 이들까지 있다.

주색은 순간의 쾌락일 따름이다.

쾌락은 생을 나락으로 빠트린다.

그것은 악이다. 그대는 그 악으로부터 해방되어야 한다.

실천 實踐

2日

진리를 가까이할수록 참을성이 길러진다.
참을성이 많아질수록 우리는 진리에 가까워질 수 있다.

그리스 아테네에서 있었던 일이다.

국경일에 극장에서 연극이 개최되었다. 그때 시간이 늦은 한 노인이 있었다. 노인은 자리가 없어 두리번거렸으나 사람들은 서로 눈치만 보았다. 노인은 하는 수 없이 외국인 석으로 다가갔다. 그랬더니 거기 앉았던 스파르타인들이 우르르 일어나 자리를 내주었다. 그때 노인은 일어나서 이렇게 외쳤다고 한다.

"우리 아테네인도 선이 무엇인지 알고 있다. 그러나 스파르타인은 그 선을 즉시 행동으로 실천하는 사람들이다."

재주 있는 사람은 배우는 것을 그리 중요하게 생각하지 않는다. 또 단순한 사람은 많은 것을 배운 사람을 숭배한다.

그러나 배운 대로 실천하는 사람이 가장 현명한 사람이다. 학문은 그 사용법까지 가르쳐 주지는 않는다. 학문이 학문에 머물지 않고 실천하는 것이 더 높은 지혜이다.

환희 歡喜

3日

슬픔과 기쁨은 정작 비슷한 감정의 꼭짓점에 있다.
큰 기쁨은 커다란 고통과 마찬가지로 말이 없다.

완전한 기쁨은 없다. 기쁨에는 고통의 맛이 늘 함께 있기 마련이다.

엄청난 부를 쌓아서 사람들로부터 부러움을 사게 되더라도 마음으로부터 함께 기뻐해 주는 사람이 없다면 어찌 행복할 수 있겠는가. 또 역경에 처했을 때 그대를 진심으로 걱정해 주는 사람이 없다면 얼마나 참고 견디기가 어려울 것인가.

완전한 존재, 완전한 의식, 완전한 환희라는 것은 정신과 육체가 하나로 되었을 때 비로소 존재할 수 있다. 육체가 없는 정신은 유령에 지나지 않으며 정신이 없는 육체가 있다면 그것은 몸뚱이에 지나지 않는다.

기쁨이 있는 곳에 사람과 사람 사이의 결합이 이루어진다. 사람과 사람 사이의 결합이 있는 곳에 또한 기쁨이 있다.

불식 不息

4日

어느 날 갑자기 높은 인간성을 가질 수는 없다.
끊임없는 노력 끝에 부지불식간에 오는 것이다.

생명은 그대에게 자유로운 의지를 주었다. 그대 의지대로 사는데 달리 무슨 불만이 있겠는가?

삶의 의미를 깨달은 자의 행보는 마치 먼 나라를 여행하거나 높은 산을 오르는 것과 같다. 아무리 먼 나라도 최초의 한 걸음부터 시작된다. 높은 산을 오르는 것도 맨 아래 한 발자국부터 시작된다.

자기에게 주어진 일을 완수했을 때, 즉 자기가 할 일에 온 정신을 집중하고 모든 노력을 다하였을 때 우리는 행복감을 맛볼 수 있다. 일을 마쳤다 해도 노력을 경주하지 않았다면 행복은 맛볼 수 없다.

선을 향해 나아갈 때는 성공에 집착하지 말라. 그대는 노력한 만큼의 열매를 딸 수 없을지도 모른다. 성공에 집착하면 할수록 그대의 목표는 더 멀리 달아나기 때문이다.

선을 향한 노력은 수단이 아니라 그 자체가 목적이다. 노력 속에 이미 보답이 포함되어 있다.

어제 맨 끈은 오늘 허술해지기 쉽고 내일은 풀어지기 쉽다. 나날이 끈을 꼭 매주어야 하듯 사람도 나날이 결심하고 또 결심해야 한다.

신행 信行

5日

신앙은 일상의 삶과 일치되어야 한다.
신앙과 삶이 따로 있다면 그것은 진실한 신앙이 아니다.

오랜 기간 여행하고 집에 돌아오면 식구들과 친구들이 웃으며 따뜻하게 맞아주듯, 우리가 행하는 선행은 큰 환대를 받게 될 날이 올 것이다.

모든 생명은 죽는다. 무릇 살아있는 모든 것은 종말이 있게 마련이다. 아무리 피하려 해도 피할 수 없는 것이 죽음이다. 그런 죽음을 앞두고 슬퍼만 한들 무엇 하겠는가.

삶은 엄연하다. 바로 눈앞에 펼쳐져 있다. 그렇다면 꾸물거리고 고민할 필요도 없다. 하늘의 문은 그대가 필요할 때 들어갈 수 있도록 항상 열려 있다. 쓸데없는 방황과 번뇌에서 벗어나 자신의 시선을 신께로 돌려라.

형제들이여, 사람이 신앙을 지니고 있다 할지라도 착한 행위가 없다면 무슨 소용이 있으랴? 그와 같은 신앙이 어찌 그를 구원할 수 있으랴?

내 이웃이 헐벗고 굶주리고 있을 때, '참고 지내라. 곧 배부르고 따뜻한 날들이 올 것이다' 하며 말로만 격려한다면 무슨 도움이 되겠는가. 당장 밥을 나누어 먹고 여벌옷을 내어주라.

현대 現代

6日

현대의 기술문명은 토끼 걸음인데 정신문명은 거북이 걸음이다. 두 문명 사이의 간격이 벌어질수록 위기는 커질 것이다.

우리는 내가 보지 않으면 남들도 나를 보지 않을 것이라고 착각한다. 그것은 마치 어린 아이들이 숨바꼭질을 하다가 술래 눈에 띄지 않으려고 제 눈을 제 손으로 가리는 것과도 같다.

시대는 갈수록 서로가 서로를 의심하는 눈으로 바라본다. 그래서 나는 현대 사회가 안고 있는 많은 문제들을 생각하면 우울해진다.

역사책을 한 권 집어서 아무데고 펼쳐 보라. 한 시간만 책을 읽어도 인간 세상이 전쟁, 기아, 질병의 역사로 가득 차 있음을 발견하게 될 것이다.

그러나 과거에 비하면 지금의 세상은 그나마 나아졌다. 좌절하기보다 현대의 고민을 해결하고, 선을 통해 더 좋은 세상을 만들 일이다.

재생 再生

7日

인생이 행복한 것이라면
인생에서 피해갈 수 없는 죽음 또한 행복이다.

더 늙기 전에 잘살기 위하여 노력하라. 죽음을 편안하게 맞이하기 위해서라도 그 노력은 필요하다.

죽음이 두려운 것은 죽음 때문이 아니라 우리 안에 있는 다른 무엇 때문이다. 최선을 다해 성실한 삶을 산 인간일수록 죽음에 대한 공포가 없다. 완성된 인간에게는 죽음이 존재하지 않는다.

죽음은 육체의 사멸임과 동시에 삶의 의식까지 멸망시킨다. 그러나 죽음은 매일같이 우리가 겪고 있는 일이다. 마치 우리가 잠을 자는 시간과 다름없는 것이다.

때문에 죽음이 모든 것의 끝을 의미해서는 안 된다. 죽음은 가장 본원적이며 영원한 생활로 돌아가는 하나의 과정일 따름이다.

유아 幼兒

아이들이 어렸을 때는 누구나 부모를 사랑한다.
그러나 자랄수록 부모를 심판하고 그 영향권에서 벗어나려 애쓴다.

예수는 말했다.

"진실로 그대에게 이르노니 그대가 만약 어린 아이같이 되지 아니하면 천국에 들어갈 수 없으리라. 누구나 이 어린 아이 같이 자기 자신을 낮추는 자는 위대한 자이니라. 그러나 실족케 하는 자는 연자 맷돌을 목에 매달고 깊은 바다에 빠지는 것이 나으리라."

어린 아이는 가끔 가녀린 손가락으로 어른의 손으로는 잡지 못할 진리를 잡고 있다. 어린 아이는 자기의 영혼을 알고 있다. 어린 아이들은 본능적으로 그 영혼을 지키고 있는 것이다. 사랑이라는 열쇠가 없으면 아무도 천국의 문을 허락하지 않는다.

천진난만한 동심을 지닌, 완전한 것에 도달할 수 있는 가능성을 가진 어린 아이가 지금 이 순간에도 계속 태어나고 있다. 그래서 세상은 희망이다. 어린 아이들이 없다면 이 세계는 얼마나 살벌한 곳이 될 것인가!

학술 學術

9日

과학과 지식은 인간 생활을 혁명적으로 바꾸었다.
그러나 행복까지 준 것은 아니다.

천문학, 기계학, 의학, 화학 등 모든 과학은 인간 삶의 질을 변화시켰다. 그러나 과학이 발전하면 할수록 인간을 혼란에 빠트리고 있음을 간과해서는 안 된다.

과학 기술의 발전이 인생의 행복, 그 본질적인 의미를 깨닫게 해주지는 않는다는 사실이다. 물질의 풍요는 누리지만 오히려 그 풍요 속에서 인간은 더 많은 것을 잃어버렸는지 모른다.

학문은 공허한 이론이 아니라 인생의 법칙을 해명하고 사람들이 이해할 수 있도록 도와줌으로써 그 사명을 다하도록 하는 것이다.

순응 順應

10日

물은 높은 곳에서 낮은 곳으로 흐른다.
그것이 순리이다.

우리는 양심이 가리키는 곳으로 가야 한다. 진리의 길에서 벗어났을 때 양심의 소리가 더 크게 들릴 것이다. 그 소리에 귀를 기울여야 한다.

인간은 곧잘 자신의 생각과 감정의 미로에서 헤맨다. 그러나 그대 안의 영혼은 진리를 정확히 알고 있다.

정욕이 양심을 짓누를 때가 있다. 그러나 그 정욕은 늘 혼탁하다. 정욕에 지배되어 있을 때 나직한 양심의 소리와 만나라. 양심의 소리는 우리 마음속 다른 모든 소리와 구별된다. 양심의 소리는 이해를 초월한다.

양심의 소리는 명예욕과 뚜렷이 구별된다. 그러나 명예욕은 가끔 양심의 소리와 혼재되어 나타나기도 한다. 허위가 아니라 진실에 귀를 기울여라.

구원 救援

11日

구원은 예배의식이나 설교에서 얻어지지 않는다.
인생의 의의를 명확하게 이해할 때에 영적인 구원이 있다.

참된 신앙은 무조건 행복을 약속해 주지 않는다. 다만 모든 불행이나 죽음에서 구원받을 수 있는 길을 가르쳐줄 따름이다.

자신의 이익만을 추구하는 자들은 육체에 갇혀 있는 자들이다. 그들은 이렇게 말한다. "육체가 더욱 아름답고 건강할 때 정신과 양심도 육체 안으로 들어오는 것이다."

그러나 정신을 먼저 치료해야만 육체도 치료할 수 있다. 병의 뿌리는 육체보다 정신에 있다. 육체의 병은 정신의 병이 표면적으로 드러난 것에 지나지 않는다.

참된 종교는 사라지고 오직 공허한 형식과 생명 없는 의례만이 남아 있다. 그 곳에서 사랑과 희생은 찾아볼 수 없다.

바울로는 말했다. "죽은 자를 살리고 산을 옮길만한 믿음이 있어도 사랑이 없으면 아무 유익이 없다."

우정 友情

12日

우정은 오래 묵은 포도주와 같다.
그 향기는 깊고 우아하다.

연애는 맹목이 될 수 있다. 그러나 열정도 한순간에 사그라지면 그만이다. 하지만 우정은 오랜 시간을 두고 맺어진다. 친구의 결점까지 기꺼이 받아들일 수 있어야 참된 우정이다.

아무리 강한 사람일지라도 벗을 필요로 한다. 외로운 세상을 살면서 서로 위안이 되고 격려를 해주는 친구가 없다면 우리는 얼마나 외로울 것인가.

인생에서 우정이 없는 것은 하늘에 태양이 없는 것과 같다.

신이 인간에게 베풀어 준 것 가운데 이토록 아름답고 즐거운 것이 또 있을까.

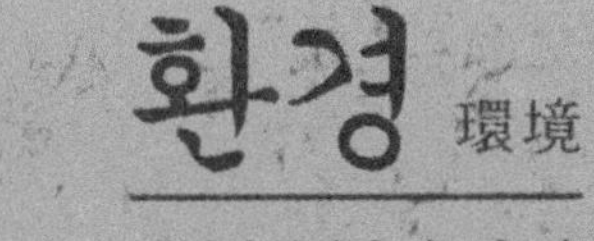

환경 環境

13日

환경이 인간을 만드는 것이 아니다.
인간이 환경을 만든다.

사람은 흔히 자기가 처한 상황을 환경 탓으로 돌리고 불평을 일삼는다. 그러나 나는 환경의 힘을 믿지 않는다.

성공한 사람들이란 자기가 원하는 환경을 찾아내는 사람들이다. 환경이 절대적이라고 주장하는 자들은 인간을 완전히 무력하게 만들어버렸다.

어떤 환경에 부딪치든 자기의 의식을 실현하고 확대해 가며 새로운 환경을 만들어야 한다.

환경은 약한 자를 지배하지만 현명한 자는 그 환경을 지배한다. 그대의 환경이 최악이라 해도 그대는 최선의 것으로 변화시킬 힘이 있음을 잊지 말라.

14日

염오 厭惡

모든 폭력은 이성과 사랑을 배반하고 증오와 고립을 조장한다.
어떤 이유에서라도 절대로 폭력에 가담하지 말라.

폭력으로 인간을 강제하는 것은 곧 인간의 권리를 빼앗는 것이다. 인간성을 말살시키는 것이 폭력이다.

힘을 가졌다고 폭력을 택하는 자는 비겁하고 무지한 사람이다. 지혜로운 사람은 결코 폭력의 편을 들지 않는다.

인간은 강제하기 위하여 만들어진 존재가 아니다. 굴종하기 위해 만들어진 존재도 아니다. 인간의 존재는 존엄하다.

권력을 가진 자들은 그 권력을 지키기 위해 폭력을 사용한다. 그러나 질서는 폭력에 의해서 유지되는 것이 아니다. 폭력은 사람들의 의견과 행동을 일거에 파괴시킨다.

결국 폭력은 그 스스로를 망하게 한다.

가장 假裝

15日

거짓은 천성의 악덕이 아니라 이성의 걸작이다.
거짓이란 변장된 진실에 지나지 않는다.

허위의 탈 속에 자신을 감추려고 하지 말라! 그것은 도리어 적에게 빈틈을 내어줄 뿐이다. 당신이 최후의 승리를 원한다면 무조건 진리를 따르라. 한때 불리하고 비참한 처지에 빠지더라도 그것은 회복될 수 있는 상처이니 겁내지 말라!

스스로를 속이지 말라. 타인에게 행한 거짓은 순간적인 것일 수도 있다. 그러나 자기 자신을 속이는 것은 바로 진리에 대한 배반이다.

우리들은 먼저 허위의 탈을 벗어 던져야 한다. 허위를 벗어 던지면 진실은 저절로 나타나게 되어 있다. 봄이 오면 겨울에 입던 무거운 외투를 벗어 버리듯이 그대의 허위의 탈을 벗어 던져라. 진리를 이야기하는 자리에 장식은 필요치 않다.

남이 나를 속인다고 하지 말라!
자기 자신을 속이는 것보다 더 무서운 일은 없다.

회의 懷疑

16日

회의는 믿음을 파괴하는것이 아니라, 도리어 강하게 하는 것이다.
회의는 우리를 끊임없이 각성시키기 때문이다.

회의는 지적知的인 의혹을 의미할 뿐만 아니라 도덕적인 의혹도 의미한다.

회의는 회피가 아니다. 누구나 자기가 가장 잘 알고 있는 일을 가장 의심하게 된다. 또한 만든 자가 파괴할 수도 있다.

어떤 문제에 의심을 가졌다면 그 의심이 풀릴 때까지 묻고 또 물어야 한다. 그래서 유클리드는 명백한 것에 대해서도 끊임없이 의심을 품었다.

위대한 인간은 필연적으로 어떤 사물이나 현상에 대해 회의를 갖는다. 확신에 포착되지 않은 자유스러움이 인간의 의지에 속해 있다.

소유 所有

17日

힘과 소유는 서로 다른 위치에 놓여있다.
그러나 우리는 소유를 통해 힘까지 손에 넣으려고 한다.

태풍을 만나 난파된 선박에서 승객 한 사람이 금괴를 넣은 띠를 몸에 두른 채 바다로 뛰어들었다. 그를 두고 금을 누가 가지고 있었다고 말할 것인가. 아니면 금이 그를 가지고 있었다고 말할 것인가.

소유한다는 것, 그것은 자기를 구속하는 일이다. 그런 의미에서 가장 자유로운 자는 아무것도 소유하고 있지 않은 자이다.

더 많이 소유하고, 더 많은 것을 누린다고 존재의식이 높아지겠는가. 오히려 부박한 인생관을 보여줄 따름이다. 돈을 최고의 가치로 따지는 세상은 멸망도 한순간에 닥쳐온다는 것을 어찌 모를까.

소유와 존재 중에 그대는 어느 쪽을 택할 것인가.

감각 感覺

18日

때로는 감각 때문에 많은 제약을 받지만,
그래도 사람에게는 그 감각이 힘이다.

구체적인 감각이나 눈에 보이는 것이 현실이다. 그렇다고 진실은 아니다.

대저 감각이란 무엇일까? 그것은 때로 변덕스럽고 필요하면 환상까지도 만들어낸다. 사람의 머릿속에는 온갖 상상의 재료가 들어 있으니 얼마든지 환상을 그려낼 수 있다.

오관五官은 표면적인 사실만을 모아들인다. 그것이 감각이다.

감각이 기억으로서 찾아들 때 그것은 경험이고, 행동으로 옮겨졌을 때 그것은 지식이다. 그리고 우리의 마음이 지식으로 작용할 때 그것은 사상이 된다.

미신 迷信

19日

미신은 진실의 그림자일 수도 있다.
그러나 맹종을 요구한다면 진짜 나쁜 미신이다.

「이방인」의 작가 카뮈는 이렇게 말했다.

“사람은 누구나 다소는 미신가라고 할 수 있어요. 일전에 집사람이 내게 말하기를 어젯밤에 죽는 꿈을 꾸었는데 마음이 언짢다는 거예요. 나는 못 들은 척 했지요. 그러면서 무심코 외출할 예정이 있느냐고 했더니 노트르담 사원이 있는 거리에 볼일이 있어 갈 예정이라더군요. 그날 사무실에 앉아 있는데 사환이 헐레벌떡 달려와서 내게 말하기를 노트르담 사원 앞거리에서 사람이 차에 치어 죽는 것을 보았다는 거예요. 나는 집사람이 사고를 당했나 보다 생각하고 급히 경찰서로 전화를 걸었더니 병원으로 가보라고 하더군요. 한 병원으로 달려갔더니 다른 병원으로 가라고 하고, 또 다른 병원으로 한나절 동안 미친 듯이 찾아다니다가 문득 정신이 들어 집에 와 보니 아내는 멀쩡하게 집에 있지 않겠어요.”

이처럼 제 아무리 똑똑한 사람도 다소는 미신가가 될 소질을 갖추고 있는 모양이다.

협문 夾門

20日

좁은 문으로 들어가라.

파멸에 이르는 문은 크고 넓으며 그 문으로 들어가는 자는 많다.

모르는 일, 의심스러운 일을 물어 보지 않는 사람, 물어 보아도 이해하지 못하는 사람들이 있더라도 실망하지 말라. 사색하지 않는 사람, 사색하더라도 선의 본원에 대하여 명확한 이해를 하지 못하는 사람들이 있다 해서 절망하지도 말라.

선과 악을 구별하지 못하는 사람들, 구별해도 확실한 관념을 갖지 못하는 사람들, 또한 선을 행하지 않는 사람들, 선을 행해도 전력을 다하지 않는 사람들이 있다 하여 결코 절망하지 말라.

큰 대문 앞에 성찬을 차려 놓고 기다리는 인생은 없다. 내가 세상에 나올 때 그러하였듯이 좁은 문으로 들어가 손수 소찬을 차려라.

선택 選擇

21日

인간이 태어나 어느 길을 가든 자유이다.
그러나 선택한 길에 대해서는 책임을 져야 한다.

선택도 그 양상이 다양하다. 사소하고 일상적인 선택에서부터 생과 사를 결정짓는 기로에서의 선택을 해야 하는 상황도 있다. 물론 어떤 선택이든 신중해야 할 것이다.

그러나 기억할 것이 있다. 선택의 자유는 사람이 '갖거나' 또는 '갖지 않은' 형식적이고 추상적인 능력이 아니다. 그것은 오히려 본원적인 데 있다.

우리가 산다는 것은 날마다 순간마다 선택과 결단의 과정이라고 할 수 있다. 따라서 순간의 선택이 그대를 나락으로 떨어뜨릴 수 있고, 천상의 행복으로 끌어올릴 수도 있다.

그러니 선택을 한다는 것이 얼마나 두려운 일인가. 그래서 신이 인간의 길을 인도해 주지 않는 자유란 정말 무서운 것이다.

본연 本然

22日

우리가 사랑의 존재임을 전해 주는 소리는
우리 속에 살아 있는 본연의 소리이다.

사람이 증오에 빠져 있는 생활은 인생의 끝을 의미하지만, 사랑에 빠져 있을 때의 인생은 힘 있게 약동한다.

아무리 그렇다 해도 우리는 언젠가 모두 죽는다. 영원히 살 수는 없다. 우리에게는 아주 짧은 생의 순간이 주어졌을 따름이다.

하지만 우리의 영혼이 공포를 느낄 필요는 없다. 우리 육체는 죽어도 영혼은 영원히 살아 있을 것이다.

나 이전에 내가 존재했으며 또 이후에도 존재할 영원 속의 짧은 일생임을 생각하라. 우리의 정신은 육체를 영원히 기거할 집으로 삼고 있는 것이 아니다.

육체는 우리가 잠깐 머물다 가는 여인숙에 불과하다.

궤변 詭辯

23日

인간은 참된 지식을 완전하게 얻을 수 없다.
인간은 다만 지식에 가까이 갈 수 있을 뿐이다.

소크라테스는 기본 원리에 있어서 매우 엄격하였다. 그는 말했다.

"궤변론자들은 인생에 대해 무엇이든 알고 있고 설명할 수 있다고 자신한다. 그러나 그들의 말은 너무나 자의적이다. 중심이 없고 변덕스럽기 그지없어 성실한 사람들이 경청할 만한 것이 못 된다."

우리들 인간보다 높은 곳에 있는 것, 그리고 낮은 곳에 있는 것, 과거에 속하는 것, 그리고 미래에 존재하는 것의 커튼을 올리고자 하는 자는 차라리 태어나지 않음이 좋다.

필요 이상으로 많이 아는 것보다, 적게 아는 편이 오히려 낫다. 지나친 지식과 너무 무거운 짐이 되는 지식, 그리고 허영을 위한 지식을 두려워하라.

간소 簡素

24日

사람은 때로 극히 단순해질 필요가 있다.
너무 복잡하고 어지러운 세상을 견디는 힘이 되기 때문이다.

깊은 지혜와 사상을 갖고 있는 사람일수록 단순하게 표현한다. 그런데 현학적인 사람들은 보통 사람들이 이해할 수 없는 기묘한 말을 사용하여 아주 단순한 문제를 어렵게 만드는 재주가 있다.

라틴어로 말하는 신부의 기도를 듣고, 그 말을 알아듣지 못하는 교인들은 얼마나 어리둥절할 것인가.

단순이여, 단순이여, 단순이여! 내 말하노니 그대의 사건을 하나나 둘로 하라. 백이나 천으로 말하지 말라. 오로지 단순화, 단순화시켜라!

사람들은 아주 단순한 진리를 무시하고 '단순성' 이라고 잘못 부르고 있다.

살인 殺人

25日

쇠는 인간을 죽이지 않는다. 죽이는 것은 손이다.
그 손은 마음에 따른다.

한무제漢武帝가 아직 태자로 있을 때 아버지 황제에게 문안을 갔더니 마침 옥사가 벌어지고 있었다. 사연은 이러했다.

어떤 홀아비가 처를 잃고 새 아내를 얻었는데, 그 새 아내가 고약하여 남편을 살해하였다. 그러자 전처의 소생이 죽은 아비의 원수를 갚는다고 계모를 살해하였고, 아들은 어미를 죽인 죄로 잡혀와 재판을 받고 있었다. 황제는 그 아들이 아비의 원수를 갚은 것은 잘한 일이지만, 어미를 죽인 것은 도리에 어긋나는 일이라 여겨 태자에게 물었다.

"네 생각에는 어찌하면 좋겠느냐?"

태자는 서슴지 않고 대답했다.

"무죄라고 생각합니다. 지아비를 죽였을 때 벌써 그 여자는 그의 아내가 아닙니다. 그 아비의 아내였기에 자식에게 어미가 되는 것인데, 아비의 아내가 아닌 바에야 어미의 자격이 소실된 것 아닙니까? 그러니까 어미가 아닌 아비 죽인 원수를 갚은 것인데 살모죄란 성립될 수 없습니다."

셰익스피어가 작품 속에서 유난히 살인자를 많이 창조한 것은 그 자신이 살인자가 되지 않기 위한 수단이었을 것이다. 그렇다면 우리는 마음속으로 얼마나 많은 살인을 저지르고 있는 셈인가.

육욕 肉慾

26日

도덕적인 생활을 위해 끊임없이 절제하고 노력해야 한다.
육욕이란 한번 끌려가면 감당할 길이 없기 때문이다.

인간이 정신수양을 마다하면 곧 육체가 그를 정복하고 만다. 그러나 우리가 쉬지 않고 진리를 추구한다면 진리는 우리의 것이 된다.

인간은 선과 악을 놓고 끊임없이 갈등하고 싸운다. 그러나 악에게 패했을 때는 그 모습이 쉽게 드러나지만 선으로 승리했을 때는 좀체 눈에 잘 띄지 않는다. 그 또한 악이 우리의 마음을 방해하기 때문이다.

우리들 속에 악이 깊은 뿌리를 박고 있으면 있을수록 고뇌도 또한 커진다. 우리는 그 싸움을 피할 수가 없다. 행여 신의 탓으로 돌리지 마라. 왜냐하면 우리들 자신 속에 원죄를 어찌할 수가 없기 때문이다.

더욱이 신을 잃어버린 세대에 악은 기승을 부릴 터이다. 그 악으로부터 우리를 구원할 수 있는 것은 오로지 신을 향한 신앙밖에는 없다.

욕설 辱說

27日

남을 욕하는 것처럼 재미있는 일이 없다.
그러나 그것이 얼마나 큰 죄악인 지 헤아리지 않는다.

세 사람의 친구가 모여서 술을 마시고 있었다. 그들은 술을 마시면서 자신들이 아는 사람들의 흉을 보고 신나게 욕을 하였다. 그러다 세 사람 중의 한 사람이 잠깐 용변을 보러 가는 사이에 남은 두 사람이 그를 욕하기 시작했다. 그리고 그가 돌아왔을 때 나머지 두 사람은 행여 자기 욕을 할까봐 감히 자리를 뜨지 못했다.

남의 이야기만을 듣고 함부로 사람을 판단하지 말라. 또 욕하지도 말라. 그것은 죄악이다. 돈이나 명예를 위해 거짓말을 하는 것과 같이 더러운 행위이다. 더욱이 남을 잘 알지도 못하면서 소문만 가지고 잣대를 들이대려 하는가.

설사 남의 결점을 아주 알았다 해도 함부로 판단하거나 비난하지 말라. 당신이 그를 비난할 때 당신은 더 큰 비난을 당하게 될 것이다.

모방 模倣

28日

모범이 되는 사람을 모방하는 것과
그 사람인 것처럼 행동하는 것 사이에는 큰 차이가 있다.

사람 행위는 이성뿐만 아니라 감정에 의해서도 행해진다. 그런데 무의식적으로 남을 모방하거나 맹목적으로 따라할 때도 적지 않다.

남의 장단에 춤추는 행위처럼 어리석은 것도 없다. 얼마나 치졸한가. 자신의 결단과 용기는 없고, 남이 하는 것이 좋아보여서, 또는 남들이 하니까 똑같이 하겠다는 것은 바보라는 것을 스스로 인정하는 일이다.

자신의 이성이나 내부로부터의 각성에 따르지 않고 남을 모방하여 행동하게 될 때에는 멈추어 서서 생각하라.

'나는 지금 옳은 방향으로 나아가고 있는가?'

인간은 남의 경험을 이용하는 특이한 동물이다.

저주 咀呪

29

한 사람의 악이 모든 사람의 저주가 되기 쉽다.

말없이 흐느껴 우는 어린아이의 저주는 강자의 분노보다 무섭다.

저주는 아기와 같이, 잠자리에서 또는 마즈름나무 밑에서 무의식의 순간에 태어난다. 저주는 아기처럼 태어나서 커 나간다.

그러나 너희는 원수를 사랑하라. 너희를 미워하는 사람들에게 잘해 주고 너희를 저주하는 사람들을 축복하라. 그리고 너희를 학대하는 사람들을 위하여 기도하라.

저주란 악마에게 기도드리는 것이다. 저주는 그것을 마음속에 품었던 사람에게로 간다. 곧 그대에게 칼을 겨누는 것이 저주이다.

저주를 사랑으로 바꾸어라. 신을 향해 기도하라. 저주가 마법처럼 사랑으로 바뀔 것이다.

9月

추방 追放

30日

사랑의 말은 달콤하다. 그러나 말뿐이라면 곧 쓴 맛이 드러날 것이다. 그 쓴 맛을 추방하라. 파멸로 끌려가기 전에 추방하라.

사람은 고독한 존재이다. 우리는 서로를 잘 이해할 수 없다. 그래서 인생이라는 희곡에서 가장 잘된 장면은 사랑과 우리 양심의 내면적인 교섭을 그린 장면이다.

기억하라. 인생에 있어서 중요한 순간은 혼자 있을 때다. 그러나 더 중요한 순간은 고독과 함께 있는 것이 아니라 사랑과 함께 있을 때다. 그렇다고 달콤한 말에 속지 말라.

침묵, 침묵 속에 가만히 숨어 있으라. 그리고 마음속 깊이 파고들라. 그대의 고독은 밤하늘의 샛별같이 그 모습을 나타낼 것이다.

말로 나타난 사상은 허위이다. 흐트러짐 없이, 침묵 속에 사랑을 길러라.

어제 맨 끝은 오늘 허술해지기 쉽고 내일은 풀어지기 쉽다. 나날이 끝을 꽉 매주어야 하듯 사람도 나날이 정진하고 또 경신해야 한다.

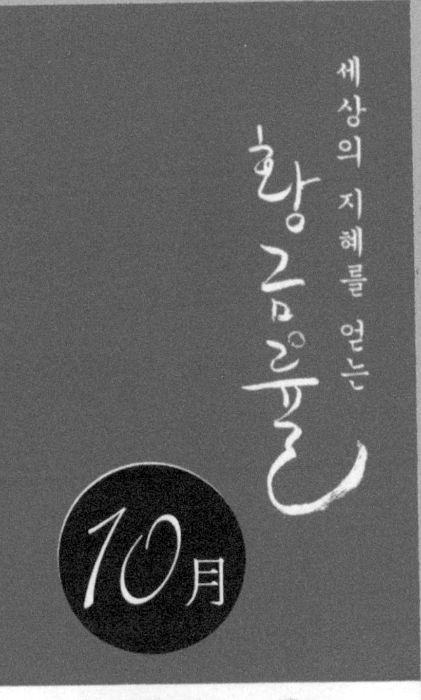

어리석은 자에게 말대꾸 하지 말라. 말대꾸를 하면 그 말은 곧 그대 자신에게로 돌아올 것이다. 누군가 그대를 비방했다 해도 그냥 침묵하라. 비방으로 되갚으려는 것은 타오르는 불 속에 장작을 집어넣는 것과 같다. 침묵하는 것만으로도 그대는 이미 승리한 사람이다.

현자 賢者

1日

현명한 사람은 세상을 피하고, 그 다음은 땅을 피하고,
그 다음은 안색을 피하고, 그 다음은 말을 피한다.

명성을 좇는 사람은 남의 말을 모든 기준으로 삼는다. 쾌락을 좇는 사람은 관능이 기준이다. 그러나 현자는 행동과 실천이 모든 삶의 기준이다.

때문에 현자는 자기 중심이 분명하다. 존재의식과 신에 대한 열정, 그리고 언행 하나하나가 영원의 필연성을 따르고, 끊임없이 노력을 하면서도 마음은 늘 평화롭다.

"여러 사람이 당신을 나쁜 사람이라고 욕합니다."

그런 말을 들었을 때 현자는 아마 이렇게 대답할 것이다.

"감사합니다. 그보다 더한 욕을 해도 저는 할 말이 없는 사람입니다."

귀일 歸一

2日

종교와 도덕에서 말하는 교훈은 다르다.
그러나 그 소임은 동일하다.

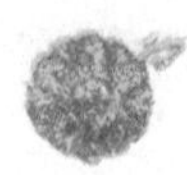

부처는 세상 살면서 다음과 같은 일들이 곤란하다고 하였다.

"가난하면서도 동정심이 많은 것, 부귀공명을 다하면서도 신앙이 깊은 것, 운명에 굴하지 않는 것, 정욕을 억제하는 것, 유혹에도 동요하지 않는 것이다. 그리고 성공하지 못했더라도 정신이 굳센 것, 악으로 앙갚음을 하지 않으며 모욕을 참는 것, 사물의 근본을 캐어 알려고 하는 것, 무지한 사람을 비방하지 않는 것이다. 또한 자아에서 완전히 해방되는 것, 선량한 성질을 가졌으며 학문이 있는 것, 종교 속에 숨은 진리를 아는 것, 싸움을 피하는 것이다."

바구니 속에 먹을 것이 잔뜩 있는데도 내일은 무엇을 먹을 것인지 걱정하는 인간처럼 불쌍한 존재가 없다. 그런 사람은 왜 사는지를 모르기 때문이다.

어리석은 자에게 말대꾸 하지 말라. 말대꾸를 하면 그 말은 곧 그대 자신에게로 돌아올 것이다. 누군가 그대를 비방했다 해도 그냥 침묵하라 비방으로 되갚으려는 것은 타오르는 불 속에 장작을 집어 넣는 것과 같다. 침묵하는 것만으로도 그대는 이미 승리한 사람이다.

재산 財産

3日

참된 재산은 도둑이 훔칠 수 없고,
죽은 뒤에도 결코 썩지 않는다.

재산으로 완전한 만족을 누릴 수는 없다. 재산이 늘어날수록 만족은 감소되고 욕심은 더욱 커지는 법이다. 그래서 다른 사람보다 수백 배나 많은 재산을 가지고 있으면서도 만족할 줄 모르는 사람은 자신을 몹시 불행한 인간으로 여기기 쉽다.

탐욕을 버리고 조그만 것이라도 소중히 여기는 마음, 언제나 타인에게 베풀어 주려는 마음처럼 확실한 태도는 없다. 자기에게 필요하지 않은 것에 욕심을 부리지 말라.

가난이 괴롭다면 재산을 늘리거나 욕망을 줄이는 두 가지 방법이 있다. 전자는 어려운 길이지만 후자는 언제나 가능한 길이다.

결점 缺點

4日

자기의 결점을 잘 아는 사람은
남의 결점을 함부로 꼬집지 않는다.

타인의 비난에 마음이 동요하는 사람은 그릇이 작은 인간이다. 큰 강물에는 돌을 던져도 그 흐름은 흩어지지 않는다. 무릇 몸은 작아도 우주를 마음으로 품을 수 있는 게 인간이다. 그런데 어찌 자기의 그릇을 작게 만드는가.

입장을 바꾸어 놓고 생각해 보면 상대에게 품었던 염오의 감정도 눈 녹듯 사라지고 마는 법이다. 동시에 교만한 마음도 저절로 사라진다.

어리석은 자에게 말대꾸 하지 말라. 말대꾸를 하면 그 말은 곧 그대 자신에게로 돌아올 것이다. 누군가 그대를 비방했다 해도 그냥 침묵하라. 비방으로 되갚으려는 것은 타오르는 불 속에 장작을 집어넣는 것과 같다. 침묵하는 것만으로도 그대는 이미 승리한 사람이다.

어리석은 자에게 말대꾸 하지 말라. 말대꾸를 하면 그 말은 곧 그대 자신에게로 돌아올 것이다. 누군가 그대를 비방했다 해도 그냥 침묵하라. 비방으로 되갚으려는 것은 타오르는 불 속에 장작을 집어넣는 것과 같다. 침묵하는 것만으로도 그대는 이미 승리한 사람이다.

시비 是非

5日

옳고 그름은 반드시 가려야 한다.
그러나 그대가 옳다고 하여 무작정 비난하지는 말라.

한번 뱉어낸 말은 다시 주워 담을 수가 없다. 그러기에 남의 과오를 보더라도 결코 함부로 책망하지 말라. 시비를 가린다고 하여 다 정의가 아니다.

한 번도 과오를 범한 적이 없다고 장담할 수 있는 사람은 아무도 없다. 그대가 진정으로 옳은 사람이라면 책망보다는 상대를 이해시키고 감싸야 한다.

그래도 과오를 깨닫지 못할 경우에는 뒤에 숨어서 비난하지 말고 상대 앞에서 권면하라. 다만 권면의 말은 부드러워야 한다.

어리석은 자에게 말대꾸 하지 말라. 말대꾸를 하면 그 말은 곧 그대 자신에게로 돌아올 것이다. 누군가 그대를 비방했다 해도 그냥 침묵하라.
비방으로 되갚으려는 것은 타오르는 불 속에 장작을 집어넣는 것과 같다. 침묵하는 것만으로도 그대는 이미 승리한 사람이다.

병환 病患

6日

병은 몸과 마음을 혹사했을 때 찾아온다.
그러기에 병이 들었을 때는 자기 자신을 돌아보라.

'건강한 육체에 건전한 정신이 깃든다' 는 말은 천 번 만 번 지당하다.

또한 건강한 정신이 육체를 건강하게 만든다. 도덕적 생활, 노동, 검소한 식사, 절제, 금욕 등은 건강의 모든 조건을 내포하고 있다.

그래도 인간에게 찾아오는 것이 병이다. 병상에 누우면 평범하고 지겨웠던 생활이 아주 소중하게 생각되는 법이다. 또 죽음에 대한 공포는 비록 고단한 삶조차도 아름답게 여기게 만든다.

그러니 병을 너무 두려워하지 말라. 자기 자신을 돌아볼 수 있는 소중한 기회로 삼으라.

7日 망각 忘却

사람은 무엇이든 다 잊을 수 있다.
그러나 자기의 본질만은 잊어서는 안 된다.

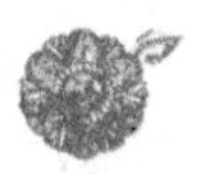

세상 사람들은 당연히 잊을 것은 잊지 않고 꼭 잊지 않아야 할 것은 잊어버린다. 예컨대 잊어버려야 할 원망은 세세하게 기억하고, 잊지 말아야 할 은혜는 쉽게 잊어버린다.

철학자 쇼펜하우어는 대단한 사람이었다. 그는 자기의 저서를 읽어 내려가다 흥에 겨우면 무릎을 치거나 어깨를 으쓱거리며 떠들어대곤 했다.

"이건 굉장한 영감으로 쓴 책인데, 대관절 이런 책을 쓴 사람은 누구일까? 천재는 바로 이런 사람을 두고 하는 말이거든!"

그 책을 쓴 사람이 바로 자신이라는 걸 잊고 그렇게 좋아했다고 한다.

지나간 기쁨은 고뇌를 깊게 하고 슬픔은 후회와 뒤엉킨다. 후회도 그리움도 소용이 없다면 바라는 것은 다만 망각뿐이다.

동정 同情

남의 괴로움을 동정하는 것은 인간의 마음이다.
그러나 그 괴로움에서 구원해주는 것은 신의 마음이다.

마르틴 루터는 아름다운 음성의 소유자였다. 가난한 친구들을 위해, 빵 조각을 얻으려고 노래를 부르며 거리를 돌아다녔다. 이 집 저 집 구걸을 하다가 그는 마침 어느 집에 들어갔다.

집주인은 청년이 자기 교회의 성가대원임을 알고서 동정심에 식사를 대접하였다. 그러나 집주인은 그 가난한 청년이 장차 위대한 종교운동의 지도자가 될 줄은 상상도 못했을 것이다.

프랑스의 문호 아나톨 프랑스가 낯선 상점 주인에게 물건의 값을 물었다.

“영감이 사신다면 15프랑에 드리지요.”

“그게 무슨 소리요? 영감이 사신다면이라니. 누가 그런 값싼 대접을 받겠다 했소. 자, 20프랑을 주겠소. 난 단 한 푼이라도 선심을 받지 않겠소.”

그는 값싼 동정이 싫었던 것이다.

어리석은 자에게 말대꾸 하지 말라. 말대꾸를 하면 그 말은 곧 그대 자신에게로 돌아올 것이다. 누군가 그대를 비방했다 해도 그냥 침묵하라. 비방으로 되갚으려는 것은 타오르는 불 속에 장작을 집어넣는 것과 같다. 침묵하는 것만으로도 그대는 이미 승리한 사람이다.

의식 意識

9日

정신적인 자아와 의식이 분명한 사람은
생활에 있어서도 불행을 경험하지 않는다.

존재의식이 분명한 사람은 운명이 아무리 사나워도 굴하지 않는다. 아무리 빈한한 처지에 있더라도 자존의식이 그를 우뚝 세울 것이다.

인간은 자기 자신 속에 위대하고 전능한 그 무엇이 존재하고 있음을 잊어버린다. 그래서 작은 문제에도 괴로워하고 슬퍼한다. 그러나 위대하고 전능한 신의 은총을 조용히 기다리는 사람의 영혼은 그 마음에 오로지 평안과 기쁨이 넘칠 것이다.

구원을 원하는가? 먼저 자기의 존재의식을 깨달아라. 정신력을 통해 끊임없이 노력하라. 강한 정신력이야말로 그대를 구원해 주는 동아줄 같은 것이다.

물질 物質

10日

빈손으로 왔다가 빈손으로 가는 것이 인생이다.
그것을 안다면 물질이 최선이 아님을 알 것이다.

인생은 물질과 정신의 싸움이라 할 수 있다. 물질이 정신을 이기고 지배하느냐, 정신이 물질을 지배하느냐에 따라 삶의 가치가 극명하게 달라진다.

정신이 물질을 지배하면 자유롭지만, 만약 물질이 정신세계를 지배한다면 그 영혼은 부자유스러울 수밖에 없다.

인간이 다른 동물과 구별되는 것은 '정신' 때문이다. 인간의 모든 지적인 노력-학문, 종교, 예술-은 물질로 이룰 수 없는 것들이다. 이기적인 동기에서는 이룩할 수 없는, 차원이 다른 세계이다.

흔히들 물질과 정신을 수레의 두 바퀴로 빗대어 말한다. 그런데 물질의 바퀴는 자꾸만 돌고 있는데, 정신의 바퀴는 녹슨 채 돌아가지 않는다면 어찌 되겠는가. 오늘날 우리들 모습이 바로 녹슨 바퀴와 같다.

어리석은 자에게 말대꾸 하지 말라. 말대꾸를 하면 그 말은 곧 그대 자신에게로 돌아올 것이다. 누군가 그대를 비방했다 해도 그냥 침묵하라.
비방으로 되갚으려는 것은 타오르는 불 속에 장작을 집어넣는 것과 같다. 침묵하는 것만으로도 그대는 이미 승리한 사람이다.

거만 倨慢

11日

갈대는 세찬 비바람에도 꺾이지 않는다.
그러나 뻣뻣한 가지는 허망하게 부러지고 만다.

훌륭한 가르침을 들었다고 해서 금세 다른 사람에게 가르치려고 하는 사람이 있다. 그러한 행위는 금방 먹은 것을 토하는 것이나 다를 바가 없다.

자신의 어리석음을 아는 인간은 오히려 지혜롭다. 그러나 자신이 지혜롭다고 믿는 인간은 오히려 어리석다는 사실을 알라.

자존심이 강한 사람은 언제나 도량이 좁다. 어찌 보면 도량이 좁기 때문에 자존심만 강한 것이다.

하나를 알고서 열을 아는 것처럼 떠드는 자가 있고, 세상의 모든 선을 혼자서 베푸는 것처럼 떠드는 자들이 있다. 그들의 거만에 때로 사람들은 현혹된다. 하지만 시간이 지나면 그런 자들은 곧 웃음거리로 전락하고 만다.

관습 慣習

12日

관습에 매이는 것은 자신의 발을 묶어놓고 산으로 달려가겠다는 것과 다를 바가 없다.

나는 나의 의지대로 행동해야 한다. 다른 사람의 생각은 나에게 중요하지 않다.

위대한 사람은 다른 사람들이 생각하지 않은 길을 묵묵히 걸어갔음을 기억하라.

사회는 사람들에게 요구한다.

'우리들이 생각하는 것과 같이 생각하라. 우리들이 믿는 것을 믿으라. 우리들이 먹고 마시는 것을 먹고 마시라. 우리들이 입는 것을 입으라. 그렇지 않으면 그대는 사람들에게 미움을 받으리라.'

만약 그 말에 따르지 않으면 비웃음과 욕설, 악담, 비방, 배척과 증오에 부딪칠 것이다. 그러나 그대가 정당하다면 가시밭길을 헤치고 나갈 용기와 신념을 가지라.

어리석은 자에게 말대꾸 하지 말라. 말대꾸를 하면 그 말은 곧 그대 자신에게로 돌아올 것이다. 누군가 그대를 비방했다 해도 그냥 침묵하라. 비방으로 되갚으려는 것은 타오르는 불 속에 장작을 집어넣는 것과 같다. 침묵하는 것만으로도 그대는 이미 승리한 사람이다

정치 政治

13日

군주정치는 참주정치로, 귀족정치는 과두정치로, 민주정치는 무정부 상태로 타락한다.

나라를 강대하게 만드는 방법은 때로 백성의 뜻에 따르고, 그들이 순종할 때는 칭찬을 하며 좋은 정책을 강력히 추진하는 데 있다. 가혹하고 전제적인 방법을 쓰지 않는 한, 백성은 즐겁게 순종하며 지지한다.

정치가는 통치자의 엄격성과 지도자로서의 온유함을 겸해야 하는 까닭에 아주 힘들다. 그러나 두 가지가 조화를 이루면 신이 우주를 다스리는 것처럼 만사가 형통할 것이다. 억압도 폭력도 필요가 없다.

그런데 정치는 이상도 없고 위대함도 없는 자들에 의해 이끌려 간다. 그래서 정치는 바보들에게 맡기는 것도 좋은 방법이다. 다스리려 하지 않고, 자연의 조화처럼 법이 시행되는 것이 최선의 정치다.

예술 藝術

14日

예술이란 사람이 도달할 수 있는 가장 고귀한 감정이다.
그 고귀한 감정을 전파하는 것이 또 인간의 소업이다.

참다운 예술 작품은 감상자와 작가와의 구별을 없애버린다. 뿐만 아니라 그 작품을 감상하는 모든 사람들 사이의 구별도 없애버린다. 예술의 가장 빛나는 힘이 바로 거기에 있다.

예술은 과학과 함께 인간을 진화시켜왔다. 언어와 의미로 사상을 전하고, 과거와 미래의 모든 사람들과 교류할 수 있는 것이 예술이다.

예술이라는 매개를 통해 불필요하고 저열한 인간의 감정들은 쫓겨나고, 오로지 인간을 행복하게 하는 감성들만 빛난다. 이것이 예술의 힘이다.

어리석은 자에게 말대꾸 하지 말라. 말대꾸를 하면 그 말은 곧 그대 자신에게로 돌아올 것이다. 누군가 그대를 비방했다 해도 그냥 침묵하라. 비방으로 되갚으려는 것은 타오르는 불 속에 장작을 집어넣는 것과 같다. 침묵하는 것만으로도 그대는 이미 승리한 사람이다.

성찰 省察

15日

인간의 사명은 자기의 영혼을 성찰하는 것이다.
영혼을자기 품속으로찾아와 더욱 위대하게 만드는 것이다.

힘은 성장하면서 커진다.

그것은 육체와 정신의 관계와도 같다. 만약 그대의 정신이 더 이상 성장하지 않는다면 물질적인 세계도 성장을 멈출지 모른다.

인생의 의의는 인간으로서의 완성에 있다. 그리고 사회생활을 완성하는 임무에 종사하는 데 있다.

인간은 살아있는 동안 완성될 수 있으며, 사회에 봉사하며 광명을 누릴 수 있다.

각성 覺醒

16日

애원하는 눈이 있고, 주장하는 눈이 있고, 기웃거리는 눈이 있다.
눈은 온갖 운명을 담는다.

과실이 익기 시작하면 꽃잎은 떨어진다. 그처럼 그대 마음속에 신의 의식이 성장할 때, 그대의 약한 마음은 사라진다. 가령 몇 천 년 동안 어둠이 공간을 가득 채우고 있었다 하더라도 한 줄기의 광명이 비추면 곧 세상은 밝게 빛나기 시작할 것이다..

그대의 영혼도 마찬가지이다. 아무리 오랫동안 어둠 속에 있다 하더라도 사랑이 그 속에서 눈을 뜨기만 하면 그대의 영혼은 곧 눈부신 빛을 발하게 될 것이다.

눈은 사자처럼 용감하다. 배회하고 달리고 뛰고 여기에 번쩍 저기에 번쩍, 멀리 있는가 하면 가까이에 있다. 언어의 장벽이 무슨 소용이랴.

얼마나 많은 인생의 지혜가 눈을 통해 한 사람의 영혼으로부터 다른 사람에게로 전해져 왔던가!

어리석은 자에게 말대꾸 하지 말라. 말대꾸를 하면 그 말은 곧 그대 자신에게로 돌아올 것이다. 누군가 그대를 비방했다 해도 그냥 침묵하라. 비방으로 되갚으려는 것은 타오르는 불 속에 장작을 집어넣는 것과 같다. 침묵하는 것만으로도 그대는 이미 승리한 사람이다.

신화 神話

17日

신화는 옛날에 있었던 일이 아니라 마땅히 있어야 할 일이다.
신화는 이상理想이다. 그러므로 처음부터 존재했을 것이다.

인간의 열망으로 태어난 신화들이 있다. 이러한 신화들은 단지 신화에 그치는 것이 아니다. 왜냐하면 그것들은 실제적이고도 현존하는 진리에 근거를 두고 있기 때문이다. 수없이 구전되면서도 변하지 않는 진리가 바로 신화이다.

미래의 비전은 상상의 옷을 입을 수밖에 없으므로 신화는 존재해야만 한다. 그러나 진리 대신에 들어서는 신화도 있고 진리에 날개를 달아 주는 신화도 있다.

21세기를 목전에 두고 있으나 어떤 사람들의 마음은 아직도 석기시대에 머무르고 있다. 대다수의 사람들은 독립적이고 합리적이며, 또한 객관적으로 될 만큼 성숙하지 못했다. 자기 자신을 제외하고는 삶의 의미를 줄 권위가 없다는 사실을 참고 견디기 위해서라도 사람들은 신화와 우상을 필요로 한다.

총명 聰明

18日

영리한 사람은 어리석은 사람의 잘못을 피하지만
어리석은 사람은 영리한 사람의 좋은 점을 흉내 내지 못한다.

빛이 그대들과 함께 있는 시간은 일순간에 지나지 않는다. 그러므로 어둠이 그대들을 삼켜 버리지 않도록 빛이 있는 동안에 전진하라. 어둠 속을 헤매는 자는 어디로 갈 바를 모른다.

만약 그대가 누구에게나 착한 일을 하고 사랑을 보일 수 있다면 지금 당장 실행하도록 하라. 왜냐하면 기회는 한 번 오고 어쩌면 다시는 오지 않을지 모르기 때문이다.

모든 순간을 가장 소중한 시간으로 대할 때, 가장 사소한 의무조차도 가치 있는 것이 된다.

이 세상에는 강한 힘이 작용하고 있다. 아무도 그 힘을 막을 수 없다. 그 힘의 증거는 삶에 대한 새로운 이해이며 인간에 대한 새로운 존경이며, 모든 사람들은 오직 사랑 안에서 한 형제라는 사실이다.

어리석은 자에게 말대꾸 하지 말라. 말대꾸를 하면 그 말은 곧 그대 자신에게로 돌아올 것이다. 누군가 그대를 비방했다 해도 그냥 침묵하라. 비방으로 되갚으려는 것은 타오르는 불 속에 장작을 집어넣는 것과 같다. 침묵하는 것만으로도 그대는 이미 승리한 사람이다.

철학 哲學

19日

종교에 있어서는 신성한 것만이 진실이다.
그러나 철학에 있어서는 진실한 것만이 진실이다.

나는 무엇인가. 나는 무엇을 할 것인가. 나는 무엇을 믿을 수 있으며 무엇을 희망할 수 있는가. 이 모든 질문 때문에 우리는 철학의 세계로 들어가는 것이다.

'어떻게 영혼의 부패를 막겠는가' 하는 것은 어디에서도 배울 수가 없다. 다만 자신이 알고 있는 바를 실천하고 수행할 따름이다.

어떤 사람이 감옥에 갇혔다고 가정해 보자. 그에게 어떤 판결이 내려질지 그는 모른다. 만약 그 사람이 한 시간 후에 사형선고를 받게 되리라는 것을 안다면 한가하게 트럼프 놀이나 하면서 시간을 보내겠는가. 그건 상상할 수도 없는 일이다.

그러나 많은 사람들은 신과 영원에 관하여 생각하지 않고, 그 죄수와 같은 마음으로 세월을 보내고 있는지도 모른다.

재능 才能

우리가 할 수 있는 일은 다만 온실을 만들어 주고
잘 자라는지 못 자라는지 지켜볼 따름이다.

20日

재능은 근면과 노력에 의해 얻어지는 능력이며 자발적인 힘이다.

그러나 재능이 있다고 드러내놓고 자랑할 것은 아니다. 또한 재능이 남들보다 없다고 하여 열등감에 사로잡힐 일도 아니다.

잘난 사람도 어떤 점에서는 다른 사람만 못할 것이며 못난 사람도 어떤 점에서는 남보다 나을 수 있다. 자기가 항상 뛰어나다고 생각하는 사람은 도리어 무거운 짐을 진 것과 다름없다. 그는 정신적으로 늘 부담을 느끼기 때문이다.

또 사람이 재능을 가지고도 그것을 발휘하지 못하면 분명 인생에 실패하게 될 것이다. 물론 재능을 완전히 발휘하는 방법을 터득한다면 인생의 만족과 승리감을 맛볼 수 있을 것이다.

어리석은 자에게 말대꾸 하지 말라. 말대꾸를 하면 그 말은 곧 그대 자신에게로 돌아올 것이다. 누군가 그대를 비방했다 해도 그냥 침묵하라. 비방으로 되갚으려는 것은 타오르는 불 속에 장작을 집어넣는 것과 같다. 침묵하는 것만으로도 그대는 이미 승리한 사람이다.

폭풍 暴風

21日

폭풍이 거친 파도를 일으키는 것처럼
정욕, 불안, 공포 등은 인간을 때로 격렬하게 만든다.

너그럽고 아름다운 마음을 가지고 있는 사람은 언제나 평화롭다. 마음이 좁은 사람이 불평불만을 일삼는다.

생활을 이지의 빛 속에 두는 사람, 무슨 일을 겪든 절망하지 않는 사람, 양심의 괴로움을 모르는 사람, 고독을 겁내지 않고 소란한 모임을 가까이 하지 않는 사람, 그런 사람이 평화로운 사람이다. 그는 사람들로부터 멀어지지도 않으며 사람들에게 쫓기지도 않는다.

자신이 처한 자리를 확실히 깨닫고 있을 때 마음에 두려움이 없어진다. 정신의 초조가 없어지면 비로소 평화가 온다. 이 평안을 가진 사람은 사색을 많이 한 결과이다. 이와 같은 사람은 모든 진리를 받아들일 수 있는 사람이다.

완벽한 행복이나 완벽한 평안은 불가능하다. 또 반드시 필요하지도 않다. 다만 편안한 때가 오면 그것을 귀중하게 생각하고 오래 지속되도록 노력하라.

자존 自尊

22日

자존심은 교만의 시초이다.
교만은 자존심이 억제력을 잃었을 때 그 모습을 나타내는 것이다.

자존심을 유난히 내세우는 사람은 이 세상에서 누구보다도 자기를 높은 곳에 두고 싶다는 본능에 매달리는 것과도 같다. 그러니 자존심은 그 자체로 위험하다. 높은 곳에 매달리려면 다른 사람과 숱하게 충돌할 수밖에 없기 때문이다.

우리는 사람들 앞에서 자기의 비열함을 감추려고 부질없는 노력을 하고 있다. 심지어는 자기 자신마저도 감추려고 애쓰는 것이다.

인생에 있어서 가장 중요한 것은 자기완성이다. 그러나 자기가 다른 사람보다 잘났다고 생각하고 자랑하고 돌아다닌다면 자기완성은 언제 이루어지겠는가.

어리석은 자에게 말대꾸 하지 말라. 말대꾸를 하면 그 말은 곧 그대 자신에게로 돌아올 것이다. 누군가 그대를 비방했다 해도 그냥 침묵하라. 비방으로 되갚으려는 것은 타오르는 불 속에 장작을 집어넣는 것과 같다. 침묵하는 것만으로도 그대는 이미 승리한 사람이다.

가책 苛責

23日

모든 사람은 범죄적 성향을 가지고 있다.
다만 죄의식을 느끼는가 아닌가의 차이가 있을 뿐이다.

양심이야말로 선과 악에 대한 확실한 판결자이다. 인간을 신과 가깝게 하는 것은 오직 양심뿐이다. 양심은 인간 본연의 모습을 형성한다.

인간이 동물보다 우월하다면 그것은 양심 때문이다. 양심 없이는 옳은 판단을 내릴 수 없으며 이성은 그 기반을 잃고 만다.

양심에 가책되는 일을 하지 말라. 진리에 배반되는 말을 하지 말라. 이 점을 가장 중요한 것으로 알고 지키라. 양심과 진리에만 의존한다면 모든 인생의 문제를 해결할 수 있을 것이다.

이성이 용서하지 않는 것을 탐내지 말라. 모든 사람의 행복을 원하라. 개인적인 이득을 탐내는 그 마음을 버려라. 그대 내부에서 들려오는 양심의 나지막한 소리에만 귀 기울이라.

만약 萬若

24日

만약 인간의 생활 근원이 동일하지 않다면
우리가 경험하는 감정을 어떻게 설명할 수 있을 것인가?

나를 노엽게 한 상대방을 '그 역시 불행한 인간'이라 생각한다면 노여움은 곧 사라질 것이다. 이보다 빨리 노여움을 풀게 하는 길은 없다. 노여움에 대하여 동정은 불에 대한 물과 같은 것이기 때문이다.

타인에 대해 분노한 나머지 그에게 괴로움을 되갚아 주려는 것은 부질없는 일이다.

사람이 걸어야 할 올바른 길, 지켜야 할 도덕은 먼 곳에 있는 것이 아니다.

만약 멀리 있는 것, 즉 자기들의 본질과 일치하지 않는 것을 도덕이라고 한다면 그것은 잘못되었다. 자기 자신을 대하듯 다른 사람을 대하는 것이 믿을만한 도덕이다. 그는 자기가 바라지 않는 것은 남에게 행하지 않는다.

어리석은 자에게 말대꾸 하지 말라. 말대꾸를 하면 그 말은 곧 그대 자신에게로 돌아올 것이다. 누군가 그대를 비방했다 해도 그냥 침묵하라. 비방으로 되갚으려는 것은 타오르는 불 속에 장작을 집어넣는 것과 같다. 침묵하는 것만으로도 그대는 이미 승리한 사람이다.

가치 價値

25日

자기 스스로 대단한 존재라고 생각하는 사람은 거만하다.
또 자기 가치를 실제보다 적게 생각하는 사람은 비굴하다.

중국 전한 시대 때의 이야기이다.

흉노의 토벌에 나선 이능은 잘 싸웠지만 중과부적으로 마침내 포로가 되어 버렸다. 그러나 흉노는 이 명장을 후히 대접하였다. 이를 전해들은 무제는 격노하여 이능의 일족을 몰살하려고 하였다.

일신의 안전과 이익만 도모하는 군신들 중 어느 누구도 이능을 위해 변명해 주는 일을 하지 않았다. 다만 사마천만은 진상을 꿰뚫어 보고 이능을 변호하였다. 그 말을 듣고 더욱 격노한 무제는 사마천을 하옥시키고, 가혹하게도 생식기를 잘라 버리는 궁형宮刑에 처하였다.

사마천은 치욕에 괴로워 몸부림치면서도 〈사기史記〉를 집필했다.

비록 천 길이나 되는 흙이 있다 하더라도 한 자짜리 옥빛을 가리지 못하는 것이고, 또한 백 길이나 되는 물이 있다 해도 한 치 밖에 안 되는 옥의 광채를 감추지 못하는 것이다.

병고 病苦

28日

아프지 않은 사람은 병의 고통을 모른다.
그러나 병고를 통해 삶의 의미를 깨닫지 못한다면 둔한 사람이다.

병을 자각한다는 것은 육체를 지키기 위한 필수조건이다. 마찬가지로 고뇌라는 것은 탄생에서 죽음에 이르기까지 우리들의 생활에 있어서 없어서는 안 될 조건이다.

병이 났으면 그 병은 육체의 병이지 마음의 병은 아니다. 다리를 다쳐 절룩거리면 그것은 어디까지나 다리에 생긴 고장이지 내 마음에 생긴 고장은 아닌 것이다. 그 한계를 분명히 안다면 언제나 그 마음을 온전히 보장할 수 있다.

병은 정신적 행복에 이르기 위한 한 형식이다. 병은 우리들의 욕망, 우리들의 불안에 확실한 한계를 설정하기 때문이다.

어리석은 자에게 말대꾸 하지 말라. 말대꾸를 하면 그 말은 곧 그대 자신에게로 돌아올 것이다. 누군가 그대를 비방했다 해도 그냥 침묵하라. 비방으로 되갚으려는 것은 타오르는 불 속에 장작을 집어넣는 것과 같다. 침묵하는 것만으로도 그대는 이미 승리한 사람이다.

반성 反省

29日

과실을 부끄러워하라.
그러나 회개하는 것은 부끄러워하지 말라.

우리는 매일매일 세수를 하듯 마음도 매일 다듬지 않으면 안 된다. 한 번 청소했다고 해서 언제까지나 방 안이 깨끗한 것은 아니다. 우리의 마음도 한 번 반성하고 좋은 뜻을 가졌다고 해서 늘 그 상태로 간직되는 것은 아니다.

어제 가진 뜻을 오늘 새롭게 하지 않으면 그것은 곧 우리를 떠나고 만다. 그렇기 때문에 어제의 좋은 뜻은 마음속에 새기며 되씹어야 한다.

당신이 불행하다고 느끼고 있다면 조용히 가슴에 손을 얹고 당신의 세계관이나 인생관을 반성해 볼 필요가 있다. 구체적으로는 당신의 생활 습관이 어떠한가 살펴보라!

사람을 사랑하되 그가 나를 사랑하지 않거든 나의 사랑에 부족함이 없는가를 살펴보라. 사람을 다스리되 그가 다스림을 받지 않거든 나의 교도에 잘못이 없는가를 살펴보라. 사람을 존경하는데 보답이 없거든 나의 존경에 모자람이 없는가를 살펴보라.

행하여 얻음이 없으면, 나 자신을 먼저 반성하라. 내가 올바를 때 천하는 모두 나에게 돌아온다.

10月

과도 過度

30日

정도를 지나친 자아는 곤란하다

너무 지나치면 과대망상이란 병이 되고 만다.

어리석은 자에게 말대꾸 하지 말라. 말대꾸를 하면 그 말은 곧 그대 자신에게로 돌아올 것이다. 누군가 그대를 비방했다 해도 그냥 침묵하라. 비방으로 되갚으려는 것은 타오르는 불 속에 장작을 집어넣는 것과 같다. 침묵하는 것만으로도 그대는 이미 승리한 사람이다.

자기 부정은 자유를 파괴하는 것이라고 사람들은 잘못 생각하고 있다. 사람들은 자기 부정만이 사욕의 노예가 되는 길에서 해방되고 참된 자유를 얻게 된다는 사실을 알지 못한다.

우리들의 정념은 가장 잔악한 폭군이다. 정념에 패배함은 그대의 자유를 잃는다는 사실을 의미하는 것이다. 그와 같은 예속에서 자기를 해방하라.

자기 자신을 부정하는 것은 신에 속하는 생활이다. 너무 교만한 자아는 위험하기 짝이 없는 것. 우리는 신에 속하는 생활에 한 걸음 가까이 가지 않으면 안 된다. 자아에서 해방되어야 한다.

전통 傳統

31日

새로운 진리가 나타났을 때 가장 방해가 되는 것이 전통이다.
낡은 것의 완고함이 새로운 생명의 싹을 누르는 것이다.

전통이라고 하여 무조건 따르고 모방하는 것처럼 어리석은 일은 없다. 그런 사람에게는 발전을 기대할 수가 없다.

전통이란 우리가 습득할 수 있는 것이 아니다. 전통은 우리가 원한다고 잡아당겨 올 수 있는 실 같은 것이 아니다. 전통을 선택할 수 있는 가능성은 우리가 자신의 조상을 선택할 수 있는 가능성만큼 적다. 전통을 갖지 못한 자가 전통을 몸에 지녀 보려고 하는 것은 이루지 못할 사랑을 하고 있는 것과 마찬가지이다.

전통은 엄밀하게 말해서 어떤 지식의 전달이 아니라, 어떤 종류의 인간적 특성의 전달이다. 오래된 씨는 생명의 싹을 내부에 갖고 있다. 그것은 새 시대의 토양에 뿌려질 필요가 있는 것이다.

논쟁을 피해 침묵을 지킬 줄 아는 사람은 신에 가까운 사람이다. 누군가 그대를 슬프게 하고 기분을 상하게 하였을 때 그대 마음이 진정되기까지는 침묵하라. 굳이 항의를 하려거든 흥분을 가라앉힌 다음에 하라. 많은 말을 할수록 엉뚱한 말도 나오는 법이다.

자긍 自矜

1日

자신의 일에 자긍심을 가지라.
스스로 긍지를 느끼지 못한다면 성공도 멀어질 것이다.

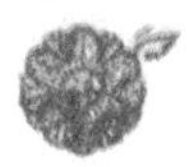

거리를 맑고 깨끗하게 한다는 자긍심으로 일을 하는 청소부는 행복하다. 그러나 마지못해 먹고 살기 위해서 하는 일이라면 어렵고 고될 따름이다. 뿐만 아니라 그 삶도 비참하다.

과학자가 인류에게 삶의 행복을 선물하기 위해 발명한다는 자긍심을 가질 때 참으로 희열을 느낄 것이다. 그러나 명예와 부를 얻기 위해 발명을 한다면 그 또한 노예근성을 드러낼 따름이다.

정치가가 세상의 평화와 사회의 안녕을 위해 자신을 던지면서 만족을 하고 자긍심을 갖는다면 이 세상에 전쟁은 사라지고 없을 것이다. 그러나 헛된 욕망과 뒤틀린 자존심이 불화를 불러일으킨다.

자신이 하고 있는 일에 온 정성을 다하라. 그리고 일의 성과가 타인에게 기쁨이 되었을 때 자긍심을 느낄 것이다. 겸손하지 않은 자는 자긍심도 없다.

순수 純粹

어린 아이의 미소에서 우리는 순수를 느낀다.
흠도 티도 거짓도 없기 때문이다.

우리는 있지도 않은 것으로 자신을 꾸미고, 남들 앞에 내세우고 싶어 한다. 그래서 조그만 것만 얻어도 과장하고 자랑하기 바쁘다.

속을 들여다보면 그런 우리의 모습이 얼마나 비겁한가. 헛된 욕망 앞에 사로잡힌, 악마에게 자신을 바치는 존재에 지나지 않기 때문이다.

타인을 칭찬하는 데 인색하지 말라. 그리고 타인의 칭찬만을 들으려고 거짓으로 행동하지 말라. 그대 마음속 깊은 곳에서 우러나오는 영혼의 울림에 귀를 기울이라.

그대가 정말 순수하다면 아무도 알아주지 않는 생활을 할지라도 행복하리라. 시험해 보라. 말할 수 없는 환희를 맛보게 될 것이다.

논쟁을 피해 침묵을 지킬 줄 아는 사람은 신에 가까운 사람이다. 누군가 그대를 슬프게 하고 기분을 상하게 하였을 때 그대 마음이 진정되기까지는 침묵하라. 굳이 항의를 하려거든 흥분을 가라앉힌 다음에 하라. 많은 말을 할수록 엉뚱한 말도 나오는 법이다.

일치 一致

3日

정치는 현상을 유지하고 일치시키려고 애쓰고,
정신은 변화를 촉구해서 더 나은 사회로 나아가기를 원한다.

상대방의 말을 무조건 반대하거나 자신의 의견을 단정적으로 말하는 일을 삼가라. '꼭' 이라든지 '틀림없이' 라든지 단정적인 언사는 일체 피하라.

그 대신 이렇게 말하라.

'내가 틀리지 않는다면 이렇겠지요.'

'나는 아직 그렇게 생각되지는 않는군요'

당신과 반대되는 의견을 상대가 주장할 때에도 정면에서 그것을 공격하거나 덮어놓고 그의 말이 부당하다는 것을 지적하여 그를 화나게 하지 말라. 오히려 그대와 다른 의견을 경청하라.

사회적 문제를 해결하기 위해 필요한 이해력은 논리적 능력에 의해서만 얻어지는 것이 아니다. 모든 것이 일치할 필요는 없다. 서로 달라도 사회는 얼마든지 전진해나갈 수 있다.

논쟁 論爭

노여움을 진정시킬 수 없을 때는 입을 다물고 있으라.
그러면 평온한 상태를 찾을 수 있을 것이다.

논쟁이 반드시 진리를 밝히는 것은 아니라, 오히려 혼란에 빠트린다.

진리는 고독 속에서 익어 간다. 진리가 명확해지면 논쟁 없이도 우리는 얼마든지 그것을 받아들일 수 있다.

확신이 서지 않는 지식을 완고하게 주장해서는 안 된다. 남의 말을 경솔히 믿어서도 안 된다.

논쟁을 피한다는 것은 사실 무척 어렵다. 그러나 의견이란 것은 쇠못과도 같아서 못대가리를 때리면 때릴수록 더욱 깊이 안으로 파고든다.

논쟁을 피해 침묵을 지킬 줄 아는 사람은 신에 가까운 사람이다. 누군가 그대를 슬프게 하고 기분을 상하게 하였을 때 그대 마음이 진정되기까지는 침묵하라. 굳이 항의를 하려거든 흥분을 가라앉힌 다음에 하라. 많은 말을 할수록 엉뚱한 말도 나오는 법이다.

논쟁을 피해 침묵을 지킬 줄 아는 사람은 신에 가까운 사람이다. 누군가 그대를 슬프게 하고 기분을 상하게 하였을 때 그대 마음이 진정되기까지는 침묵하라. 굳이 항의를 하려거든 흥분을 가라앉힌 다음에 하라. 많은 말을 할수록 엉뚱한 말도 나오는 법이다.

심려 心慮

5日

사상은 진리를 확실하게 한다.
옳지 못한 사상은 충분한 시색과 연구를 거치지 못한 사상이다.

이 세상의 번뇌와 가지가지 유혹 속에서 욕망을 억제하기란 쉽지 않다. 하지만 먼저 스스로 계율을 정하라. 다음에 목적을 세우라. 그럼 여하한 유혹에 부딪힐지라도 그것과 싸울 수 있는 힘을 가질 것이다.

계율과 목적을 정했으면 끊임없이 정진을 해야 한다. 촛불을 아무리 밝히려 해도 바람 앞에 놓였을 때는 꺼지기 마련이다. 바람이 불지 않는 곳에서, 바람을 막고서 촛불을 켜야 하리라.

무질서가 되기 전에 질서를 세우라. 큰 나무는 가늘고 작은 가지가 성장하여 이루어진 것이다. 높은 탑도 작은 돌이 쌓여 이루어진 것이다. 천리 길도 한 걸음부터 시작되는 것이다.

유혹은 언제라도 그대를 파멸로 이끌 준비를 하고 있다. 그러니 최후에 이르기까지 처음처럼 조심하라. 그래야만 비로소 원하는 것을 성취할 수 있을 것이다.

훼예 毁譽

6日

자기 자신에 대해서는 엄격하라.
타인에 대해서는 겸손하라. 그러면 적은 없어질 것이다.

어느 날 밤 파티가 있었다. 모임이 거의 끝날 무렵, 한 손님이 인사를 하고 먼저 돌아갔다. 그러자 뒤에 남은 사람들은 일제히 그를 비방하기 시작하였다.

두 번째 돌아간 사람에게도 같은 악담이 퍼부어졌다. 그렇게 해서 손님들이 차례로 떠나고 마지막으로 한 사람만 남게 되었다. 혼자 남은 그는 주인에게 말했다.

"미안하지만 저는 여기서 재워 주십시오. 먼저 돌아간 사람들과 같이 될까 두려워서 저는 집에 갈 수가 없군요!"

남들 앞에서 다른 사람을 비난하는 것처럼 비겁한 것은 없다. 당사자 앞에서는 갖은 칭찬을 늘어놓고 돌아서면 욕을 하는 모습이 얼마나 비열한가.

논쟁을 피해 침묵을 지킬 줄 아는 사람은 신에 가까운 사람이다. 누군가 그대를 슬프게 하고 기분을 상하게 하였을 때 그대 마음이 진정되기까지는 침묵하라. 굳이 항의를 하려거든 흥분을 가라앉힌 다음에 하라. 많은 말을 할수록 엉뚱한 말도 나오는 법이다.

생존 生存

7日

살고 있는 자란 싸우고 있는 자다.
험한 운명의 봉우리를 기어오르는 자다.

장자莊子가 밤나무 숲에서 노닐다가 한 마리 이상한 까치가 날아오는 것을 보았다. 그 날개의 넓이는 일곱 자, 눈 둘레는 한 치나 되었다. 그놈은 날개를 장자의 이마에 스치고 밤나무 숲에 앉았다.

장자는 생각했다. '저 놈은 어떤 새이기에 저렇게 큰 날개를 가지고도 높이 날지 못하고, 저렇게 큰 눈을 가지고도 잘 보지 못하는가?'

이에 옷깃을 걷어 올리고 빠른 걸음으로 화살을 잡아 겨누었다. 그러다가 문득 한쪽을 보니 매미 한 마리가 그늘에 앉아 쉬고 있었다. 그 곁에는 사마귀 한 마리가 풀잎에 숨어 그 매미를 잡으려고 정신을 팔고 있고, 까치는 그 기회를 타서 사마귀를 잡으려고 정신을 팔고 있었다.

장자는 그 광경을 목도하고는 놀랍고 두려워 '아, 슬픈 일이다. 만물은 서로 해치고, 이해관계는 서로서로 짝하고 있구나' 하며 화살을 던져 버리고 도망치듯 달아났다.

장자는 집에 돌아와 석 달 동안을 뜰 앞에도 나앉지 않았다.
우리의 삶의 모습도 그와 다를 바가 없다.

영웅 英雄

영웅은 보통 사람보다 용기가 훨씬 많아서가 아니다.
딴 사람보다 조금 더 오래 용기를 지속시킬 수 있을 뿐이다.

사람은 누구나 떠들고 싶으면 떠들고, 놀고 싶으면 놀고, 마음 내키는 대로 행동하고 싶어 한다. 그러나 한번 작정하였으면 자신에게 충실하라. 마음을 약하게 먹고 바깥세상과 타협하지 말라.

영웅은 평범할 수 없고 평범한 사람은 영웅이 될 수 없다. 진정한 영웅은 삶과 언행에 일관성이 있다.

전쟁터에서 영웅은 불가능에 도전하고 승리를 쟁취한다. 그는 싸우고 승리하고 또 죽인다. 그리고 한껏 이름을 떨친다.

그러나 인간사회의 참다운 영웅은 자신의 존재를 드러내지 않고도 세상을 바꾸는 힘을 발휘한다. 마치 각기 다른 악기들이 모여 오케스트라의 하모니를 이루듯이 자신의 삶에 최선을 다하고, 남을 배려하며 감동을 전하는 자가 진정한 영웅이다.

논쟁을 피해 침묵을 지킬 줄 아는 사람은 신에 가까운 사람이다. 누군가 그대를 슬프게 하고 기분을 상하게 하였을 때 그대 마음이 진정되기까지는 침묵하라. 굳이 항의를 하려거든 흥분을 가라앉힌 다음에 하라. 많은 말을 할수록 엉뚱한 말도 나오는 법이다.

생명 生命

9日

뭇 생명인들 귀하지 않은 것이 없다.
천하를 주고도 살 수 없는 것이 바로 생명이기 때문이다.

영국의 왕 헨리 8세는 프랑스의 왕 프랑소와 1세를 지독하게 미워하였다.

어느 날 헨리 8세는 한 신하를 불러 프랑스 궁정을 위협하는 전언을 주며 그를 칙사로 떠나도록 명했다.

그러자 명을 받은 신하가 부르르 떨면서 말했다.

"만약 폐하의 명을 그대로 프랑스 왕에게 말했다가 저는 살아서 돌아오지 못할 것입니다."

"그것은 걱정하지 마시오. 만약 프랑스 왕이 경을 사형에 처한다면 짐은 프랑스 사람을 모조리 잡아다 목을 자르겠소!"

그 말을 듣고 신하가 다시 왕에게 말했다.

"그 문제는 폐하의 자유입니다. 하지만 영국의 어디를 가서 찾아도 제 목에 맞는 머리는 없을 것입니다."

신하의 말을 듣고 난 헨리 8세는 더 이상 명령을 강요하지 못했다.

생에 대한 외경을 안다면 누구도 함부로 생명을 해치지 못할 것이다.

포말 泡沫

10日

바람에 날리는 겨와 같은 것이 인간이다.
한날 포말로 부서지는 것이 인생이다.

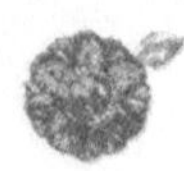

부질없는 희망으로 가득 찬, 인간의 왜소한 그림자를 보라. 그 속에 힘은 없다. 제 스스로 제 몸을 지킬 수도 없다.

이 약하고 힘없는 육체는 나이가 듦에 따라 점점 약해지며 또 그 생명은 언제 죽을지도 모를 일이다. 만물의 영장이라고 하지만 가을날 낙엽처럼 떨어지는 것이 또한 인간이지 않는가.

모든 것의 참된 의미를 알기 위해서는, 눈에 보이는 모든 것을 보이지 않는 세계로, 또 모든 육체적인 것을 정신적인 세계로 귀일시켜야 하리라.

이 세상에서 우리들이 보고 있는 모든 것, 우리들이 생각하고 있는 모든 것은 그 근원이 우리들의 정신 속에 있다.

의무 義務

11日

태어났으면 살아가야 할 의무가 있다.
그리고 살아간다면 세상을 이롭게 할 의무가 있다.

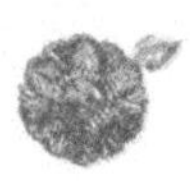

인생의 법칙이란 '완성'에 가까워지는 것을 말한다. 만약 그것을 실행할 수 없다면 어떠한 도덕의 법칙도 있을 수 없다.

사람들은 말한다.

"우리는 이기주의자로 태어난 것이다. 그래서 어차피 자신의 이익이 모든 사람의 이익에 우선된다. 그 사실은 어쩔 수 없다."

아니다. 결코 그렇지 않다. 우리에게 지상의 삶을 통해 천국을 꿈꾸고, 천국을 완성해야 하는 의무가 있다. 아무리 고난이 닥쳐오더라도 천국을 바라볼 수 있다면 바로 우리에게 힘을 줄 것이다.

공순 恭順

12日

공순한 사람보다 더 강한 사람은 없다.
공순한 사람은 자기 자신을 떠나서 생명과 함께 있는 것이다.

이 세상에 물같이 부드럽고 잘 순종하는 것은 없다. 그러나 한 방울 한 방울의 물이 떨어져 바위를 뚫는 것처럼, 자연의 순리는 약한 것이 강한 것을 이긴다.

현재에 만족하고 있는 사람은 매우 강한 자이나 그 사람이 필요 이상의 욕심을 부리는 순간, 매우 약해지고 마는 법이다.

가장 약한 것이 가장 강한 것을 이기는 법이다. 그러므로 공순의 덕은 위대하다. 침묵의 효과는 위대하다. 공순의 덕을 쌓은 사람의 원추형의 꼭대기로부터 바닥 쪽을 향하여 내려오는 사람과 같다. 그가 내려오면 올수록 정신생활의 원주는 점점 넓어진다.

공순하면 공순할수록 사람은 더욱 더 자유롭고 강하게 된다.

논쟁을 피해 침묵을 지킬 줄 아는 사람은 신에 가까운 사람이다. 누군가 그대를 슬프게 하고 기분을 상하게 하였을 때 그대 마음이 진정되기까지는 침묵하라. 굳이 항의를 하려거든 흥분을 가라앉힌 다음에 하라. 많은 말을 할수록 엉뚱한 말도 나오는 법이다.

불만 不滿

13日

족함을 아는 사람은 비록 맨땅 위에 누워 있어도 편하고 즐겁지만, 족함을 모르는 사람은 천당에 있어도 불만을 터뜨린다.

행복의 원리는 간단하다. 자기가 불만에 속지 않으면 된다. 많은 것을 탐내는 사람일수록 큰 불만을 갖는다. 그러나 신이 베푸신 아주 적은 것으로 충분히 만족하는 사람은 행복하다.

자기가 가지고 있는 것에 대해 불만을 느끼는 자라면 전 세계를 자기 것으로 만든다 하더라도 그는 불행할 것이다.

증오는 적극적인 불만이며, 질투는 소극적인 불만이다. 따라서 질투가 곧 증오로 변해도 이상할 것이 하나도 없다.

마음에 조그만 불만이라도 깃들면 그 싹을 잘라버려라.

평가 評價

14日

지식이라고 다 좋은 것은 아니다.
정당한 평가를 받는 지식만이 인생을 밝게 비춘다.

지식에 있어서 중요한 것은 양이 아니다. 생각하는 방향이 올바르지 않으면 의지도 삐뚤어진다. 의지는 생각하는 방향대로 결과가 나타나기 때문이다.

학문이 발달한다고 해서 덕성德性이 좋아지는 것은 아니다. 마음의 바닥이 어디에 있고, 정신의 방향을 어디에 두느냐에 따라 달라지기 때문이다. 정신을 닦지 못하고 불화만 일으킨다면 그것은 학문이 아니다. 그런데 우리는 곧잘 공허하고 기만적인 지식을 참되고 높은 지식과 혼동하고 있다.

많은 사람들의 불행은 자기 자신을 실제보다도 높게 평가하는 데서 생긴다. 사람이 자기 자신을 높게 평가할 때는 착오일 경우가 많지만, 낮게 평가할 때는 좀처럼 틀리지 않는다.

평가는 한 겨울처럼 혹독하고, 서릿발처럼 냉정하다. 모든 인간의 행동이나 계획도 눈에 보이지 않는 동기에 의해 평가받게 될 것이다.

논쟁을 피해 침묵을 지킬 줄 아는 사람은 신에 가까운 사람이다. 누군가 그대를 슬프게 하고 기분을 상하게 하였을 때 그대 마음이 진정되기까지는 침묵하라. 굳이 항의를 하려거든 흥분을 가라앉힌 다음에 하라. 많은 말을 할수록 엉뚱한 말도 나오는 법이다.

화사 華奢

15日

정신적인 생활을 하고 있는 사람에게 부富는 필요하지 않다.
도리어 방해가 될 뿐이다.

'그대의 재보財寶가 있는 곳이 그대의 영혼이 있는 곳이다.'

그 재보를 물질적 부라고만 생각하는 사람은 얼마나 무서운 진흙탕 속에 빠져 있는 것일까!

사람들은 자기의 두뇌나 마음을 살찌우는 것보다 부를 얻기 위해 몇 천 배나 더 많이 마음을 쓰고 있다. 그러나 우리의 행복은 외부에 있는 것이 아니라 내부에 있는 것임을 알아야 한다.

인간에게는 인생을 성찰해 보는 사색의 시간이 필요하다. 그 사색을 통해 얻어지는 정신적인 보화야말로 어떤 재보보다 귀하고 아름답다.

11月

자신 自信

16日

그대가 정의롭고 진실하다면 어떤 일이든 할 수 있다.
자신감을 가지면 타인의 신뢰도 얻는다.

숙련된 선장이라면 폭풍우를 만났을 때 결코 맞부딪치지 않는다. 그렇다고 미리 절망해서 풍파에 배를 내어맡기지도 않는다. 자신감과 성실로써 최후의 순간까지 전력을 다하여 활로를 열어간다. 그러한 자세가 바로 인생의 고난을 돌파하는 요체이다.

자신감은 영웅적인 행위의 정수이다.

자신감이 지나치면 법관은 오판할 수 있고, 교육자는 교육의 역효과를 미처 계산하지 못할 수도 있고, 행정가는 일부의 이익에 지나치게 집착할 수 있으며, 기업가는 국가의 이익보다는 사리사욕에 눈이 멀지도 모른다.

성공한 자들은 그 재능이 비범한 것이었다기보다는, 자신감이 강하고 뜻을 높은 데 두고 꾸준히 매진한 사람들이었다. 자신감이란, 마음이 확신하는 희망을 품고 위대하고 영광스런 길에 나서는 감정이다.

논쟁을 피해 침묵을 지킬 줄 아는 사람은 신에 가까운 사람이다. 누군가 그대를 슬프게 하고 기분을 상하게 하였을 때 그대 마음이 진정되기까지는 침묵하라. 굳이 항의를 하려거든 흥분을 가라앉힌 다음에 하라. 많은 말을 할수록 엉뚱한 말도 나오는 법이다.

번뇌 煩惱

17日

우리들은 지나간 일을 생각하고는 괴로워한다.
그리고 닥쳐올 일을 예상하고는 미리 겁을 낸다.

현재를 소중히 생각하라. 현재의 모든 상태, 모든 시간은 무한히 가치 있는 것이다. 영원은 현재로부터 시작된다.

가장 일반적인 착오는, 지금은 결정적인 때가 아니라고 생각하는 것이다. 그러나 일평생을 통해 그날그날이 가장 좋은 날이라는 사실을 마음속 깊이 새기라.

과거의 기억 때문에 마음 아파하며 또 미래에 일어날 일을 생각하고 괴로워한다면 그대의 삶은 정체되고 말 것이다.

오늘의 조건을 최상의 것으로 여기고 최선을 다하라. 그대가 현재 생활에 전력을 기울일 때 과거의 괴로움도 미래의 불안도 다 사라져 버릴 것이다. 그리하여 그대는 자유를 맛보며 기쁨을 느끼게 될 것이다.

수혜 受惠

18日

적은 밉다. 반드시 물리쳐야 할 대상이다.
그런데 그 적이 나중에 벗이 될 수도 있다는 사실을 명심하라.

사람들은 선한 행위보다도 그 사람의 단점이나 실수를 더 잘 기억한다. 칭찬은 곧잘 잊혀지나 비방은 사람들의 머릿속에서 떠나지 않는다.

그러나 남에게 은혜를 입었으면 결초보은의 마음으로 기억하라. 은혜를 원수로 갚는 것도 비열하지만 은혜를 입어놓고도 모른 척 한다면 세상에 누가 선을 행하려 하겠는가.

그러나 정작 우리가 기억할 것은 대가를 바라지 않고 선을 행했을 때에야 참된 선이라고 할 수 있다. 다만 은택을 입은 자는 잊지 말아야 한다.

불행에서 벗어나기 위한 확실한 방법 중의 하나는 남을 돕는데 전심전력하는 일이다. 고뇌하는 사람에게 줄 수 있는 가장 올바른 도움은 그 사람의 고통을 제거해 주는 것이 아니라 그 사람이 극복할 수 있도록 최상의 에너지를 불러일으켜 주는 일이다.

논쟁을 피해 침묵을 지킬 줄 아는 사람은 신에 가까운 사람이다. 누군가 그대를 슬프게 하고 기분을 상하게 하였을 때 그대 마음이 진정되기까지는 침묵하라. 굳이 항의를 하려거든 흥분을 가라앉힌 다음에 하라. 많은 말을 할수록 엉뚱한 말도 나오는 법이다.

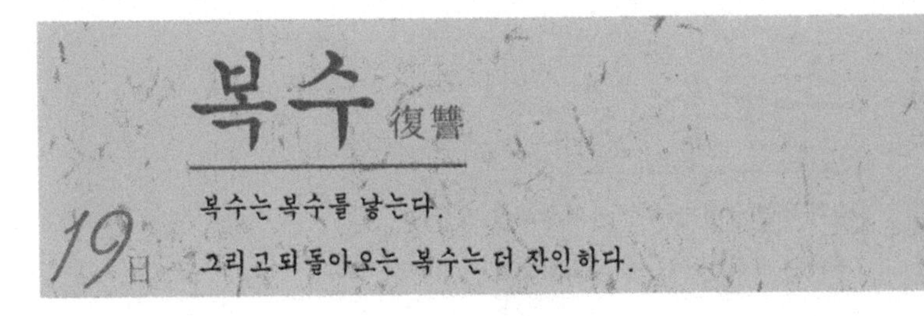

복수 復讐

19日

복수는 복수를 낳는다.
그리고 되돌아오는 복수는 더 잔인하다.

춘추시대에 오왕 합려와 월왕 구천의 싸움은 '와신상담臥薪嘗膽' 이란 숙어를 낳았을 만큼 처절했다.

오왕 합려가 월나라를 침범했다가 전사했다. 아들 부차는 장작을 쌓아 놓고, 그 위에서 잠을 자며 복수를 계획했다. 그리고 신하를 시켜서, '부차야! 너는 월나라 놈들이 아버지를 죽인 것을 잊었느냐?' 하고 고함을 지르게 할 정도로 복수심에 불탔다. 그러기를 2년, 마침내 부차는 월나라를 쳐부수게 되었다.

구천은 패하여 목숨을 애걸했다. 부차는 그를 죽이려 했으나, 월왕의 뇌물을 먹은 한 대신의 꾐에 넘어가 그를 방면했다. 간신히 목숨을 건진 구천은 부차에게 원수를 갚기 위해 쓰디쓴 쓸개를 늘 핥으면서, '너는 회계산의 수모를 잊었느냐?' 하고 스스로를 채찍질했다.

그러기를 20여 년, 구천은 드디어 오왕 부차를 누르고 회계산의 치욕을 씻었다. 구천은 부차를 살려주고도 싶었다. 그러나 한 신하가 끝까지 반대하여 부차로 하여금 자결케 했다. 부차는 그때 구천을 죽여야 한다는 오자서의 간언을 뼈저리게 느끼며, 저 세상에 가서 오자서를 만나기가 부끄럽다 하여 천으로 얼굴을 가리고 죽었다.

승리 勝利

승리하는 군대는 우선 이겨놓고서 싸운다.
패하는 군대는 싸움을 시작하고서 이기려고 한다.

승리는 목표가 아니다. 목표에 도달하는 하나의 단계이며 방해물을 제거하는 데 지나지 않는다. 목표를 잃으면 승리도 공허한 것이다.

어떤 겁쟁이라도 승리를 확신할 때는 싸울 수 있다. 그러나 질 것을 알면서도 용감하게 싸우는 사람이 있을까? 비록 싸움에서 이겼다 해도 내용에 있어서는 패배보다 더 못한 승리도 많다.

인간은 세 가지 본성 때문에 싸운다. 첫째 경쟁, 둘째 불신, 셋째 명예다. 경쟁에서 이기고 상대를 짓밟고 싶어 한다. 또 상대를 신뢰하지 못해서 완전히 굴복시키려는 것이다. 또한 자신의 명예가 더럽혀졌다고 생각할 때 목숨도 불사한다.

싸움을 하지 않도록 경계하라. 그러나 일단 싸움을 시작했으면 상대방이 당신을 두려워하여 다시는 대들지 못할 만큼 철저하게 이기라.

논쟁을 피해 침묵을 지킬 줄 아는 사람은 신에 가까운 사람이다. 누군가 그대를 슬프게 하고 기분을 상하게 하였을 때 그대 마음이 진정되기까지는 침묵하라. 굳이 항의를 하려거든 흥분을 가라앉힌 다음에 하라. 많은 말을 할수록 엉뚱한 말도 나오는 법이다.

문답 問答

21日

몰라서 묻는 것은 일시적으로 부끄러울 따름이다.
그러나 몰라도 묻지 않는 것은 일생의 부끄러움이 된다.

옛날 무엇이든 캐묻기 좋아하는 한 선비가 있었다. 어느 날 그는 애자에게 가서 물었다.

"큰 수레나 낙타 목에다 방울을 다는 것은 무슨 이치입니까?"

"수레나 낙타는 몸집이 큰데다가 대개 밤에 많이 다니기 때문에 좁은 길에서 방울 소리를 듣고 서로 비키도록 알리는 것이라네."

"그러면 불탑 위에도 방울을 달아 놓았으니 불탑도 밤에 다니며 서로 피하기 위한 건가요?"

"그건 까마귀나 까치가 탑 위에 집을 짓고 똥을 싸서 더럽히기 때문에 쫓아내기 위한 거라네."

"그러면 매 꼬리에도 방울을 달았으니 까마귀나 까치가 매 꼬리에 집을 짓고 똥을 싸나요?"

"허허, 참. 그건 방울소리를 듣고 매 있는 곳을 쉽게 찾기 위함이라네."

"아하, 상여꾼 앞잡이가 방울을 흔들며 가는 이유가 무엇인가 했더니 매사냥처럼 찾기 쉽게 하기 위한 것이었군요. 그럼 만랑의 발은 가죽으로 매었나요. 노끈으로 매었나요?"

"이 멍청한 인간아. 만랑은 죽은 사람을 인도하는데, 죽은 사람이 살았을 때 자네같이 미련하고 캐묻기를 좋아했기 때문에 그것을 깨우쳐 주려고 방울을 흔든다네."

건설 建設

11月 22日

만약 노인이 그대에게 '무너뜨려라' 하고 명령하고,
젊은이가 '세우라' 고 명령할 때는 노인의 말을 따르는 것이 좋다.

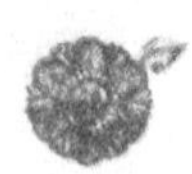

예술 중에서도 일반 민중의 이상을 가장 잘 나타내는 것은 건축이다. 건축은 그 시대의 생활 이상이 실지 형상으로 표현된 것이다.

한 민족이 어떤 환경의 영향을 받아 어떻게 자기의 필요를 나타내느냐 하는 것이 건축이다. 불교 사원은 곧 불교요, 고딕건축은 곧 중세의 상징이다. 우리의 건축도 우리 조상들의 초상이다.

외양간의 조명이 너무 강하면 암소들이 신경쇠약에 걸려 우유를 많이 내지 못한다고 한다. 암소들에게는 거미줄이 걸려 있는 편안한 외양간이 필요하다. 암소에게도 그 나름의 법칙이 있는 것이다. 암소는 제게 어울리는 집을, 무의식이 들어 사는 저 심원하고 소박한 장소를 갖고 싶어 한다.

건설이라는 명분으로 얼마나 많은 자연이 파괴되고 있는가를 생각해보라.

논쟁을 피해 침묵을 지킬 줄 아는 사람은 신에 가까운 사람이다. 누군가 그대를 슬프게 하고 기분을 상하게 하였을 때 그대 마음이 진정되기까지는 침묵하라. 굳이 항의를 하려거든 흥분을 가라앉힌 다음에 하라. 많은 말을 할수록 엉뚱한 말도 나오는 법이다.

신비 神秘

23日

알 수 없는 것을 알려고 애쓰는 것보다
알고 있는 것을 조금이라도 더 확실히 알려는 편이 좋다.

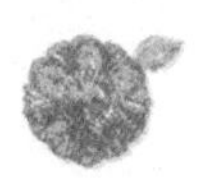

경이驚異는 철학의 어머니다. 놀랍다고 느끼는 데서 철학이 시작된다. 새로운 세계와 언어의 질서에서도 철학자들은 놀란다.

처음으로 보는 것, 듣는 것, 맛보는 것 등은 우리에게 놀라움을 준다. 그러나 그것은 신기하다는 의미의 놀라움일 뿐, 그 이상도 그 이하도 아니다.

알 수 없는 일은 세상에 수두룩하다. 또 인간만큼 불가사의한 존재도 없다.

오늘날 신비주의는 우리의 정신생활에 멀리 떨어져 있다. 신비주의는 그 본질에 있어 보다 근본적인 철학이다. 그러나 신비주의를 논리적인 사고로 분석할 때 직관과 공상으로 전락하고 만다.

자애 慈愛

24日

자애는 물질적인 조력에 있는 것은 아니다.
그것은 타인에 대한 정신적인 지지 속에 있는 것이다.

정신적인 지지란 무엇보다도 남을 비방하지 않는 것, 그리고 인간으로서의 가치를 존경함을 의미한다.

그런데 인생은 불공평하다. 어떤 이들은 좋은 집에서 살고 항상 배부르고 사치스런 옷을 입는데, 어떤 이들은 다 쓰러져 가는 오두막에서 굶주림과 추위에 시달리고 있지 않는가.

가난한 사람을 동정한다고 해서 다 자애가 아니다. 자기가 쓰고 남은 물건을 남에게 주면서, 그대 자신을 자비로운 사람이라고는 생각지 말라.

참된 사랑은 그 이상으로, 그대에게도 꼭 필요한 것을 기꺼이 남을 위해 내어놓는 것이다.

논쟁을 피해 침묵을 지킬 줄 아는 사람은 신에 가까운 사람이다. 누군가 그대를 슬프게 하고 기분을 상하게 하였을 때 그대 마음이 진정되기까지는 침묵하라. 굳이 항의를 하려거든 흥분을 가라앉힌 다음에 하라. 많은 말을 할수록 엉뚱한 말도 나오는 법이다.

증오 憎惡

25日

증오는 가슴에서, 경멸은 머리에서 나온다.
그런데 둘 다 언젠가는 자기에게로 돌아온다는 사실을 잊지 말라.

곰을 잡는 법은 다음과 같다.

고기를 담은 통 위에 무거운 돌을 매어 둔다. 곰은 고기를 먹기 위하여 그 돌을 밀어제친다. 그러면 돌은 되밀려 와서 곰을 친다. 곰이 화가 나서 밀어제치면 밀어제칠수록 돌은 더욱 세게 곰을 때린다. 이렇게 되풀이하는 동안 곰은 기진맥진하여 쓰러지고 만다.

인간도 이처럼 미련할 때가 있다. 미움을 키우면 키울수록 증오로 변하고, 그 증오가 결국은 자신에게 화병이 되고 만다. 경멸도 마찬가지이다. 남을 멸시하면 자신이 높아질 것 같아도 실제로는 더욱 초라해지는 것이다.

미워하고 싫어하는 감정은 될 수 있는 대로 발산하지 않는 것이 우리 자신의 건강을 위해 유익하다.

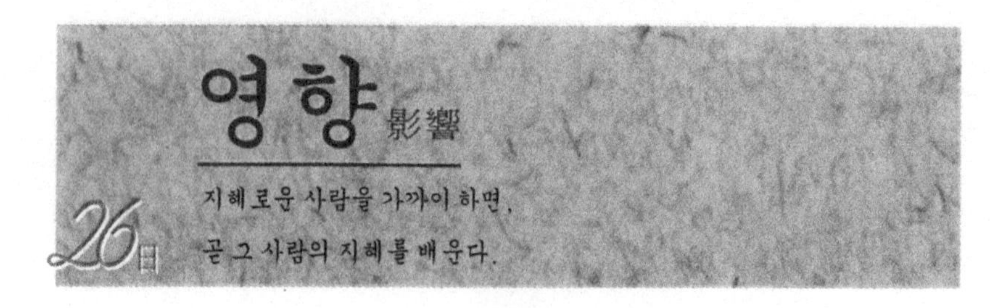

작은 불꽃 하나가 큰 불을 일으킨다. 그렇듯이 한 사람의 따뜻한 마음이 다른 사람의 마음에다 불을 붙이고 세상을 밝게 비추는 것이다.

인간의 '완성'이란 결코 유토피아가 아니다. 지금 비록 더딜지라도 노력을 중지해서는 안 된다. 얼마만큼 자기 의지대로 생활하느냐, 또는 얼마나 다른 사람의 의견을 좇아서 생활하느냐에 따라 달려 있다.

말로서 남의 나쁜 점을 지적하기란 쉬운 일이다. 그러나 만약 그대가 악한 사람을 지적하려면 우선 자기 자신이 선한 생활을 하고 있지 않으면 안 된다.

그대의 정신을 좀먹는 친구들을 경계하라. 그러한 친구들을 피하고 착한 친구를 가까이 하라.

논쟁을 피해 침묵을 지킬 줄 아는 사람은 신에 가까운 사람이다. 누군가 그대를 슬프게 하고 기분을 상하게 하였을 때 그대 마음이 진정되기까지는 침묵하라. 굳이 항의를 하려거든 흥분을 가라앉힌 다음에 하라. 많은 말을 할수록 엉뚱한 말도 나오는 법이다.

정욕 情慾

27日

사랑은 과식하는 법이 없다. 욕정은 결국 과식하여 죽고 만다.
사랑에는 진실이 넘쳐나지만, 욕정은 허망에 가득 차 있다.

미美와 사랑은 불가분의 관계인가.

사랑의 신 에로스는 미의 여신 아프로디테를 따라다닌다. 에로스의 탄생에 대해서는 여러 가지 신화가 있다. 아리스토파네스의 극에 의하면 태초에 하늘과 땅이 갈리기 전에 검은 날개 달린 밤이 유암의 품속에다 알을 낳고 이 알에서 사랑의 신 에로스가 태어났다고 한다.

그리스 신화에 나오는 날개 달린 어린 소년 신 에로스는 늘 백발백중의 활과 화살을 갖고 다닌다. 그 활과 화살은 제우스가 준 것이라고 한다. 황금 화살촉은 사랑에 불을 붙이는 것으로 이 화살에 맞으면 사랑에 빠져 버린다고 한다.

사랑의 신 에로스와 마음의 신 프시케가 서로 첫사랑을 못 잊어 온갖 시련을 겪으며 헤매다가 끝내 만나 행복한 결말을 맺는 이야기는 너무나 유명하다.

부자 富者

28日

부자는 자신이 가진 부를 자랑하고 싶어 한다.
그러나 어떻게 쓰는지는 말하지 않는다.

어느 날 두 사람이 스승을 찾아갔다. 한 사람은 그 고을에서 제일가는 부자였지만 한 사람은 가난했다. 부자가 먼저 스승의 방으로 들어갔다. 그리고 한 시간쯤 후에 방에서 나왔다.

다음에는 가난한 자가 스승의 방에 들어갔는데, 채 5분도 안 되어 나왔다. 그러자 가난한 사람이 말했다.

"선생님, 아까 부자가 찾아왔을 때는 한 시간 동안이나 응대해 주셨습니다. 그런데 저는 5분입니다. 그게 공평한 노릇인지요?"

스승이 대답했다.

"그대는 자신의 가난을 금세 알아차렸네. 하지만 그 갑부는 마음이 가난한 것을 알아차리기까지 한 시간이나 걸렸다네."

마음이 가난한 자는 그 영혼이 부유하다.

29日 언행 言行

자기 자신이 실제 느끼지 않은 것은 결코 입 밖에 내지 말라.
그리고 허위로 그대의 마음을 어둡게 하지 말라.

적이 때로는 친구보다도 유익할 때가 있다. 왜냐하면 친구는 언제나 그대의 잘못을 눈감아준다.

그러나 적은 그대의 잘못을 들추어내 멸시하려고 한다. 그 멸시에 분노하지 말고, 멸시를 당하지 않으려고 노력하라.

성자는 한마디 말을 천금같이 아끼고, 또 하잘것없는 사람의 말이라도 가벼이 여기는 일이 없다.

그대는 말과 행동이 늘 일치하는지 스스로에게 물어보라.

11月

30日

결백 潔白

지붕을 성기게 이으면 비가 새는 것처럼
마음을 늘 가다듬지 않으면 탐욕이 뚫고 들어온다.

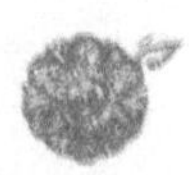

위나라 호위는 아버지 호질과 함께 청렴결백한 인물이었다. 호위는 형주지사가 되었으나 언제나 가난을 면치 못했다. 지사의 자리가 높았지만 호위는 뇌물에 마음을 빼앗겨 본 일이 없었다.

어느 날 호위는 새로운 임지로 가는 길에 고향에 들렀다. 그때 아버지 호질은 원행길에 쓰라고 명주 한 필을 주었다. 호위는 아버지에게 물었다.

"이 명주는 도대체 어디서 구하셨습니까?"

"걱정하지 마라. 내 봉록 중에서 저축한 것이니."

그는 기꺼이 받아들고 아버지 앞을 물러나왔다. 그러나 호위는 그 명주를 아버지의 부하에게 주면서 말했다.

"아버님께서 신세를 지고 계신데 앞으로도 잘 부탁드립니다."

어느 날 위나라 임금 무제가 호위를 불러 물었다.

"경과 경의 가친은 청렴한 점에서 뉘가 위인고?"

잠시 생각하고 난 호위가 대답했다.

"아버님께서는 자기의 청렴함이 남에게 알려지는 것을 두려워하고 계십니다만 저는 남에게 알려지지 않을까 두려워하고 있습니다. 제가 아버님을 따라가려면 아직 먼 것 같습니다."

논쟁을 피해 침묵을 지킬 줄 아는 사람은 신에 가까운 사람이다. 누군가 그대를 슬프게 하고 기분을 상하게 하였을 때 그대 마음이 진정되기까지는 침묵하라. 굳이 항의를 하려거든 흥분을 가라앉힌 다음에 하라. 많은 말을 할수록 엉뚱한 말도 나오는 법이다.

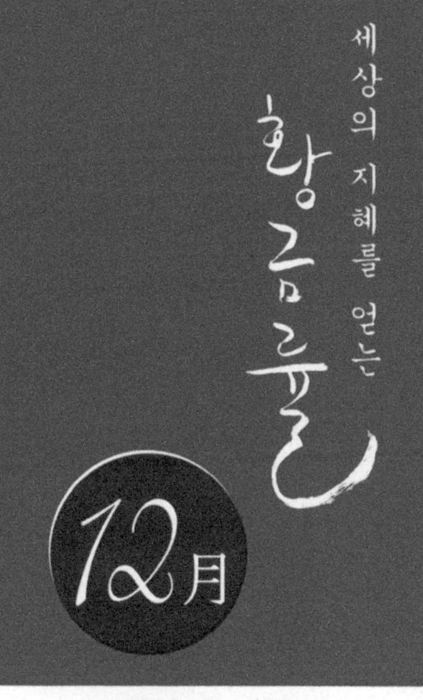

자기가 할 일을 발견하고, 일에 신념을 가진 자는 행복하다. 그래서 인생은 낙원이다. 사람들은 모두 낙원에서 살고 있다. 다만 우리가 그걸 알려고 하지 않을 뿐이다. 만약 우리가 그 사실을 깨닫는다면 이 지상에는 내일이라도 당장 낙원이 이루어질 것이다.

여성 女性

1日

총명한 여성은 태어나면서부터 수백만의 적을 갖고 있다.
그 적은 바로 바보 같은 남자들이다.

바보 같은 남자들의 말을 들어 보라.

러시아의 대문호 톨스토이는 다음과 같이 말했다.

"여성은 아름다우면 아름다울수록 더욱 정직해야 한다. 여성이 자기의 아름다움 때문에 끼치는 해독을 막는 길은 정직한 언행밖에 없기 때문이다."

또 독일의 철학자 헤겔은 말했다.

"여인이 어느 정도의 교양을 가질 수는 있지만, 고도의 학문이나 철학, 또는 예술 창작에는 적합하지 않다. 모든 여인은 그때그때의 생각과 취미는 가지고 있을지 몰라도 그 이상의 것은 갖고 있지 않다. 남자와 여자는 동물과 식물의 차이와 같다. 여자는 감정적으로 생각하고 행동하는 까닭이다."

푸쉬킨은 또 이렇게 말했다.

"남성 전체를 욕하고 그들의 결점을 샅샅이 들추더라도 그것에 항의 하는 남성은 없지만, 여성에 대해 조금이라도 비꼬면 여성들은 일제히 일어나 항의한다. 모든 여성은 너무 분파적인 성향을 띠고 있다."

식사 食事

2日

둔해질 때까지 먹지 말라.
머리가 어지러울 정도로 마시지 말라.

먹는다는 것은 사람에게 중요한 일이다. 하루도 먹지 않을 수 없으나 또 하루도 구차히 먹어서는 안 된다. 먹지 않으면 목숨을 해칠 것이요, 구차스럽게 먹으면 의리를 해칠 것이다.

날씨가 청명한 날 아침, 마음을 가라앉히고 이 세상에서 기쁨을 가져다주는 것이 얼마나 될까 하고 손꼽아 세어 보라. 첫째로 손꼽히는 것이 음식이다.

맛있는 음식이 따로 있는 것이 아니다. 식도락이라는 것을 취미로 삼는 사람이 없는 바도 아니지만, 만일 그것이 도락이요 취미라 한다면 세상에서 그보다 더 저속한 취미는 없을 것이다.

왜냐하면 그들은 음식을 맛으로만 대하게 되고 인생에 있어서 음식의 의미를 잊었기 때문이다. 식도락가의 경우는 혀가 사람을 위해 봉사하는 것이 아니라 사람의 혀를 위해 봉사하고 노예가 되는 꼴이다.

화목하고 단란한 분위기의 식탁에서는 모든 음식이 맛있다.

자기가 할 일을 발견하고, 일에 신념을 가진 자는 행복하다. 그래서 인생은 낙원이다. 사람들은 모두 낙원에서 살고 있다. 다만 우리가 그걸 알려고 하지 않을 뿐이다. 만약 우리가 그 사실을 깨닫는다면 이 지상에는 내일이라도 당장 낙원이 이루어질 것이다.

악담 惡談

3日

죽음을 면하는 것이 어려운 것이 아니라
악을 면하는 것이 더욱 어려운 일이다.

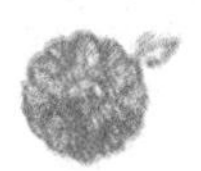

이상한 일이다. 사람들은 타인의 악에 대해서는 화를 내고 싸우지만 자기 자신 속의 악과는 싸우려고 하지 않는다. 타인의 악은 제아무리 노력해도 고칠 수가 없지만, 자기 자신 속의 악은 노력한 만큼 이겨나갈 수가 있는데도 말이다.

악은 선과 마찬가지로 의지에서 비롯된다. 의지는 선이기도 하며 악이기도 하다. 따라서 선도 악도 인간의 책임행위이다.

인간은 신을 닮았다고도 할 수 있다. 사람의 내면에는 선과 악이 다함께 있다. 어느 쪽을 선택하든 어떻게 행동하든 그것은 자신의 몫이다. 악의 본성은 인간으로 하여금 악에 의지하도록 만든다.

그러나 그것이 본성은 아니다. 마음속의 악을 물리쳤을 때 선이 곧 축복을 내릴 것이다. 그것이 인간의 본성이다.

능력 能力

4日

**인간이 현명한 것은 경험에 의해서가 아니라
경험에 대처하는 능력에 따라서이다.**

정신이 건전한 사람은 자기에게 어떤 결점이나 부족한 점이 있어도 다른 능력을 발휘하여 그 부족한 점을 덮는다. 마이너스를 플러스로 전환시키는 인생의 묘미가 있다.

소경은 보지 못하는 대신 청각이 보통 사람 이상으로 예민하다. 왼손이 오른손에 비해 비교적 부자유한 것은 오른손만 쓰고 왼손을 사용하지 않기 때문이다. 왼손도 자주 사용하면 오른손과 같이 능수능란해진다.

길들이면 유용하게 쓸 수 있는 능력을 우리는 많이 가지고 있다. 스스로 포기하는 것이 가장 나쁘다. 당신의 약점이나 결점을 보충할 수 있는 다른 능력을 개척하도록 힘쓰라.

우리가 이용할 수 있는 자원 중에서 끊임없이 성장하고 발전할 수 있는 자원은 오르지 인간의 능력뿐이다.

자기가 할 일을 발견하고, 일에 신념을 가진 자는 행복하다. 그래서 인생은 낙원이다. 사람들은 모두 낙원에서 살고 있다. 다만 우리가 그걸 알려고 하지 않을 뿐이다. 만약 우리가 그 사실을 깨닫는다면 이 지상에는 내일이라도 당장 낙원이 이루어질 것이다.

고민 苦悶

5日

누구나 고민을 싫어한다.
그러나 고민은 인간이 발전해 가는데 없어서는 안 될 조건이다.

사람은 누구나 한 가지씩의 고민거리를 가지고 있다. 그래서 고민은 평등하다.

부자가 아무런 고민조차 없다면 가난한 사람은 하늘에 대해서 크게 원망을 할 일이다. 톨스토이는 자기의 얘기를 다음과 같이 썼다.

'나의 아내는 성품이 좋은 미인이고, 자식들은 잘 자라 주었고 재산은 저절로 늘어가고 나 자신은 뛰어난 재능과 건강을 가졌으며 세상에 명성을 떨치고 있다.'

세상에 그처럼 행복한 조건을 갖춘 사람도 드물 것이다. 그러나 톨스토이는 언제나 살고 싶은 마음이 없었다. 그는 늘 자살하고 싶은 충동에 시달렸던 것이다.

고민에도 여러 가지가 있다. 자기의 의무를 다하기 위한 괴로움이 있고, 운명과 싸우며 견디는 괴로움도 있다. 또 나쁜 유혹을 물리치려고 애쓰는 괴로움도 있고, 또 무엇인가 좋은 일을 하고 올바른 것을 지키기 위한 괴로움도 있다. 이 모든 괴로움은 정신을 살찌우는 양식이 될 수 있다.

괴로움을 스스로 이겨 나가지 않는 자는 스스로의 영혼을 구할 수 없다.

성공 成功

6日

인간이 모든 길을 걸어갈 수는 없다.
성공은 오직 한 길에서만 이루어진다.

성공의 비결은 그 의지가 일정하고 변하지 않는 데 있다. 성공하는 사람이 드문 것은 처음부터 끝까지 꾸준하게 밀고나가지 않았기 때문이지 성공의 길이 험난해서가 아니다. 한 마음 한 뜻은 어떤 장애물도 뚫고 만물을 굴복시킬 수 있다.

성공을 하려거든 자기 힘을 측량하여 무리하지 말며, 자기가 뜻한 일에는 한눈을 팔지 말고 묵묵히 해 나가야 한다. 단순하지만 이것이 곧 성공의 비결이다.

사람은 누구나 성공하고 싶어 한다. 성공에 집착하는 사람은 대개 남의 성공을 시기하는 마음이 강하다. 또 자기 능력이나 실력을 생각하지 않고 단숨에 두세 계단을 뛰어오르려고 한다. 일시적인 성공은 있을지 모르나 머지않아 추락하고 말 것이다.

자기가 할 일을 발견하고, 일에 신념을 가진 자는 행복하다. 그래서 인생은 낙원이다. 사람들은 모두 낙원에서 살고 있다. 다만 우리가 그걸 알려고 하지 않을 뿐이다. 만약 우리가 그 사실을 깨닫는다면 이 지상에는 내일이라도 당장 낙원이 이루어질 것이다.

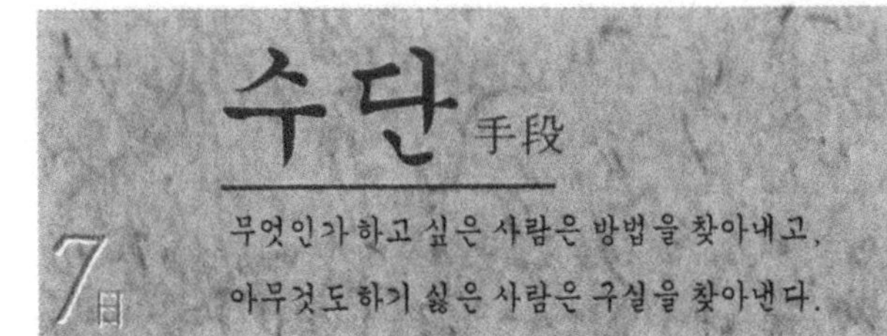

수단 手段

7日

무엇인가 하고 싶은 사람은 방법을 찾아내고,
아무것도 하기 싫은 사람은 구실을 찾아낸다.

사람마다 기질이 있고, 삶을 추구하는 방법이 다르다. 그런데 우리는 흔히 자기의 습관에 너무 매몰되는 우를 범한다.

'나는 이런 사람이다' 하고 기왕의 자기 방법에서 한 걸음도 벗어나지 않는 것은 미련한 일이다.

아무리 좋은 습관이라도 때로는 올무가 되어 자신을 묶어버릴 수 있다. 세상이 복잡하고, 살아가는 방법이 다르듯이 때와 경우에 따라 다르게 대처해야 한다.

가장 훌륭한 정신은 탄력성을 가지는데 있다. 절대적으로 가장 좋은 방법이란 없는 법이다.

이기 利己

8日

방앗간 주인은 '보리가 내 풍차를 돌리기 위해 자란다' 고 생각한다. 그런 이기심을 나쁘다고 말하고 싶지는 않다.

나는 나의 연인을 사랑한다. 그 달콤한 눈짓의 명령에 복종한다. 그러나 곰곰이 생각해 보면, 다른 사람에 대한 나의 사랑은 이기심에서 비롯된 것이다. 나는 남의 희생물이 되려는 생각은 조금도 하지 않는다.

성현들은 우리에게 이기적이어서는 안 되고, 자만심을 가져서도 안 되고, 궁극에는 자기 자신을 버리라고 했다. 그러나 어떤 사람이든 완전히 자기 자신을 버릴 수는 없다. 사람은 누구나 자기 자신을 사랑하고 자신의 희망에 따라 행동한다. 문제는 그 이기심이 남의 기쁨에까지 동참하느냐, 남의 기쁨을 짓밟느냐에 달린 일이다.

남을 밀치고 구렁텅이에 넣음으로써 자신의 소망을 달성하는 사람도 있다. 그러한 행위는 양심의 가책을 면치 못한다.

나는 이기심을 악덕이라고 부르고 싶지는 않다. 이기심이 없었다면 오늘의 우리도 없었을 것이다.

자기가 할 일을 발견하고, 일에 신념을 가진 자는 행복하다. 그래서 인생은 낙원이다. 사람들은 모두 낙원에서 살고 있다. 다만 우리가 그걸 알려고 하지 않을 뿐이다. 만약 우리가 그 사실을 깨닫는다면 이 지상에는 내일이라도 당장 낙원이 이루어질 것이다.

도덕 道德

도덕의 시초는 상의詳議와 숙고熟考에 있고,
그 도덕적 목표의 완성은 지조志操에 있다.

9日

아무리 생각해 보아도 신기하고 존경스러운 것이 두 가지가 있다. 그것은 내 머리 위에 반짝이고 있는 밤하늘의 별과 내 마음속에 자리 잡은 도덕률이다.

'도덕적' 이라는 것은 우리가 좋게 느끼는 것이요, '부도덕' 이라는 것은 우리가 나쁘게 느끼는 것이다. 이것이 도덕에 대해 내가 아는 전부이다.

이 도덕, 이 예절 때문에 사람은 자기의 가정을 안정시킬 수 있고, 사회를 유지해 나갈 수 있고, 한 나라가 나라 노릇을 하고, 한 겨레가 빛을 발할 수 있는 것이다.

그러나 도덕이라는 거짓의 탈을 벗고 예절의 굴레에서 벗어나는 사람은 아주 잘난 사람이거나 반대로 아주 모자라는 사람일 것이다. 잘났다는 것은 도덕과 예절의 굴레를 그가 자의적으로 벗어버렸기 때문이요, 모자란다는 것은 도덕 하나 제대로 지키지 못한 위인이기 때문이다.

유혹 誘惑

10日

용광로의 불은 쇠를 시험하고,
유혹은 바른 사람을 시험한다.

인간이 경계해야 할 여러 가지 유혹이 있다. 육체의 욕망, 저 잘났다고 거들먹거리는 교만 등이 그것이다. 그런데 누구나 마음속에 그런 유혹을 지니고 있다.

다만 그 유혹의 싹을 어떻게 잘라낼 것인가. 저마다 마음의 수양 외에는 방법이 없다. 인간의 마음이란 때로는 가장 완성된 상태에 있으며 또 때로는 가장 부패한 상태에 있기 때문이다.

마음이 맑은 상태일 때 더욱 조심하라. 그 상태를 유지하고 악한 것을 몰아내라. 단 한 올의 머리카락이 유혹의 바퀴에 끼이면 온몸이 말려든다. 유혹을 이기는 가장 확실한 방법은 조심, 또 조심하는 것뿐이다.

처음부터 악에 가까이 가지 않는 것이 거기서 빠져 나오려고 애쓰는 것보다 쉽다.

자기가 할 일을 발견하고, 일에 신념을 가진 자는 행복하다. 그래서 인생은 낙원이다. 사람들은 모두 낙원에서 살고 있다. 다만 우리가 그걸 알려고 하지 않을 뿐이다. 만약 우리가 그 사실을 깨닫는다면 이 지상에는 내일이라도 당장 낙원이 이루어질 것이다.

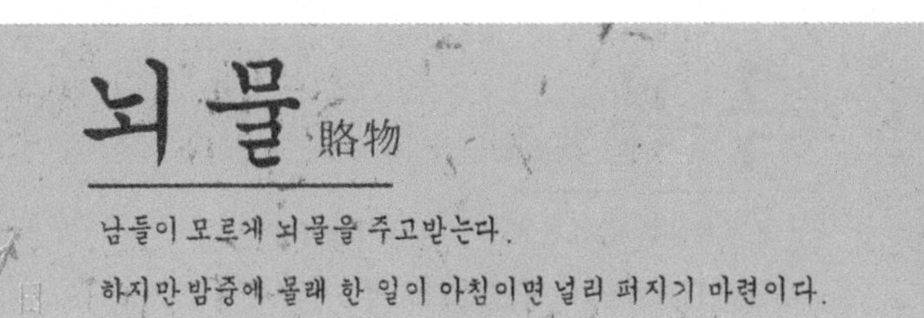

뇌물 賂物

11日

남들이 모르게 뇌물을 주고받는다.
하지만 밤중에 몰래 한 일이 아침이면 널리 퍼지기 마련이다.

뇌물은 자기 자신은 물론 주변 사람들과 사회를 망친다. 무력도 금력을 당하지는 못한다. 뇌물의 악습은 한 나라도 얼마든지 망치는 법이다.

로마시대에 뇌물의 악습이 퍼졌지만 오랫동안 발각되지 않고 있었다. 그러나 사람들은 로마에서 처음으로 뇌물로 법을 매수한 자가 누군지를 다 알고 있었다. 그리스 아테네에서는 죄를 짓고도 법관에게 뇌물을 주고 석방된 첫 사람이 안테미온의 아들 아니루스였다.

뇌물은 공짜로 얻어진 돈이기 때문에 헤프게 쓰기 쉽고, 돈을 헤프게 쓰다 보면 온갖 유혹에 빠지게 된다. 결국 자기 자신은 물론 가정이 파괴되고, 사회질서가 무너질 정도로 무서운 대가를 치르게 되는 법이다.

극복 克復

12日

남을 설복시킬 수 있는 사람은 강한 사람이다.
그러나 가장 강한 사람은 자신의 감정을 극복한 사람이다.

악을 비난하기에 앞서 선을 행하는 것은 인간의 올바른 덕목이다. 신경질적인 사람이 악을 비난한다. 그런 사람은 그 악을 더욱 크게 성장시킬 뿐이다.

아예 악을 생각지 않고 선에만 마음을 쓰는 것이 악을 소멸시키는 가장 좋은 방법이다.

한없는 친절은 가장 위대한 선물이다. 그리고 진정 위대한 사람만이 행할 수 있는 일이다.

사람은 먼저 자기 자신을 통제할 줄 알아야 한다. 자기 한 몸을 통제하지 못하고 어떻게 남을 통솔할 것인가. 노여움이나 분노를 격렬하게 나타내는 자는 자기를 통제하지 못했다는 증거이다. 자기 자신을 극복하는 것이 남에게 이기는 길이다.

자기가 할 일을 발견하고, 일에 신념을 가진 자는 행복하다. 그래서 인생은 낙원이다. 사람들은 모두 낙원에서 살고 있다.
다만 우리가 그걸 알려고 하지 않을 뿐이다. 만약 우리가 그 사실을 깨닫는다면 이 지상에는 내일이라도 당장 낙원이 이루어질 것이다.

분노 憤怒

13日

다른 모든 무기는 인간이 사용하지만,
분노라는 무기는 반대로 인간을 사용한다.

그대가 화내고 지낸 날들을 헤아려 보라. 매일같이 화를 내던 것이 이틀 만에, 그 다음엔 사흘 만에, 그리하여 만일 한 달 동안 화를 내지 않게 되거든 그때는 신께 감사의 기도를 올려라.

인간의 노여움은 명예심에서 오는 것이다. 남이 듣기 싫어하는 성난 말은 하지 말라. 남도 그렇게 네게 응수해 올 것이다. 악이 가면 화는 돌아오니, 욕설과 매질이 오고간다.

무엇인가에 대하여 분노를 품고 있을 때는 자기 자신을 통제하지 못하고 있다는 반증이다. 평정한 마음으로 악에 저항하면 최고의 승리를 거둘 수 있다.

분노와 어리석은 행동이 나란히 걸을 때, 회환이 그 뒤꿈치를 밟는다.

자애 自愛

14日

자신을 사랑하지 못하는 자는
남을 사랑할 수 없다.

그대가 무엇을 두려워한다는 것은 스스로를 믿지 못하기 때문이다. 만약 그대가 자신을 믿는다면 아무것도 두려워할 필요가 없다. 두려울 것이 아무것도 없다.

사람의 힘과 자연의 힘을 비교한다면 사람은 운명의 장난감에 지나지 않는다. 그러나 자기 자신을 창조물이라 생각하고 창조주의 마음이 우리 속에 들어와 있음을 느낄 때, 우리들은 진정한 마음의 평화를 얻을 수 있을 것이다.

어떤 일이 그대 앞에 닥쳐올지라도 자기 자신을 잃지 않을 때, 그대는 결코 파멸하지 않을 것이다.

자애는 훌륭하고, 그리고 거룩하다. 그것은 큰 사랑의 일부이다. 또한 신의 광선이며 커다란 사랑의 불꽃이다. 자애自愛, 자식自識, 자제自制 이 세 가지는 인생을 옳은 길로 인도하고 고귀한 길에 이르게 한다.

자기가 할 일을 발견하고, 일에 신념을 가진 자는 행복하다. 그래서 인생은 낙원이다. 사람들은 모두 낙원에서 살고 있다. 다만 우리가 그걸 알려고 하지 않을 뿐이다. 만약 우리가 그 사실을 깨닫는다면 이 지상에는 내일이라도 당장 낙원이 이루어질 것이다.

충고 忠告

15日

충고는 좀처럼 환영받지 못한다.
더욱이 충고를 가장 필요로 하는 사람이 가장 경원한다.

사람들이 충고해 달라는 말은 십중팔구 칭찬을 기대하고서 하는 말이다. 그런데 일부러 충고하거나 지적하면 누구나 인상을 찌푸린다. 나쁜 점보다 좋은 점, 희망을 얘기해 주는 것이 옳은 일이다.

사람에 따라서는 단점을 지적받고 고치는 수도 있지만, 대부분의 경우는 반발하고 결국은 증오마저 품게 된다. 특히 젊은이에게는 가혹한 비평을 가하는 것보다 격려로 인도해 줄 필요가 있다. 젊은 사람들은 그 내부에 많은 가능성을 가지고 있기 때문에 그 가능성에 불을 켜 주는 것이 필요하다.

진심에서 우러나온 충고라도 부드럽게 하지 않으면 분노를 촉발시킨다. 염증이 생긴 눈이 어두운 곳을 좋아하고 강한 빛을 싫어하듯이, 불행을 당한 사람은 솔직한 충고를 듣는 고통을 견딜힘이 없다.

청년 靑年

16日

청년들은 판단하는것보다 발명하는 것, 의논하는것보다 실행하는 것, 정해진 일보다 새로운 일을 찾아 개척하는것이 옳다.

자기가 할 일을 발견하고, 일에 신념을 가진 자는 행복하다. 그래서 인생은 낙원이다. 사람들은 모두 낙원에서 살고 있다. 다만 우리가 그걸 알려고 하지 않을 뿐이다. 만약 우리가 그 사실을 깨닫는다면 이 지상에는 내일이라도 당장 낙원이 이루어질 것이다.

나는 노인과 같은 인품을 지닌 청년을 믿음직하게 여긴다. 또한 청년과 같은 면을 다소 지니고 있는 노인을 좋게 생각한다. 그와 같은 이들은 나이가 들어도 마음은 쇠하지 않는다.

그러나 청년의 때는 한순간이다. 그 순간을 갈고 닦지 않으면 어느새 쓸모없는 나무로 잘려나갈 수밖에 없다.

그러기에 청년의 때를 아껴야 한다. 하루를 순간으로 여기며 잠시도 허송세월을 해서는 안 된다.

청년의 때에 삶의 목표와 인생의 목적을 분명하게 세워야 한다. 목표가 없는 청년은 항구 없는 배와 같고, 목적이 없는 삶은 좌표를 잃고 떠도는 폐선과도 같다.

체념 諦念

17日

체념은 곧 죽음과 같다.
모든 것을 포기하기에 희망마저 버리는 것이다.

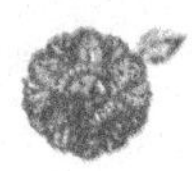

체념에는 두 가지 종류가 있다. 하나는 절망에 뿌리를 내린 것이고, 하나는 누르려고 해도 누를 수 없는 희망에 뿌리를 내린 것이다.

인생에는 목표를 향하여 힘차게 나아가는 의지력이 필요하다. 반면에 과거의 일에 대해서는 뒤돌아볼 것도 없다. 그때는 과거를 체념해도 좋다.

힘차게 나아갈 때 나아가고, 물러설 때 물러설 줄 아는 것이 인생의 지혜이다. 실패는 성공의 어머니라고 했다. 그런데 한번 실패했다고 좌절해버린다면 인생을 망치는 것이다.

인생에는 체념의 순간도 필요하다는 사실을 잊지 말라.

편견 偏見

18日

편견은 대문으로 쫓아내면
어느 새 창문으로 되돌아 들어온다.

편견처럼 우리 인생을 옹졸하게 만드는 것이 없다. 때문에 편견은 하루라도 빨리 버릴 일이다. 아무리 오랫동안 이어져온 사고나 행동방식이라 할지라도 편견에 사로잡혀 있다면 과감하게 버려라. 오늘은 진리인 줄 알지만 내일이면 곧 허위임이 드러날지도 모른다.

같은 일을 정당하게 보는 사람이 있는가 하면 부당하게 느끼는 사람이 있고, 아름답게 보는 사람이 있는가 하면 추하게 느끼는 사람도 있다. 어떤 사람에게 슬기롭게 여겨지는 것도 다른 사람에게는 어리석게 보인다.

세상에는 편견과 인습의 사슬에 얽매인 사람들이 많다. 그러한 인간이 지배권을 잡으면 그들은 자기들의 기득권을 지키기 위해 다른 사람들을 배척한다.

자기가 할 일을 발견하고, 일에 신념을 가진 자는 행복하다. 그래서 인생은 낙원이다. 사람들은 모두 낙원에서 살고 있다. 다만 우리가 그걸 알려고 하지 않을 뿐이다. 만약 우리가 그 사실을 깨닫는다면 이 지상에는 내일이라도 당장 낙원이 이루어질 것이다.

선량 善良

19日

악을 선으로 갚으라.

선을 쌓은 자에게는 반드시 경사가 찾아올 것이다.

생활의 목적을 정신의 완성에 두고 있는 인간에게는 불만족이란 있을 수 없다. 그가 바라고 있는 것은 전부 그의 내부에 존재하고 있기 때문이다.

강인한 정신을 가진 사람이라면 외부 세계의 장애는 아무런 문제가 되지 않는다. 맹수들은 장애에 부딪치면 한층 더 사나워진다. 강한 정신을 가지고 모든 일을 겪어나가는 사람에게 일체의 장애는 도리어 강한 힘을 더해 줄 뿐이다.

행복에는 두 가지 상태가 있다. 그 하나는 정신의 평화, 또는 만족이다. 다른 하나는 언제나 즐겁게 산다는 것이다. 그런데 선량한 일을 행하면서도 자기 자신을 불행하다고 생각하는 자는 궁극적으로 그 선을 믿지 않는 자이다.

부채 負債

20日

돈은 꾸지도 말고 꾸어주지도 말라.
벗도 잃고 돈도 잃는다. 차라리 거저 주어라.

어떤 사람이 친구에게서 얼마간의 돈을 빌려 썼다. 돌려줄 기한이 지났고, 다음날 아침에는 어떠한 일이 있더라도 돌려주어야만 했다. 그런데 수중에는 돈이 한 푼도 없었다. 그는 갚아야 할 돈 생각 때문에 잠이 오지 않아 침대 속에서 몸을 뒤척이며 무슨 좋은 방법이 없을까 고민을 했다.

"여보, 당신 도대체 뭐해요? 그만 주무세요."

아내가 침대에서 말을 건넸다. 그는 내일 친구에게 꾼 돈을 갚지 않으면 안 되는데 돈이 한 푼도 없다는 사정을 말했다. 그러자 아내는 말했다.

"참 딱하기도 하시지. 그렇다면 오늘 밤 잠을 이루지 못하고 왔다 갔다 해야 할 사람은 당신이 아니라 그 친구일 거예요."

채권자는 잔혹한 주인보다도 나쁘다. 주인은 몸을 박탈할 뿐이지만, 채권자는 체면과 위신을 파멸시킨다.

자기가 할 일을 발견하고, 일에 신념을 가진 자는 행복하다. 그래서 인생은 낙원이다. 사람들은 모두 낙원에서 살고 있다. 다만 우리가 그걸 알려고 하지 않을 뿐이다. 만약 우리가 그 사실을 깨닫는다면 이 지상에는 내일이라도 당장 낙원이 이루어질 것이다.

피로 疲勞

21日

우리를 피로하게 하는 것은 사랑이나 죄악 때문이 아니라 지나간 일을 돌이켜 보고 탄식하는 데서 온다.

몸이 피곤하면 정신적으로도 괴롭다. 피곤하면서 어느덧 고민이 스며드는 것이다. 의학적으로도 피곤은 추위와 더위, 그리고 질병에 대한 신체의 저항력을 약하게 한다. 공포와 절망에 대한 저항력도 약화된다고 한다.

피로가 쌓이면 사람은 쉽게 늙는다. 기분 좋게 일했을 때는 많은 일을 해도 과히 피로하지 않으나, 하기 싫은 일을 하면 짧은 시간에도 피로가 몰려온다. 초조, 고민, 이러한 심리 상태가 피로를 가중시킨다.

또 이기적인 욕심만큼 사람을 피로하게 하는 것도 없다. 남는 것은 피곤밖에 없고, 그 피곤은 사람의 에너지를 고갈시킨다.

향락 享樂

인간이란 고통과 재난과 불운 속에서도
향락을 끌어낼 수 있는 재능을 가지고 있다.

옛날 중국에 술을 즐기는 공손조라는 사람과 여색을 밝히는 공손목이라는 형제가 있었다.

공손조는 술을 자기 생명처럼 아꼈다. 그의 방 안에는 술독이 1천 개나 쌓여 있고 술을 빚는 누룩은 골마루에 가득 찼다. 그래서 술 빚는 냄새가 문밖 십 리에까지 코를 찔렀다.

공손목은 대단한 호색한이었다. 그는 뒤뜰에 몇 십 개나 되는 방을 만들어 놓고 예쁘다는 아가씨들은 모두 가려 뽑아 그 방마다 채워 놓았다. 그는 일단 여자와 놀기 시작하면 모든 방문객을 사절하고 밤낮을 가리지 않았다.

또 어느 곳에 예쁜 여자가 있다면 반드시 돈을 주고라도 사오거나 어떤 수단을 써서라도 자기 것으로 만들지 않으면 단념할 줄을 몰랐다.

그러나 그들에게 남은 것은 과연 무엇이었을까.

자기가 할 일을 발견하고, 일에 신념을 가진 자는 행복하다. 그래서 인생은 낙원이다. 사람들은 모두 낙원에서 살고 있다. 다만 우리가 그걸 알려고 하지 않을 뿐이다. 만약 우리가 그 사실을 깨닫는다면 이 지상에는 내일이라도 당장 낙원이 이루어질 것이다.

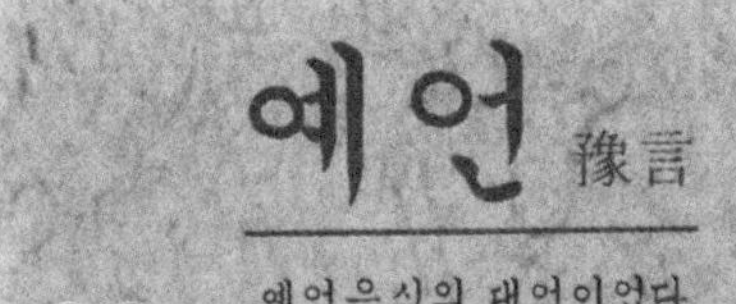

예언 豫言

23日

예언은 신의 대언이었다.
그러나 과학은 그 예언의 가치와 신비를 상실케 했다.

아폴로 신은 프리아모스 왕의 딸 카산드라에게 반해 어쩔 줄을 몰랐다. 카산드라는 예언 능력을 주면 몸을 허락하겠다고 약속 했다. 그래서 아폴로 신은 그녀에게 미래를 알 수 있는 힘을 주었다.

그러나 카산드라는 약속을 어겼다. 아폴로는 한 번의 키스를 간청한 끝에 그녀와 입을 맞추면서 그녀의 몸에서 설득력을 뽑아 버렸다. 때문에 카산드라는 예언은 했지만 설득력이 없어 아무도 그녀의 예언을 믿지 않았다.

프랑스의 국왕 루이 11세는 불길한 예언으로 우매한 백성들을 미혹시킨다는 이유로 한 예언자를 사형에 처하려고 했다. 루이 11세는 그에게 물었다.

"너는 다른 사람의 운명은 잘 맞추는 모양인데, 네 자신의 운수는 알고 있느냐? 그래, 너는 앞으로 몇 해나 더 살겠느냐?"

예언자는 잠시 침묵을 지키다 대답했다.

"실상 제 자신의 운명은 아는 바가 없습니다. 다만 폐하께서 돌아가시기 3일 전에 제가 죽으리라는 것을 알고 있습니다."

루이 11세는 즉각 사형을 중지시켰다.

성숙 成熟

24日

정신이 성숙해 간다는 것은
힘이 넘치는 것보다도 가치 있는 것이다.

유아기부터 조금씩 정신의 발달은 시작된다. 그리고 육체의 힘이 쇠약해지면서 정신의 힘은 완성되어 간다. 육체력의 감소와 정신력의 성장은 바로 선 원뿔과 거꾸로 선 원뿔과도 같다.

조화로운 성장은 침묵 속에 이루어진다. 소란 속에서는 조화로운 성장을 꾀할 수 없다. 그러나 대다수의 인간은 홀로 있을 때 권태를 느끼며 초조해 한다.

정신적인 생활을 지향하는 사람들은 나이를 먹으면 먹을수록 그 지혜의 세계가 넓어진다. 그리고 더욱 더 그 자의식이 명료해 진다.

그러나 물욕에 취해 사는 사람들은 나이가 들면 들수록 점점 더 쇠약해질 따름이다.

자기가 할 일을 발견하고, 일에 신념을 가진 자는 행복하다. 그래서 인생은 낙원이다. 사람들은 모두 낙원에서 살고 있다. 다만 우리가 그걸 알려고 하지 않을 뿐이다. 만약 우리가 그 사실을 깨닫는다면 이 지상에는 내일이라도 당장 낙원이 이루어질 것이다.

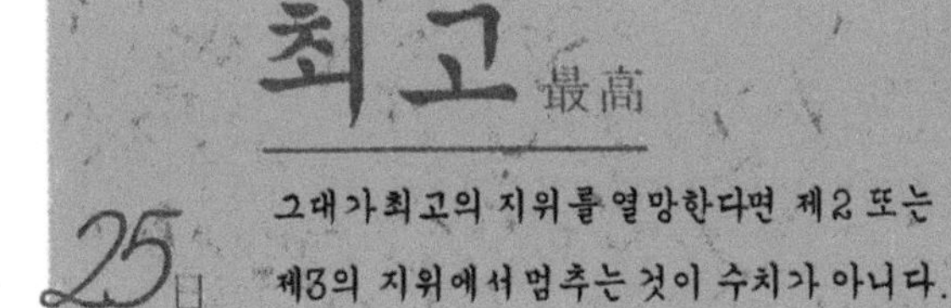

최고 最高

25日

그대가 최고의 지위를 열망한다면 제2 또는 제3의 지위에서 멈추는 것이 수치가 아니다.

최고의 지위와 최고의 권력을 쥐고 있는 사람들은 최소한의 자유밖엔 누릴 수 없다. 왜냐하면 그들은 사람들로부터 주목을 많이 받고 있기 때문이다.

평화의 종교를 가지고 있는 자에게 최고의 가치는 사랑이며, 전쟁의 종교를 가지고 있는 자에게 최고의 가치는 투쟁이다.

나는 난처한 경우를 당하게 되면 우선 할 수 있는 데까지 최선을 다한다. 그러다가도 안 되면 깨끗이 잊어버린다. 다만 최선을 다한 후에 그 결과는 신에게 맡길 뿐이다.

인간에 대한 최고의 죄는 그들을 미워하는 것이 아니라 무관심이다. '이것이 최악이다' 하고 말할 수 있는 동안은 아직 최악이 아니다.

감화 感化

유년 시대에 받은 인상이 인간에게는 제일 강렬하게 남아 있다. 그리고 그 시절에는 보이는 것은 모두 따라하고 싶어 한다.

자기가 할 일을 발견하고, 일에 신념을 가진 자는 행복하다. 그래서 인생은 낙원이다. 사람들은 모두 낙원에서 살고 있다. 다만 우리가 그걸 알려고 하지 않을 뿐이다. 만약 우리가 그 사실을 깨닫는다면 이 지상에는 내일이라도 당장 낙원이 이루어질 것이다.

아이들에게 공손과 작은 노역, 그리고 자비를 가르쳐야 한다. 그러나 부모가 부도덕한 행위를 보이면서 어린 자식들에게 도덕을 가르쳐 본댔자 무슨 소용이 있겠는가?

부모들이 호사스런 생활을 하며 욕심을 부리고 나태한 생활을 할 뿐만 아니라 서로 다투는 것을 아이들이 본다면 열 번의 가르침은 아무 소용이 없게 되고 만다.

아이들에 대해 행해지는 모든 도덕 교육은 실제의 예만큼 좋은 것이 없다.

그대 자신이 선한 생활을 하라. 적어도 그렇게 하려고 노력을 하라. 그러면 그 정도에 따라서 아이들의 교육도 좋은 결과를 나타낼 것이다.

학교 學校

27日

사람들은아이를 바르게 키우기 위해 학교에 보낸다.
그리고출세하라고 법석을 떨며 대학에 보낸다.

학교는 종합적인 지식 상자를 생산하는 공장이다. 그러나 학교라는 것은 스승에게서 배우는 곳이다. 스승이 존재한 후에야 학교가 있다. 오랫동안 덕을 닦은 사람을 초빙하여 스승으로 삼은 뒤에야 학교의 규례를 의논할 수 있을 것이다.

어느 고을에 고명한 스승이 찾아왔다. 고을의 수령은 스승에게 고을의 방비 상태를 보여 주었다. 어느 곳에는 병사들이 지키고 있는 자그마한 요새가 있고, 다른 곳에는 튼튼하게 목책이 둘러쳐져 있었다.

숙소로 돌아온 뒤 스승이 말했다.

"나는 아직 이 고을이 어떻게 방비되고 있는지 관심이 없습니다. 고을을 지키는 것은 병사가 아니라 학교입니다. 어째서 나를 제일 먼저 학교로 데리고 가지 않았습니까?"

희생 犧牲

큰 희생을 치르는 것은 어렵지 않지만
작은 희생을 줄곧 계속하는 것은 힘든 일이다.

죽음의 공포보다 강한 것은 사랑의 감정이다. 헤엄을 못 치는 아버지가 그 자식이 물에 빠진 것을 보고 건지기 위해 물 속에 뛰어드는 것이 절대적 사랑이다. 그 절대적 사랑은 나보다 더 아끼는 감정에서 발로된다.

인생에는 허다한 문제와 모순이 있지만 그것을 해결할 길은 오직 사랑뿐이다. 사랑은 나 자신을 위해서는 약하고 남을 위해서는 강하다.

희생은 비극이다. 그러나 영원한 내적 세계에서는 희생은 가장 숭고하고 장엄한 부활이다. 아무리 작은 희생이라도, 침묵에 파묻힌 희생일지라도, 영생의 빛 속에서 빛날 것이다.

자기가 할 일을 발견하고, 일에 신념을 가진 자는 행복하다. 그래서 인생은 낙원이다. 사람들은 모두 낙원에서 살고 있다. 다만 우리가 그걸 알려고 하지 않을 뿐이다. 만약 우리가 그 사실을 깨닫는다면 이 지상에는 내일이라도 당장 낙원이 이루어질 것이다.

관용 寬容

마음이 후한 사람은 충고보다는 구원의 손길을 내민다.
관용은 미덕의 의상과도 같다.

29日

어떤 병사가 성전에서 은그릇을 훔치다 들켜, 왕 앞으로 끌려갔다. 추궁을 당한 병사는 다음과 같이 변명했다.

"성모 마리아님이 내가 가난한 것을 불쌍히 여기시어 그릇을 훔쳐도 좋다고 하셨습니다."

어진 왕은 거짓말인 줄 알면서도 신부들에게 물었다.

"그런 기적이 일어날 수 있는 것인가?"

신부들은 딱한 표정이 되었지만 '그렇다' 고 대답하지 않을 수 없었다. 왕은 그러한 대답을 바라던 터라 신부들의 원망어린 눈초리를 무시하고 그 병사를 방면하면서 말했다.

"지금 이 시간 이후부터는 성모 마리아님이 주는 선물을 결코 받아서는 안 돼!"

관용은 인생의 덕목 가운데서도 으뜸가는 덕목이다.

결혼 結婚

30日

하늘이 짝을 지어준 것을
사람이 함부로 갈라놓을 수 없다.

결혼이 일곱 성사聖事의 하나인지 일곱 대죄大罪의 하나인지는 아직 확실치 않다. 사람들은 대개 서둘러 결혼하고, 평생을 두고 후회를 한다.

돈을 위하여 결혼하는 것보다 더 나쁜 것이 없고, 사랑만을 위하여 결혼하는 것보다 더 어리석은 일은 없다.

그대는 결혼에 대하여 스무 번이고, 백 번이고 깊이 생각해 보아야 한다. 결혼은 3주 동안 서로 연구하고, 3개월 동안 서로 사랑하고, 3년 동안 싸우고, 30년 동안 서로 참는 것이다.

인생 人生

31日

아침에는 생각하고 낮에는 행동하고 저녁에는 즐기고 밤에는 잠들라. 알고 보면 인생은 그처럼 단순하다.

과거는 이미 존재하지 않는다. 미래는 아직 오지 않았다. 현재는 이미 존재하지 않는 과거와 아직 존재하지 않는 미래를 서로 연결시키는 한계限界의 점일 뿐이다.

어떻게 살아야 하는가를 배우는 데는 전 생애를 필요로 한다. 사람은 누구나 갓 태어났을 때는 솔직하지만, 죽을 때는 거짓말쟁이가 되어 있다.

인생이란 기쁨도 아니고 슬픔도 아니다. 커다란 기쁨이 때로는 커다란 슬픔을 불러올 것이며, 또 깊은 슬픔이 도리어 큰 기쁨으로 통하는 게 인생이다.

자기가 할 일을 발견하고, 일에 신념을 가진 자는 행복하다. 그래서 인생은 낙원이다. 사람들은 모두 낙원에서 살고 있다. 다만 우리가 그걸 알려고 하지 않을 뿐이다. 만약 우리가 그 사실을 깨닫는다면 이 지상에는 내일이라도 당장 낙원이 이루어질 것이다.

(톨스토이와 그 친구들의)
지혜 지식 원천

초판 1쇄 인쇄 2021년 5월 10일
초판 1쇄 발행 2021년 5월 15일

편 저 지은이 톨스토이
편역 강인수
발행인 김현호
발행처 법문북스(일문판)
공급처 법률미디어

주소 서울 구로구 경인로 54길4(구로동 636-62)
전화 02)2636-2911~2, 팩스 02)2636-3012
홈페이지 www.lawb.co.kr

등록일자 1979년 8월 27일
등록번호 제5-22호

ISBN 978-89-7535-947-7 (03890)

정가 24,000원

이 도서의 국립중앙도서관 출판예정도서목록(CIP)은 서지정보유통지원시스템 홈페이지(http://seoji.nl.go.kr)와 국가자료종합목록 구축시스템(http://kolis-net.nl.go.kr)에서 이용하실 수 있습니다.